I0632184

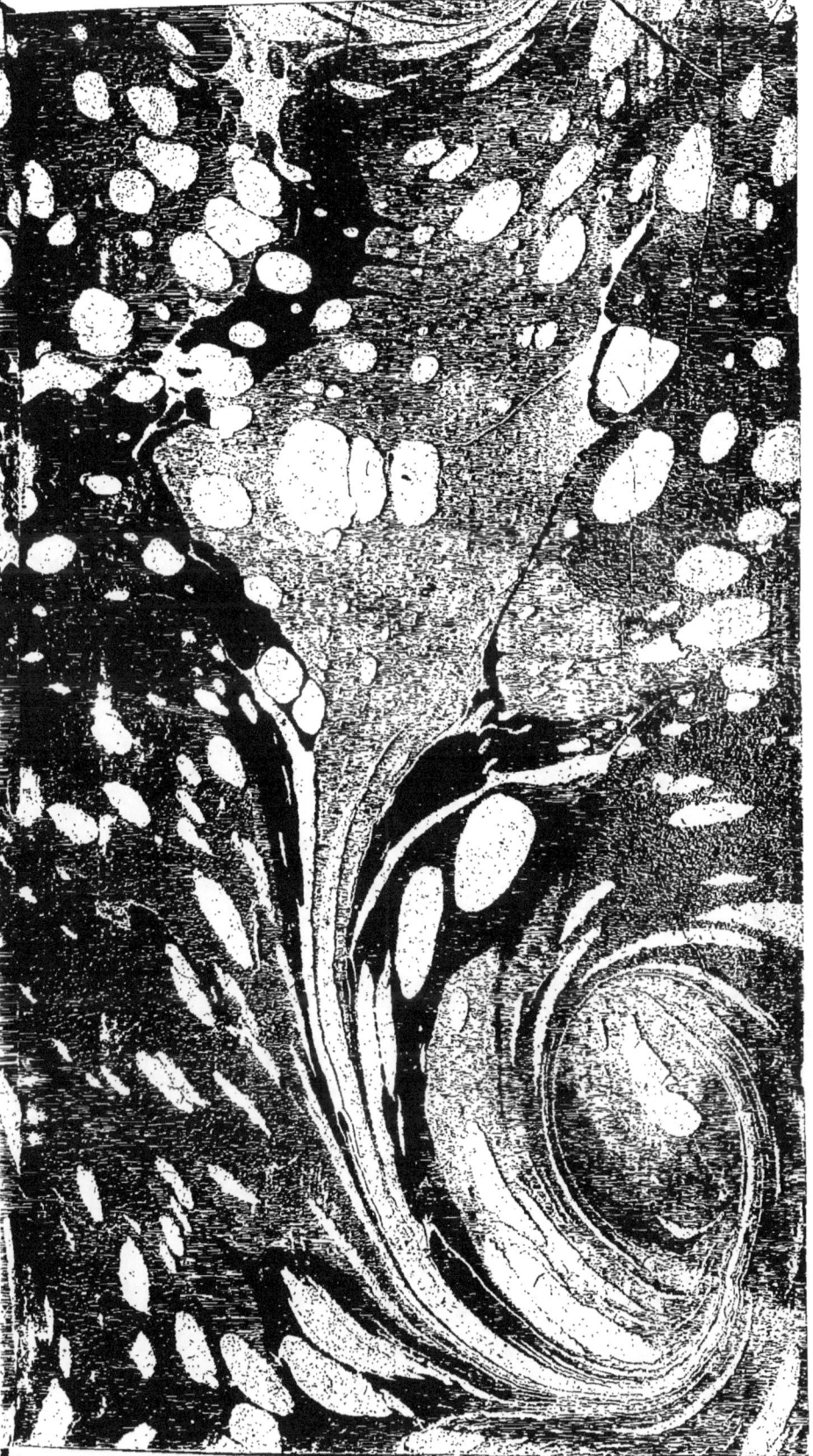

17218
H

MEMOIRES

POUR SERVIR
A L'HISTOIRE
DES
HOMMES
ILLUSTRES
DANS LA REPUBLIQUE DES LETTRES.
AVEC
UN CATALOGUE RAISONNE'
de leurs Ouvrages.

Par le R. P. NICERON, Barnabite.

TOME XXXI.

A LA SCIENCE

A PARIS, 8H 28694

Chez BRIASSON, Libraire, ruë S. Jacques,
à la Science.

M. DCC. XXXV.

Avec Approbation & Privilege du Roy.

TABLE

ALPHABETIQUE

Des Auteurs contenus dans les trente-un Volumes de ces Mémoires.

Le chiffre marque le Volume.

* ij

DES AUTEURS.

* iij

TABLE ALPHABETIQUE

* iiij

TABLE ALPHABETIQUE

TABLE ALPHABÉTIQUE

DES AUTEURS.

TABLE ALPHABETIQUE

DES AUTEURS.

TABLE ALPHAB. DES AUTEURS.

Fin de la Table Alphabetique des Auteurs.

TABLE PARTICULIERE
de ce Volume.

MEMOIRES

MEMOIRES

POUR SERVIR

A L'HISTOIRE

DES

HOMMES

ILLUSTRES

DANS LA REPUBLIQUE *des Lettres* ;

Avec un Catalogue raifonné de leurs Ouvrages.

ROBERT BELLARMIN.

 OBERT *Bellarmin* na-
quit à *Monte - Pulciano* ,
petite ville de Tofcane ,
le 4. Octobre 1542. de
Vincent Bellarmin , & de
Cinthia Cervin , fœur de *Marcel
Cervin* , Cardinal du titre de Sain-
te-Croix , & qui fut depuis Pape

Tome XXXI.   A

R. BEL-
LARMIN.

sous le nom de *Marcel II*. mais qui mourut 24. jours après son exaltation, l'an 1555.

Il reçut au baptême les noms de *Robert-François-Romule* ; mais il ne conserva que celui de *Robert*, que portoit le Cardinal *Pucci*, Florentin, qui l'avoit tenu sur les fonds.

Il fit paroître durant le cours de sa jeunesse autant de penchant pour la pieté, que de disposition pour les sciences. Il s'y appliqua avec soin dans le College de *Monte-Pulciano*, où il fit ses études, & acquit en peu d'années une capacité au-dessus de son âge. Son inclination particuliere le portoit à la Poësie, & quoique dans la suite il ait sacrifié cette inclination à des études plus importantes, il n'a pas laissé de faire de temps en temps quelques pieces en ce genre, qui ont merité les éloges des connoisseurs.

Ayant fini ses études d'Humanités, il entra dans la Compagnie de *Jesus* le 20. Septembre 1560. & commença son Noviciat à *Rome* ; mais à peine en eut il fait deux mois, qu'on l'en tira & qu'on l'envoya au College Romain, pour y faire sa Philosophie.

Il eut durant son Cours des infirmités, qui donnerent lieu de craindre qu'il n'eût pas dans la suite autant de santé, qu'en demandoient les études & les emplois ausquels on le destinoit; il soutint cependant à la fin un Acte public, qui lui fit beaucoup d'honneur.

On l'envoya ensuite à *Florence*, pour y regenter, & y enseigner les Humanités; & de là à *Mondovi*, pour y professer la Rhetorique. Quoique ce dernier employ emportât une bonne partie de son temps, il ne laissoit pas d'en trouver encore pour la Predication, à laquelle il avoit commencé à s'appliquer pendant son séjour à *Florence*; & il s'y rendit même en peu de temps si habile, qu'il n'avoit encore que 22. ans, qu'il prêchoit dans les plus considerables Eglises de la Toscane.

Ayant passé de *Mondovi* à *Padouë*, pour y faire sa Théologie, il continua à y prêcher avec le même succès; & ce succès le suivit à *Venise*, & à *Genes*, où il fut appellé par ses

A ij

4

Superieurs , à l'occasion d'une Congregation Provinciale, qui s'y devoit tenir, & qu'on vouloit rendre
célébre par des Actes publics.

Bellarmin y soutint durant deux
jours dans la Cathedrale des Theses
d'une varieté & d'une étenduë, qui
étonna tout le monde : car elles
comprenoient tout ce qu'il y a de
plus considerable dans la Rhetorique , la Logique, la Physique & la
Metaphysique d'*Aristote* , & ce que
les trois parties de la somme de *S.
Thomas* ont de matieres plus importantes. Mais ce qui surprit le plus
toute l'assemblée, qui avoit admiré
la clarté , la precision, la justesse &
la solidité de ses réponses; ce fut de
le voir à la fin de la derniere dispute prendre un surplis & monter en
chaire, où il prêcha avec une force
& une éloquence, qui firent convenir tout le monde , qu'il n'excel-
loit pas moins dans la Predication
que dans la Théologie.

Le bruit que sa reputation faisoit
dans l'Italie , porta *S. François de
Borgia* , qui étoit alors General des
Jesuites, à jetter les yeux sur lui,

pour l'envoyer en Flandres, où l'on
avoit beſoin de gens capables de ſoutenir la foy, contre les nouvelles erreurs, qui commençoient à s'y répandre. Il fallut pour cela l'arracher
au Recteur du College de *Padoüe*,
qui fit tout ce qu'il put auprès du
General, pour empêcher qu'on ne
lui enlevât un ſujet qui faiſoit tant
d'honneur à ſon College. Mais il
étoit juſte que le bien general l'emportât ſur le particulier, & les grands
biens que *Bellarmin* fit en Flandres
durant ſept années qu'il y fut employé, juſtifierent le choix de *S.
François de Borgia*.

Il arriva à *Louvain* l'an 1569. pour
y achever ſes études, & pour prêcher en même temps en Latin dans
l'Egliſe des Jeſuites. Pour donner
plus de poids à ſes diſcours, on crut
qu'il étoit à propos de le faire ordonner Prêtre ; mais il y avoit ſur
cela une difficulté, qui étoit qu'il
n'avoit pas encore l'âge requis pour
la Profeſſion, avant laquelle *Pie V.*
par un Decret, que *Gregoire XIII.*
revoqua depuis, avoit défendu qu'on
fît recevoir la Prêtriſe à aucun de la

Compagnie. Le temperament que
prit le General, pour accommoder
toutes chofes, fut d'avancer à *Bellarmin* la Profeffion des trois vœux, de
la lui faire faire le jour même de fon
Ordination, & de remettre à deux
années après, la Profeffion des quatre
vœux.

Il fut ordonné Prêtre le Samedi
Saint de l'an 1570. & non point en
1569. comme le dit *Sotwel*, par *Corneille Janfenius*, Evêque de *Gand*, &
dit fa premiere Meffe le 2. Avril de
cette année, jour de la Quafimodo.

Après qu'il eut achevé en une année ce qui lui reftoit de fes études
de Théologie, on le nomma pour
l'enfeigner, & il fut le premier de
la Compagnie, qui l'enfeigna à *Louvain*.

Comme ce fut juftement dans ce
temps-là qu'on publia à *Louvain* la
Cenfure que le Pape avoit faite trois
ans auparavant, c'eft-à-dire en 1567.
de 79. Propofitions de *Michel Baïus*,
Chancelier de l'Univerfité de cette
ville, *Bellarmin* ne put fe défendre
de refuter dans fes Ecrits & dans fes
Thefes la doctrine contenue dans

ces propofitions condamnées : mais R. BEL-
il le fit d'une maniere fi moderée, LARMIN,
& avec tant de ménagement pour
la perfonne de *Baïus*, que ceux qui
s'intereffoient le plus à la reputation
de ce Docteur, n'eurent jamais lieu
de s'en offenfer.

Les occupations de *Bellarmin* en
Flandres ne fe bornerent pas à enfeigner la Théologie & à prêcher; il voulut auffi y apprendre la langue Hebraïque, dans laquelle il fit de fi grands
progrès, d'abord par les fecours d'un
Jefuite nommé *Jean Arlenus*, qui
l'entendoit fort bien, & enfuite par
fa propre induftrie, qu'il fe vit en
état de dreffer une Grammaire Hebraïque, plus facile & mieux con-
çuë, que celles qui avoient paru juf-
qu'alors.

Il entreprit outre cela la lecture
de tout ce qu'il put trouver de livres écrits fur les matieres de la Religion, & fur l'hiftoire de l'Eglife ;
& fon Traité des Ecrivains Ecclefia-
ftiques, où il porte fon jugement fur
plus de 400. Auteurs, fait connoître qu'il les avoit lûs avec exactitude
& avec foin.

A iiij

8   *Mém. pour servir à l'Hist.*

R. BEL-   Au bout de sept ans de séjour en
LARMIN.   Flandres, c'est-à-dire en 1576. son
General le rappella en Italie, & l'envoya d'abord à *Monte-Pulciano*, pour
lui faire prendre son air natal, que
les Médecins avoient jugé absolument necessaire au recouvrement de
sa santé, fort affoiblie par ses grands
travaux. Il s'y retablit effectivement,
& dès qu'il fut en état de reprendre
ses premieres occupations, son General l'appella à *Rome*, pour y enseigner les Controverses dans le College Romain. Il s'acquitta de cet emploi avec tout le succès, qu'on peut
se figurer en lisant les Ouvrages que
nous avons de lui en ce genre.

Le Pape *Sixte V*. le choisit en
1589. pour aller en France en qualité de Théologien du Cardinal *Ca-
jetan*, qu'il y envoya avec le titre de
Légat, lorsqu'il eut appris la mort
du Roi *Henri III*. Après avoir couru de grands perils, ils arriverent à
Paris le 20. Janvier 1590. Ils y
étoient encore, lorsque cette ville
fut bloquée, & ils y demeurerent
tout le temps du blocus.

Bellarmin assistoit par ordre du

R. BEL-
LARMIN.

Legat à tous les Conſeils qui ſe tenoient, mais ſans ſortir des bornes
que le Pape & ſon General lui
avoient preſcrites; c'eſt-à-dire, que
lorſqu'il y avoit quelque point de
doctrine à établir, & quelque dogme
à éclaircir, il diſoit ſon ſentiment
avec dignité & en homme conſom-
mé : mais dès qu'on en venoit aux
matieres politiques, quelques in-
ſtances qu'on lui fît pour l'engager
à dire ſon avis, il ne repondoit autre choſe ſinon que ces matieres
n'étoient ni de ſa commiſſion, ni
de ſon Etat.

La mort de *Sixte V*. arrivée le 27.
Août 1590. ayant obligé le Légat de
retourner en Italie, il partit de *Paris* avec *Bellarmin* le 24. Septembre
ſuivant. A peine furent-ils arrivés à
Rome, & *Bellarmin* eut-il retabli ſa
ſanté, alterée par les fatigues du
Voyage, qu'il trouva une nouvelle
occaſion de l'employer à l'utilité de
l'Egliſe.

Gregoire XIV. qui fut élû Pape le
5. Decembre 1590. l'appella aux
Congregations, qu'il fit tenir pour
la correction de la Vulgate; & ſon

R. BEL-
LARMIN.

avis y fut toûjours d'un grand poids.

Claude Aquaviva, General des Jesuites, le nomma en 1592. Recteur du College Romain, & le fit paffer avant la fin de fon trienal à la charge de Provincial de la Province de *Naples*, qu'il remplit, comme il avoit fait la premiere, avec toute la prudence & toute la douceur, qu'on peut fouhaiter dans un Superieur.

Il en faifoit les fonctions, lorfque le Pape *Clement VIII.* le rappella à *Rome* au commencement de l'année 1597. à l'occafion de la mort du Cardinal *Tolet*, dont il voulut qu'il vint prendre la place de Théologien auprès de fa perfonne. Il lui fit même preparer un appartement dans le Vatican; mais il fe rendit aux inftances de *Bellarmin*, qui lui fit agréer qu'il demeurât dans la maifon de la Compagnie la plus voifine du Palais Apoftolique. Cette maifon fut celle de la Penitencerie.

Clement VIII. le fit quelque temps après Confulteur du Saint Office, & Examinateur des Evêques, & le mena avec lui à fon voyage de *Ferrare*,

dont il alla au mois d'Avril 1598. R. Bel-
prendre poſſeſſion, comme d'un fief LARMIN.
devolu au S. Siege. Durant tout ce
voyage & après ſon retour à *Rome*,
il donna à *Bellarmin* tant de marques d'eſtime & de conſideration,
qu'on ne douta point, qu'il ne lui
deſtinât le chapeau de Cardinal à la
premiere promotion.

Il fut en effet compris dans celle
du 3. Mars 1599. Le Pape ſçavoit ſi
bien ſes ſentimens ſur ſa Promotion,
& l'oppoſition qu'il y trouveroit de
ſa part, qu'il lui envoya faire defenſe de ſortir de ſa maiſon, qu'il
ne le mandât; & lorſqu'il parut devant lui pour la premiere fois, à
peine eut-il ouvert la bouche pour
parler, que le Pontife lui impoſa ſi-
lence, & lui defendit ſous peine
d'excommunication de rien repli-
quer.

Obligé ainſi d'accepter le Cardinalat, il vêcut dans ce rang avec
un auſſi grand detachement, & autant de ſoumiſſion pour le General
de la Compagnie, qu'il regardoit
toûjours comme ſon Superieur, que
lorſqu'il n'étoit que ſimple Religieux.

En entrant dans le Cardinalat il se prescrivit trois regles qu'il observa toute sa vie. La premiere de garder, autant qu'il pourroit dans son état, les regles & les coûtumes de la Compagnie : la seconde de ne faire aucun amas d'argent, ni pour lui, ni pour ses proches : & la troisiéme de ne se procurer jamais ni par lui-même, ni par d'autres, de plus gros revenus des bienfaits du Pape, & de n'accepter jamais les presens d'aucun Prince.

Il prit une maison près du College de la Compagnie, en un lieu d'où il pût entendre la cloche, pour se conformer à ses exercices, autant qu'il lui seroit possible. Il jeûnoit trois fois la semaine & tout l'Avent aussi rigoureusement que le Carême. Il regla la depense de sa table à trois Jules, qui ne font gueres plus de 20. sols de notre monnoye. Il n'avoit ni laquais ni valet de Chambre à son lever, & hors les heures d'audience il ne souffroit point de feu dans sa chambre, même durant les plus grands froids.

Il se retiroit tous les ans durant

un mois à la maison du Noviciat des
Jésuites, pour s'y occuper unique-
ment de l'affaire de son salut. Quelques Opuscules de pieté qui nous
restent de lui, sont les fruits de ces
retraites.

Clement VIII. qui l'avoit appellé
auprès de lui, pour avoir un homme qui lui dît la verité, reconnut
qu'il ne s'étoit point trompé dans
le choix qu'il avoit fait pour cela de
sa personne. Quelques-uns prétendent que sa sincerité & sa liberté,
qui avoit d'abord plû à ce Pontife, lui deplut dans la suite, & qu'il
chercha un pretexte honnête de
l'éloigner de lui, en l'élevant à l'E-
piscopat.

Quoiqu'il en soit, il le nomma
à l'Archevêché de *Capouë*, & ce
nouveau Prélat fut sacré le second
Dimanche d'après Pâques, où le
21. Avril de l'an 1602.

Il partit trois jours après pour son
Diocèse, à la conduite duquel il
donna depuis tous ses soins & son
application, & où il demeura jusqu'à l'an 1605. que la mort du Pape
Clement VIII. arrivée le 3. Mars de

cette année l'obligea de se rendre à *Rome* pour l'Election d'un nouveau Pontife.

Alexandre de Medicis fut élû le 1. Avril & couronné le jour de Pâques, c'est-à-dire, le 10. du même mois, sous le nom de *Leon XI.* Mais sa mort, qui suivit de près son élection, obligea les Cardinaux à rentrer dans le Conclave. *Bellarmin* fut dans tous les deux sur les rangs; mais *Camille Borghese* l'emporta cette seconde fois, & fut élû Pape le 17. May de la même année sous le nom de *Paul V.*

Le nouveau Pontife voulut retenir *Bellarmin* auprès de lui, & ce Cardinal y consentit; mais ne croyant pas pouvoir garder l'Archevêché de *Capouë*, sans y resider, il voulut absolument s'en demettre, & refusa même une pension que le Pape lui offrit sur cet Archevêché.

Il fut employé depuis à plusieurs affaires particulieres jusqu'à l'an 1621. qu'il obtint pour raison de ses infirmités, la permission de se retirer dans une maison des Jesuites pour s'y disposer à la mort.

Il choifit le Novitiat de *S. André*, où il entra le 16. Août 1621.
Il y tomba malade peu de temps
après, & y mourut le 17. Septembre
de la même année 1621. âgé de 79.
ans prefque accomplis. Il fut enterré
dans l'Eglife de la maifon profeffe
des Jefuites de *Rome*, qu'il avoit fait
fon heritiere ; & le Cardinal *Odoard
Farnefe* lui fit conftruire un Maufolée magnifique, où l'on mit cette
Epitaphe.

*Roberto Cardinali Bellarmino, Po-
litiano, è Societate Jefu, Marcelli II.
P. M. fororis filio, Odoardus Cardinalis Farnefius fui erga virum, quem patris loco femper coluit, amoris num-
quam morituri monumentum pofuit.
Obdormivit in Domino anno fal. 1621.
ætatis 79.*

Les Ouvrages de Controverfe,
qu'il a compofés, lui ont acquis
une grande reputation parmi les Catholiques, & même parmi les Proteftans, les uns & les autres l'ayant
confideré comme le plus grand con-
troverfifte qui eût encore écrit. Il
s'en eft trouvé cependant parmi ces
derniers, qui n'ont rien oublié pour

R. Bel-
larmin.

le decrier, & qui ont eu pour cela recours aux calomnies les plus atroces & les plus ridicules. Tel a été l'Auteur d'un libelle, qu'on repandit en Allemagne, en Pologne, en Angleterre, & en Hollande, long-temps avant sa mort, dont le titre étoit : *La fidelle & veritable histoire de la mort desesperée de Robert Bellarmin, Jesuite.* Voici a peu près à quoi se reduit cette histoire prétendue.

Bellarmin, disoit-on, sur ses vieux jours, touché des remords de sa conscience, ne pouvant plus porter le poids des crimes épouvantables, dont toute sa vie n'avoit été qu'un tissu énorme, se résolut de les aller deposer aux pieds d'un Pénitentier de *Lorette*. Il y alla en habit deguisé, pour ne se pas faire connoître : étant arrivé à la chapelle, il se jetta à genoux, les bras étendus, suppliant la Vierge, qui rebuta sa priere, de lui obtenir le pardon de ses péchés ; & après avoir passé trois heures entieres dans les gemissemens & dans les larmes, il presenta au Confesseur un Cahier écrit de sa main, qui contenoit tous les desordres de sa vie ;

&

& c'eſt ce papier là même, qu'on R. BEL= prétendoit, je ne ſçai par quelle LARMIN. avanture, avoir été trouvé, & s'être rendu public. Le Prêtre, continue-t-on, fut effrayé dès la premiere feüille, & les cheveux lui dreſſerent à la tête, à la lecture qu'il y fit de mille effroyables excès ; entre leſquels le coupable declaroit, qu'il avoit entretenu de mauvais commerces avec une multitude inombrable de femmes débauchées, & qu'il s'en étoit defait auſſi bien que de leurs enfans, partie par poiſon, partie par le feu, pour empêcher que le Public ne vint en connoiſſance de ces terribles abominations. On ajoûtoit, que le Penitencier, ayant jetté le Cahier par terre, avoit declaré à cet étrange penitent, qu'il n'avoit à eſperer ni abſolution, ni remiſſion, ni miſericorde ; que lui, frappé de cette parole, comme d'un coup de foudre, tombant par terre, s'abandonna au dernier deſeſpoir, & que ſon ame ayant été poſſedée ſur le champ d'un affreux demon, tandis que ſon corps étoit brûlé d'une fievre ardente, il mourut reniant

Tome XXXI. B

R. Bel-
larmin.
tout ce qu'il y avoit de plus sacré,
& fut precipité dans les enfers.

Cette fable impertinente ne meritoit pas qu'on songeât à la refuter, *Jacques Gretser* l'a voulu faire
cependant dans un Ecrit qu'il a publié sous ce titre : *Libelli famosi, quo-
vix post hominum memoriam impuden-
tior & flagitiosior prodiit adversus Ro-
bertum Bellarminum, Castigatio. Ingolstadii 1615. in-4°.*

Catalogue de ses Ouvrages.

1. *Disputationes de Controversiis fidei, adversus hujus temporis Hæreticos. Ingolstadii. in-fol.* trois vol. Il
publia cet Ouvrage, qui est le precis
de ses Leçons sur les Controverses,
par l'ordre de son General. Le premier fut imprimé en 1581. le second le fut l'année suivante 1582.
& il dedia ces deux premiers au Pape *Sixte V.* Les affaires dont il fut
chargé depuis retarderent la publication du troisiéme, qui ne parut
qu'en 1592. sous les auspices du Pape *Clement VIII.* L'année suivante
1593. l'Ouvrage entier fut réimprimé à *Lyon in-fol.* & cette édition est
entierement conforme à la premiere.

En 1596. il revit ſon Ouvrage, &
en fit faire à *Veniſe* une nouvelle
édition, ſur laquelle il veut que les
Imprimeurs, qui mettront ſon livre
ſous la preſſe, ſe reglent à l'avenir.
Il s'en fit depuis un autre, qui porte dans le titre : *Opus ab ipſomet Au-*
tore nunc demum auctum, recognitum,
& in quatuor tomos diſtributum. Accef-
ſerunt hac editione ſingulis tomis recen-
tia quædam ejus Autoris opuſcula ſuis
quæque locis inſerta. Ingolſtadii 1601.
in-fol. Celle de *Lyon* de l'an 1603.
en 4. vol. *in-fol.* ſuivit de près celle-
ci. Les *Triadelphes* donnerent de
nouveau l'Ouvrage à *Paris*, en 1608.
& en 1613. en 4. vol. *in-fol.* Il fut
réimprimé depuis à *Cologne* en 1615.
en 4. vol. *in-fol.* & en 1619. en ſept
vol. auſſi *in-fol.* Les trois derniers
volumes de cette derniere édition
contiennent ſon explication des
Pſeaumes, ſes Sermons, & divers
Traités, qui avoient toûjours parû
ſéparement. Il y en a pluſieurs autres éditions, que je ne connois point
particulierement ; la derniere a été
faite à *Veniſe* l'an 1721. en 5. vol.
in-fol. C'eſt la plus ample, mais elle

B ij

R. Bel-
LARMIN.

est pleine de fautes d'impression. Je m'arrêterai à l'Edition de *Cologne* de 1619. & je marquerai ici ce qu'elle contient.

On trouve dans le premier volume les trois Controverses suivantes.

De Verbo Dei scripto & non scripto libri IV. Des morceaux de ce traité ont été inserés sous le titre de *Fragmenta circa versiones vulgares S. Scripturæ vel divinorum Officiorum* dans un Recueil intitulé : *Collectio Auctorum, qui S. Scripturæ aut divinorum Officiorum in vulgarem linguam translationes damnarunt. Paris. 1661. in-4°*. L'Ouvrage entier a été réimprimé avec les notes d'un Protestant. *De Verbo Dei scripto & non scripto. Cum notis Joh. Urbani. Zwollæ 1609. in-4°.*

De Christo Capite totius Ecclesiæ libri V. Cette seconde controverse a été réimprimée aussi *cum notis & animadversionibus Danielis Tileni. Sedani 1619. in-4°*.

De summo Pontifice, capite totius Militantis Ecclesiæ libri V. *It. Cum notis & animadversionibus D. Tileni. Sedani 1619. in-4°*. Cet Ouvrage déplut également à *Rome* & à *Paris.*

On crut à *Rome* qu'il ne donnoit
point affez au Pape, à qui il accor-
dóit feulement une puiffance indi-
recte fur le Temporel des Rois, & il
fut pour cela mis à l'*Index*, dont on
le retira dans la fuite. On trouva à
Paris qu'il lui donnoit trop ; comme
il paroît par le *Mercure François*
tom. 2. où l'on apprend que » fur la
» fin de l'an 1586. que le premier tome
» des Controverfes de *Bellarmin* fut
» apporté en France, de l'impreffion
» d'*Ingolftad*, *Etienne Michel*, Li-
» braire de *Lyon*, étant à *Paris*,
» s'adjoignit avec un autre Libraire,
» pour faire imprimer ce livre ; ce
» qu'ils commencerent à faire. De
» quoi Monfieur le Procureur Gé-
» néral du Roi ayant eu avis, envoya
» prendre & faifir 21. feüilles, qu'il
» y avoit déja de faites, & leur fit
» défenfes de continuer à le faire
» imprimer. C'étoit à caufe de la 3ᵉ.
» Controverfe, où il traitoit *de fum-
» mo Pontifice*, & où il attribuoit au
» Pape une puiffance temporelle in-
» directement fur les Empereurs,
» Rois, & Princes Souverains ; &
» plufieurs autres chofes contre la

R. BEL-
LARMIN.

R. Bel- » souveraine puiſſance temporelle
larmin. » des Rois.

Le ſecond volume contient quatre nouvelles Controverſes.

De Ecclesia tum in Conciliis congre-
gata, tum ſparſa toto orbe terrarum
libri IV.

De Membris Eccleſia Militantis,
Clericis, Monachis & Laïcis, libri III.

De Ecclesia, quæ eſt in Purgatorio,
libri II.

De Ecclesia, quæ triumphat in Cœ-
lis, libri III.

Le troiſiéme volume comprend
cinq Traités.

De Sacramentis in genere libri II.

De Baptiſmo & Confirmatione liber
I.

De Euchariſtia & ſacrificio Miſſæ
libri VI.

De Pœnitentia libri IV.

De Extrema Onctione, Ordine, &
Matrimonio libri III.

Le quatriéme en a trois.

De gratia primi hominis & ſtatu
Innocentiæ liber I.

De Gratiæ amiſſione libri VI.

De Gratiæ reparatione, & ſtatu Ju-
ſtificatorum per Chriſtum libri XIV.

» Ce font là toutes les Contro- R. Bel-
» verfes de *Bellarmin*, où les que- LARMIN.
» ftions font traitées avec beaucoup
» de méthode & de netteté. Il rap-
» porte d'abord fur chaque queftion
» les erreurs des Héretiques, & les
« fentimens des Théologiens Catho-
» liques. Il explique enfuite en peu
» de mots la doctrine de l'Eglife,
» ou le fentiment qu'il embraffe ;
» il rapporte fes preuves, & propofe
» enfin les objections aufquelles il
» repond exactement. Il tire fes preu-
» ves particulierement de l'Ecriture
» Sainte, des définitions des Con-
» ciles, des témoignages des Saints
» Peres, de l'Hiftoire Ecclefiaftique,
» de la pratique de l'Eglife & du
» fentiment commun des Théolo-
» giens ; rarement il fe fert du rai-
» fonnement. Il ne s'écarte point or-
» dinairement de fon fujet; il n'omet
» aucun des paffages qui peuvent
» fervir à fa caufe; il rapporte les
» Objections dans leur force, & il
» repond en peu de mots. Son ftyle
» eft ferré, net & precis; il n'a pas
» l'élegance des Auteurs qui fe font
» appliqués à la pureté du langage.

R. Bel-
larmin.

» & à l'ornement du difcours, mais
» auffi n'a-t'il pas cette fechereffe,
» cette obfcurité, cette barbarie qui
» fe rencontrent dans quelques Scho-
» laftiques, Il avoit beaucoup lû les
» livres des Proteftans, & rapporte
» fidellement leurs fentimens: quoi-
» qu'il ne les épargne pas, il ne s'eft
» point laiffé aller aux invectives &
» aux emportemens de quelques pe-
» tits Controverfiftes, qui ont eu
» plus de zele que d'érudition & de
» capacité. Il feroit à fouhaiter qu'il
» n'eût pas été fi fort prevenu fur
» certaines opinions, & qu'il eût
» diftingué avec plus de foin la doc-
» trine de l'Eglife, des opinions des
» Théologiens Ultramontains. On
» ne peut nier que fes Controverfes
» ne foient un des meilleurs livres
» qui fe foient faits en ce genre,
» comme les Proteftans l'ont eux
» mêmes reconnu; puifque pendant
» quarante ou cinquante ans il n'y
» a prefque point eu d'habiles Théo-
» logiens parmi eux, qui n'ayent
» choifi *Bellarmin* pour le fujet de
» leurs Ouvrages de Controverfe.
Tel eft le jugement que M. *du Pin*
porte.

porte de l'Ouvrage de *Bellarmin.* R. BEL-

LARMIN.

Quelques Auteurs ont donné des Abregés de l'Ouvrage de *Bellarmin,* dont le Public n'a pas temoigné faire grand cas. Tels ſont le P. *Jean-Baptiſte Desbois,* Minime, mort le 11. Janvier 1612. dans un livre intitulé : *Diſputationum Rob. Bellarmini Epitome. Pariſ.* 1603. *in-8°.* Quatre tomes. *Baudoin Junius* ou *de Jonghe,* Cordelier Flamand, mort en 1634. dans ſes *Demonſtrationes fidei Orthodoxæ. Antuerpiæ* 1611. *in-4°.* *Jean André Coppenſtein,* Jacobin Allemand, dans ſes *Controverſiarum inter Catholicos & Hæreticos noſtri temporis ex Roberto Bellarmino Cardinali in Epitome redactarum libri.* 1643. *in-4°.*

D'autres l'ont attaqué ; ceux-ci ſont en très-grand nombre, & je me contenterai d'en rapporter quelques-uns.

Samuelis Huberi Anti-Bellarminus, hoc eſt, refutatio eorum quæ adverſus Chriſtianam fidem pro tuenda Pontificia Religione diſputavit Robertus Bellarminus. Goſlariæ 1607. *in-fol.*

Johannis Adami Scherzeri Anti-

Tome XXXI. C

R. Bel- *Bellarminus, sive in* IV. *Tomos Con-*
LARMIN. *troversiarum Rob. Bellarmini Dispu-*
tationes Academicæ. Lipsiæ 1681. *in-*
4°.

Conradi Vorstii Anti-Bellarminus contractus, hoc est, compendiosum examen omnium fidei controversiarum, quæ hoc tempore inter Evangelicos & Pontificios agitantur. Hanoviæ 1610. *in-*4°.

Georgii Albrechti Anti-Bellarminus Biblicus. Nordlingæ 1634. *in-*4°. L'Auteur n'a voulu chicaner *Bellarmin* que sur les passages de l'Ecriture.

Amandi Polani Collegium Anti-Bellarminianum. Basileæ 1613. *in-*8°. C'est un Recueil de Theses faites en differens temps contre les Controverses de *Bellarmin.*

Joannis Crocii disputationes Anti-Bellarminianæ. Bremæ 1632. *in-*8°.

Guilelmi Amesii Bellarminus enervatus; sive disputationes Anti-Bellarminianæ. Franekeræ 1625. *in-*8°. deux vol.

Le cinquiéme volume de l'Edition dont je parle, renferme

2. *Explanatio in Psalmos.* Il y en a un grand nombre d'Editions. *Roma*

1611. *in*-4°. *Colonia* 1611. 1617. R. BEL-
1633. *in*-4°. *Lugduni* 1611. 1612. LARMIN.
in-4°. *Parif.* 1625. 1634. 1642. *in*-4°.
Rothom. 1644. *in*-4°. Voici le jugement que M. *Simon* porte de cet Ouvrage , dans fon *Hiftoire Critique du*
Vieux Teftament. » La méthode que
» le Cardinal *Bellarmin* a fuivie dans
» fon Commentaire fur les Pfeau-
» mes , eft bonne & digne de lui. Il
» examine le Texte Hebreu , qui eft
» l'Original , puis les deux ancien-
» nes Verfions , que l'Eglife a auto-
» rifées. Il n'eft pas cependant affez
» critique , & il ne paroît avoir fçû
» que mediocrement la langue He-
» braïque , de forte qu'il fe trompe
» quelque fois. Comme il a écrit
» après *Genebrard* , il a pris de lui
» la plûpart de ce qui regarde la
» Grammaire & la Critique , en y
» changeant feulement quelque cho-
» fe. Il y a auffi des endroits qu'il
» auroit pû expliquer plus à la lettre
» & felon le fens hiftorique ; mais il
» y a bien de l'apparence qu'il ne l'a
» pas voulu faire , afin que fon Com-
» mentaire fût plus utile aux Chré-
» tiens.

C ij

R. Bel-
larmin.

Le 6ᵉ. volume contient.

3. *Conciones habitæ Lovanii.* Imprimées *Coloniæ* 1615. *in-*4°. It. *Venetiis* 1617. *in-*4°. *Bellarmin* s'eſt plaint de l'Edition de ces Sermons qui s'eſt faite à *Cologne*, comme étant peu conforme à ſes Originaux. Au reſte ils reſſemblent plus à des leçons de Théologie , qu'à des diſcours de Morale.

Le 7e. volume eſt deſtiné aux Opuſcules , qui ſont les ſuivans.

4. *De Scriptoribus Ecclesiaſticis liber* 1. *Cum adjunctis Indicibus Undecim, & brevi Chronologia ab Orbe condito uſque ad annum* 1612. *Romæ* 1613. *in-*4°. .It. *Coloniæ* 1613. *in-*8°. It. *Lugduni* 1613. *in-*4°. It. *Pariſ.* 1617. *in-*8°. Cette édition eſt une des plus correctes , ayant été faite par les ſoins & ſous les yeux du P. *Sirmond.* It. *Pariſ.* 1631. *in-*8°. It. *Cum Appendice Philologica & Chronologica Philippi Labbe. Pariſ.* 1658. *in-*8°. Outre le P. *Labbe, Caſimir Oudin* a fait de grandes additions à l'Ouvrage de *Bellarmin. André du Sauſſay* l'a auſſi continué depuis l'an 1500. où *Bellarmin* avoit fini , juſ-

qu'à l'an 1600. & sa continuation a
été imprimée en 1663. *in-4°*. Mais le
continuateur est bien inferieur en
toutes choses au premier Auteur.
Bellarmin s'est acquis beaucoup de
reputation par cet Ouvrage, qui l'a
fait reconnoître pour un homme de
grande lecture & de bon discerne-
ment. La plûpart des Protestants prétendent même que c'est le meilleur
qu'il ait fait. On l'accuse néanmoins
d'avoir marqué trop de partialité;
d'avoir blâmé des Auteurs sur les
seuls titres de leurs livres, & d'avoir
condamné quelques traductions de
bons Auteurs, seulement parce qu'elles avoient été faites par Héretiques.
Il faut avoüer aussi qu'il se trompe
quelquefois dans la Critique & dans
la Chronologie; mais ces defauts
sont compensés par le grand nom-
bres de belles observations, qu'on
trouve dans son livre.

5. *De Translatione Imperii Romani
à Græcis ad Francos, adversus Flacium
Illyricum, libri tres. Antuerpiæ* 1589.
in-8°. It. Coloniæ 1599. *in-8°. Bellar-*
min pretend que cette translation
s'est faite par l'autorité des Papes.

C iij

R. BEL-
LARMIN.

6. *De Indulgentiis & Jubilæo, libri duo.* Imprimés avec quelques opuscules du même Auteur. *Coloniæ* 1599. *in-*8°. It. *Paris.* 1599. *in-*8°. It. *Lugduni* 1600. *in-*8°.

7. *Responsio ad librum Anonymum contra summum Pontificem, cui titulus Aviso piacevole alla bella Italia.* Cette reponse se trouve dans le Recueil indiqué au N°. précedent sous le titre d'*Appendix ad libros de summo Pontifice.* Il s'est proposé de repondre ici à ce qui avoit été dit contre la Cour de *Rome* dans un Ouvrage, que *Nicolas Perrot,* François, qui demeuroit en Italie, avoit publié sous le titre d'*Aviso piacevole dato alla bella Italia.* 1586. *in-*4°.

8. *Refutatio libelli de Cultu Imaginum, qui falso Synodus Parisiensis inscribitur.* Cette refutation a été inserée dans le Recueil marqué au N°. 6. sous le titre d'*Appendix ad Disputationem de cultu Imaginum.* Le traité du culte des Images fait le second livre de la Controverse *de Ecclesia quæ triumphat in cœlis.*

9. *Judicium de libro quem Lutherani vocant Concordiæ. Ingolstadii* 1587.

in-8°. It. dans le Recueil marqué
au N°. 6.

10. *Apologia brevis pro eodem libel-*
lo. A sa suite.

11. *Matthæi Torti Responsio ad li-*
brum cui titulus : Triplici Nodo triplex Cuneus ; sive Apologia pro ju-
ramento fidelitatis, adversus duo
Brevia Papæ Pauli V. & recentes
Litteras Cardinalis Bellarmini ad
Georgium Blakvellum, Angliæ Ar-
chipresbyterum. *Coloniæ* 1610. *in*-8°.
Blakvell ayant approuvé le serment
que *Jacques I.* Roi d'Angleterre exi-
geoit de ses sujets, *Bellarmin* qui
étoit son ancien ami, lui écrivit une
longue lettre pour lui en faire ses
plaintes. Cette Lettre se trouve en
François dans la vie de *Bellarmin* par
le P. *Frizon*, & en Latin, telle qu'elle fut écrite, dans le livre que *Jac-*
ques I. y opposa aussitôt, de même
qu'aux deux Brefs du Pape sur le
même sujet, qu'il traita de triple
nœud, l'intitulant pour cette raison : *Triplici Nodo triplex Cuneus.*
Ce fut pour repondre à ce livre, que
Bellarmin composa celui dont il s'a-
git ici, & qu'il donna sous le nom

C iiij

R. BEL-
LARMIN.

de *Matthæus Tortus.* Le Roi d'Angleterre n'avoit point mis son nom
à son Ouvrage; mais choqué de la
réponse de *Bellarmin*, il la fit paroître de nouveau sous son propre nom,
avec une Epitre préliminaire qu'il
adressa à l'Empereur, & à tous les
Rois & Princes. Ce fut pour répondre à cette Epitre, que *Bellarmin*
composa l'Ouvrage suivant.

12. *Pro Responsione sua ad librum
Jacobi, Magnæ Britanniæ Regis, cui
titulus est* ; Triplici nodo triplex Cuneus, *Apologia* : Imprimée avec le
livre même.

13. *De Potestate summi Pontificis in
rebus temporalibus contra G. Bar-
claium liber. Romæ* 1610. *in-*8°. It. *Coloniæ* 1611. *in-*8°. L'Ouvrage de *Barclay*, que *Bellarmin* pretend refuter
ici a pour titre : *De Potestate Papæ,
an & quatenus in Reges & Principes
seculares jus & imperium habeat. Londini* 1609. *in-*8°. Ce livre fut defendu par Arrêt du Parlement de *Paris*
la même année 1610.

14. *Responsio ad duos libellos in
favorem Reipublicæ Venetæ conscriptos
adversus Interdictum Pauli V.* Cette

réponſe a paru en Italien en deux
petites brochures, publiées en differens temps. La premiere eſt intitulée : *Riſpoſta del Cardinal Bellarmino
à un libretto intitolato :* Riſpoſta di
un Dottore ad una Lettera &c. *In
Roma* 1606. *in-4°.* L'autre a pour titre : *Riſpoſta ad un libretto intitolato :*
Trattato e riſolutione ſopra la vali-
dita delle ſcomuniche di Giov. Ger-
ſone. *In Roma* 1606. *in-4°.*

15. *Reſponſio ad Tractatum ſeptem
Theologorum pro cauſa ejuſdem Reipub-
blicæ.* Publiée en Italien ſous ce titre : *Riſpoſta del Cardinale Bellarmino al Trattato de' ſette Teologi di Venetia ſopra l'Interdetto di Paolo V. In
Roma* 1606. *in-4°.* Cet Ouvrage &
le ſuivant ont paru en François ſous
ce titre : *Réponſe du Cardinal Bellarmin au Traité des ſept Théologiens de
Veniſe ſur l'Interdit du Pape Paul V.
& aux oppoſitions de F. Paul Servite
contre la premiere Ecriture du même
Cardinal; avec la réponſe du même
Auteur, à la defenſe des huit propoſitions de Jean Marſille Napolitain.*
1607. *in-*12.

16. *Reſponſio ad oppoſitiones F. Pauli*

R. Bel-
LARMIN.

Servitæ, & *Joannis Marsilii Neapo-
litani.* Cet Ecrit a paru en Italien la
même année 1606.

17. *Explicatio Symboli Apostolici.*
It. *Ex Latina in Illyricam linguam
versa à D. Petro Gaudentio, Episcopo
Arbensi. Roma* 1662. *in*-8°. Cet Ouvrage a été composé d'abord en Italien.

18. *Christianæ Doctrinæ explicatio.*
C'est un Catechisme, qui a été imprimé en toutes sortes de langues,
après avoir paru d'abord en Italien.
*Dichiaratione piu copiosa della Dottri-
na Cristiana composta per ordine di Clemente VIII. In Roma* 1603. *in*-4°. It.
*Traduit en Arabe par Victoire Scialac
& Gabriel Sionite. Rome* 1613. &
1617. *in*-8°. It. *traduit en Arabe par
Jean Hesronite. Rome* 1627. *in*-8°. It.
*Traduit en langue Illyrienne ou Sclavo-
ne par Jean Tomeo. Rome* 1627. *in*-8°.
It. *Traduit en Armenien. Rome* 1623.
in-8°. It. *Avec la traduction Syriaque.
Rome* 1633. *in*-8°. It. *Traduit en langue Grecque vulgaire. Rome* 1637. *in*-
8°. It. *Traduit en langue Albanoise par
Pierre Budi Petra-Bianca. Rome* 1636.
in-12. It. *traduit en Anglois par R.*

Hadock *in-*8°. It. *Traduit en Eſpagnol*
par Lotis de Vera, *Secretaire du Duc*
de Monteleon, *avec des additions &*
des exemples par Sebaſtien de Lyrio.
Valence 1619. *in-*8°. *Seville* 1648.
*in-*8°. & *Saragoce* 1652. *in-*8°. It. *tra-*
duit en François par Antoine Pacot Je-
ſuite. Avec les exemples & les hiſtoi-
res de l'Eſpagnol de Sebaſtien de Lyrio
traduites par Jean Baudoin. Paris
1629. & 1635. *in-*12.

19. *De aſcenſione mentis in Deum*
per Scalas rerum Creatarum liber. Pa-
riſ. 1606. & 1616. *in-*24. It. *Colonie*
1615. *in-*12. & 1626. 1634. *in-*24.
It. *Lugduni* 1615. *in-*12. It. *en Ita-*
lien par *Angelo Ciaia* ſous ce titre :
Scala di ſalire con la mente à Dio per
mezzo delle coſe Create. In Roma 1615.
*in-*8°. It. *Traduit en Grec vulgaire par*
George Buſtron, Jeſuite. Rome 1637.
*in-*8°. Le P. *Brignon*, Jeſuite, à traduit auſſi cet Ouvrage en François,
& ſa traduction a été imprimée à *Pa-*
ris en 1701. *in-*12. ſous le titre de
Degré pour élever ſon ame à Dieu.

20. *De aterna felicitate Sanctorum*
libri v. *Antuerpia* 1616. *in-*8°. It. *Co-*
lonie 1626. *in-*24. It. *Traduit en Fran-*

çois par le P. *Brignon. Du bonheur
éternel des Saints.* Paris 1701. *in-*12.

21. *De Gemitu Columbæ, sive de
bono lacrymarum libri tres. Antuerpiæ*
1617. *in-*8°. It. *Ibid.* 1626. *in-*24. It.
Romæ 1617. *in-*12. It. *Coloniæ* 1638.
*in-*24. It. Traduit en François par le
P. *Brignon. Du Gemissement de la Co-
lombe.* Paris 1701. *in-*12. Ce que *Bellarmin* a dit dans cet Ouvrage du
relâchement des Ordres Religieux,
lui a procuré une critique, que *Dominique Gravina,* Jacobin de *Naples,*
a publiée sous ce titre : *Vox Turturis,
seu de florenti usque ad nostra tempora
Sanctorum Benedicti, Dominici, Francisci, & aliarum Sacrarum Religionum
statu.* Neapoli 1625. *in-*8°. It. *Coloniæ*
1627. *in-*24. It. *Ibid.* 1638. *in-*4°.
Bellarmin trouva un defenseur, qui
sans se faire connoître, repoussa les
attaques de *Gravina,* dans un livre
intitulé : *Cavea Turturi malè contra
gementem Roberti Cardinalis Bellarmini Columbam exultanti, à Theologo
veritatis vindice structa. Monachii*
1631. *in-*12. *Gravina* repliqua quelque temps après par un nouvel Ouvrage, qui fut publié sous ce titre :

*Congeminata vox Turturis florentissi-
mum sacrorum Ordinum statum, dis-
rupta Cavea Anonymi, iterato occi-
nentis. Opus è Manuscriptis tractati-
bus Gravinianis ab Ill. D. Augustino
Ardinghella excerptum, & à Facul-
tate Theologica Parthenopaa Poloniæ
Regi (Ladislao IV.) dicatum. Neapoli*
1633. *in-*4°. It. Nouvelle édition
revûë sous cet autre tirre : *Resonans
Turturis Concentus. Opus à R. P. F.
Thoma de Sarria ejusdem ordinis re-
visum & illustratum. Coloniæ* 1638.
*in-*4°.

22. *Institutiones linguæ Hebraicæ &
Exercitatio Grammatica in Psalmum*
34. Cette Grammaire Hebraïque a
été imprimée un grand nombre de
fois ; entre autres, *Romæ* 1578. *&*
1585. *in-*8°. *Coloniæ* 1580. 1618. 1640.
*in-*8°. *Lugd.* 1596. *in-*8°. *Antuerpiæ*
1596. 1606. 1616. *in-*8°. *Venetiis*
1606. *in-*8°. *Geneva* 1606. 1616.
1619. *Paris.* 1622. *in-*8°. *Simeon de
Muis* a inseré des remarques de sa
façon dans cette édition de *Paris.*
Ce sont là toutes les pièces contenues dans l'Edition des Oeuvres de
Bellarmin, dont je parle ; on y a joint

R. Bel-
larmin.

un supplement, qui renferme les suivantes.

23. *De septem verbis Domini in cruce prolatis libri duo. Antuerpiæ* 1618. *in*-8°. It. *Coloniæ* 1626. & 1634. *in*-24. It. Traduits en François par le P. *Brignon. Des sept paroles de Jesus-Christ en Croix. Paris* 1701. *in*-12.

24. *De Officio Principis Christiani libri tres. Romæ* 1609. *in*-8°. It. *Antuerpiæ* 1619. *in*-8°. It. *Coloniæ* 1619. *in*-16. It. trad. en François : *Le Monarque parfait où le devoir d'un Prince Chrétien, traduit du Latin par Jean de Lannel, sieur de Chaintreau. Paris* 1625. *in*-8°.

25. *Admonitio ad Episcopum Theanensem, nepotem suum ; quæ necessaria sint Episcopo salutem æternam in tuto ponere volenti. Paris.* 1618. *in*-12. It. *Coloniæ* 1619. *in*-16. Avec l'Ouvrage précedent.

26. *De Arte bene Moriendi libri duo. Antuerp.* 1620. *in*-8°. It. *Viterbi* 1620. *in*-12. It. *Coloniæ* 1626. *in*-24. It. Traduit en François sous ce titre ; *L'Art de bien vivre pour mourir heureusement, mis en François par*

Sebaftien Hardi, Parifien. 2e. *Edition.* R. Bel-
1621. *in*-12. It. 3e. *Edition. Ib.* 1625. Larmin.
in-12. Le P. *Brignon*, Jefuite, en a
donné une nouvelle traduction : *De
la bonne mort. Paris* 1701. *in*-12. E-
douard Coffin, Jefuite Anglois, en a
fait une traduction Angloife, qui
a été imprimée à *Saint-Omer* en 1622.
in-8°.

Ajoutons à tous ces Ouvrages l'E-
crit fuivant.

27. *Recognitio librerum omnium Roberti Bellarmini ab ipfo edita. Acceffit
Correctorium Errorum, qui Typogra-
phorum negligentia in libros ejufdem
editionis Venetæ irrepferunt. Ingolftadii*
1608. *in*-8°.

28. Il eft l'Auteur de l'Hymne de
la *Madeleine*, *Pater fuperni Luminis*,
qui eft dans le Breviaire Romain, &
d'une autre du Saint-Efprit, qui fe
trouve fans nom d'Auteur parmi les
Selecta Carmina Virorum illuftrium,
& qui commence par ces mots : *Spi-
ritus Celfi Dominator Axis.*

29. Son Teftament fe trouve en
Italien dans fa vie par *Fuligati*, & en
François dans la traduction de cette
vie, & dans celle que le P. *Frizon* a

R. BEL-
LARMIN.

donnée en 1708. p. 402.

30. *Epistolæ Rob. Bellarmini collec-*
ta & vulgata ab Hieron. Fuligato,
Soc. J. Romæ 1650. in-8°.

On attribue à *Bellarmin* les deux
Ouvrages suivans, qui ne font pas
cependant mis par les Bibliothecaires des Jesuites au rang de ses productions.

Responsio ad præcipua capita Apo-
logiæ, quæ falso Catholica inscribitur,
pro successione Henrici Navarrei in
Francorum Regnum. Autore Francisco
Romulo. Romæ 1586. in-8°. It. *Juxta*
Exemplar Romæ editum. 1688. in-8°.
It. en François. *Réponse aux Princi-*
paux articles de l'Apologie, faussement
inscrite : Apologie Catholique, traduite
du Latin 1588. in-8°. Baillet dans ses
Auteurs deguisés prétend que cet Ouvrage est de *Bellarmin* aussi bien que
le suivant.

Adolphi Schulckenii, Apologia pro
Bellarmino de potestate temporali Pon-
tificis adversus librum falso inscriptum:
Apologia Cardinalis Bellarmini pro
jure Principum. *Coloniæ 1613. in-8°.*
It. Dans le 2e. vol. de la *Bibliotheca*
Pontificia de Rocaberti.

V.

V. *Diſcours ſur ce qui s'eſt paſſé au* R. Bᴇʟ-
trepas & funerailles de M. le Cardi- ʟᴀʀᴍɪɴ.
nal Bellarmin. Plus ſon Teſtament. Pa-
ris 1622. in-8°. In funere Roberti Car-
dinalis Bellarmini Oratio Tarquini Gal-
lutii, Soc. J. Romæ 1621. in-4°. Pa-
riſ. & Coloniæ 1622. in-8°. Narratio
de pió obitu Roberti Cardinalis Bellar-
mini excerpta ex Litteris Andreæ Eu-
dæmon-Joannis. Dilingæ 1621. in-4°.
Adumbrata imago ſolidarum virtutum
Cardinalis Bellarmini à Marc. Cer-
vino, ejus Nepote, expoſita. Senis 1622.
in-8°. De morte Cardinalis Bellarmini.
Audomari 1623. in-8°. Cet Ouvrage
eſt d'*Edouard Coffin,* Jeſuite Anglois,
qui ne s'y eſt deſigné que par les
lettres initiales *C. E.* qui ſignifient
Coffinus Exonienſis. Vita del Cardina-
le Bellarmino ſcritta da Giacomo Fuli-
gati. In Roma 1624. in-4°. It. In Mi-
lano. in-8°. Eadem Latine reddita à
Silveſtro Petraſanĉta. Antuerpiæ 1631.
in-8°. La vie du Cardinal Bellarmin
compoſée en Italien, par le *P. Jacques*
Fuligati, & traduite en François par le
P. Pierre Morin, tous deux de la même *Compagnie. Paris 1625. in-8°. Vi-*
ta del Cardinale Bellarmino da Da-

R. BEL-
LARMIN,

niele Bartoli, *Giesuita. In Roma* 1677.
in-4°. *Didaci Ramirez Vita Roberti*
Cardinalis ex variis Autoribus con-
cinnata. Nicolas Antonio, & les Bibliothecaires des Jesuites, qui font
mention de cet Ouvrage, ne marquent point quand, ni où il a paru.
Il a dû paroître en Espagne avant
l'an 1647. puisque l'Auteur étoit
Espagnol, & est mort le 8. Avril de
cette année. *Decora Roberti Cardina-*
lis Bellarmini optima fide collecta à Se-
bastiano Bado. Genua 1671. *in*-4°. *Joan-*
nis Imperialis Museum Historicum. p.
163. *Jani Nicii Erythrai Pinacothe-*

Se trou-
ve à Paris
chez Brias-
son.

*ca I. * On y voit un fort bel éloge
de lui. On y apprend que sa figure
exterieure ne repondoit point aux
qualités de son esprit; que sa taille
étoit au-dessous de la mediocre, &
qu'il étoit un peu laid. *Alegambe &*
Sotwel Bibliotheca scriptorum Socie-
tatis Jesu. Positiones in Congregatione
Rituum pro Beatificatione & Canoni-
satione Roberti Bellarmini. Roma 1675.
in-fol. La vie du Cardinal Bellarmin

Se trou-
ve à Paris
chez Brias-
son.

de la Compagnie de Jesus; par le P.
Nicolas Frizon de la même Compagnie.
Nancy 1708. *in*-4°. * Cet Auteur, &

tous ceux qui l'ont precedé, ont eu pour unique but de relever les vertus de ce grand Cardinal, & aucun ne la consideré precisement comme homme de Lettres ; c'est pour cela qu'il nous ont appris peu de choses de ses Ouvrages. *Bayle, Dictionnaire Historique.* Le long article, qu'il en donne, est plein de digressions, qui ne font presque rien à son Auteur. *Du Pin, Bibliotheque des Auteurs Ecclesiastiques du* 17e. *Siecle.*

R. BEL-
LARMIN.

THOMAS CREECH.

THOMAS *Creech* naquit l'an 1659. à *Blandford* ville du Comté de *Dorset* en Angleterre, de *Thomas Creech*, Gentilhomme.

Il apprit la Grammaire de *Thomas Curganven* de *Sherbourne* ; après quoi il eut entrée au College de *Wadham* à *Oxford* le Carême de l'an 1675. âgé de 16. ans.

Il fut reçu Maître-ès-Arts au mois de Juin 1683. & quelque temps après il devint Membre du College de toutes les Ames.

THOMAS
CREECH.

Il s'appliqua depuis à donner quelques Ouvrages au Public, qui cependant ne l'enrichirent pas ; car il vêcut toûjours dans une espece d'indigence.

En 1700. il conçut de l'amour pour une fille, qui n'eut que du mépris pour lui, quoiqu'elle fût assez humaine pour bien d'autres. Il ne put digerer cette disgrace, à laquelle il ne voulut point survivre. Ainsi s'étant bien barricadé dans son cabinet, il s'y pendit sur la fin du mois de Juin de cette année, & on le trouva dans cet état trois jours après.

Catalogue de ses Ouvrages.

1. *Titi Lucretii Cari de rerum Natura libri sex, quibus interpretationem & notas addidit Thomas Creech. Oxonii* 1695. *in-8°*. It. *Editio altera priori multo auctior. Londini* 1717. *in-8°*. *

* Se trouve à Paris, chez Briasson.

C'est le plus considerable Ouvrage que nous ayons de *Creech*; & il a merité l'estime des Sçavans.

2. Il avoit traduit auparavant en vers Anglois le Poëme de *Lucrece*, & sa traduction accompagnée de ses notes avoit paru à *Oxford* l'an 1682. *in-8°*. Elle a été fort estimée en An-

gleterre, & on l'a réimprimée l'an- THOMAS
née suivante 1683. dans la même CREECH.
ville & en la même forme.

3. Dans un livre Anglois intitulé :
Mélanges de Poësies, *contenant une*
nouvelle traduction des Eglogues de
Virgile, des Elegies d'Ovide, des Odes
d'Horace, & d'autres Auteurs. Londres 1684. *in-8°*. On trouve de sa
façon les traductions. 1°. de la 2°.
Elegie du premier livre des Elegies
d'*Ovide*. 2°. Des 6. 7. 8. & 12. Elegies du second livre de celles d'*Ovi-*
de. 3°. De la 2° & 3°. Eglogue de
Virgile. 4°. De l'Histoire de *Lucrece*
tirée du second livre des Fastes d'*O-*
vide.

4. *Les Odes, les Satyres & les Epi-*
tres d'Horace traduites en Anglois.
Londres 1684. *in-8°*.

5. La même année 1684. il publia
une traduction Angloise des Idylles
de *Théocrite*, avec les discours des
Pastorales du P. *Rapin*. *Oxford*. *in-*
8°.

6. Il a traduit en Anglois la vie de
Pelopidas, imprimée parmi les vies
des hommes illustres, écrites en Latin par *Cornelius Nepos*, & tradui-

THOMAS
CREECH.

tes en Anglois par differentes perfonnes ; *Oxford.* in-8°.

7. En 1695. on publia une traduction Angloife de *Juvenal* & de *Perfe*
faite par *Jean Dryden. Londres. in-*
fol. La traduction de la 13. Satyre eft
de *Creech*, qui y a ajouté des notes.

8. Il a traduit en Anglois les vers
qui font devant le livre des Jardins
de *la Quintinie*, & fa traduction fe
trouve avec la traduction Angloife
de ce livre, imprimée à *Londres* en
1690. *in-fol.*

9. Dans les vies de *Plutarque* traduites en Anglois, & imprimées à
Londres en 1683. & 1684. *in-*8°. la
traduction de la vie de *Solon*, qui
eft dans le premier volume, & celle
de la vie de *Pelopidas* qui eft dans
le fecond, font de lui.

10. Dans les Morales du même
Plutarque, imprimées en Anglois à
Londres en 1684. *in-*8°. On trouve
trois opufcules de la traduction de
Creech, c'eft-à-dire, dans le premier
volume *les Apophtegmes Laconiques*,
ou les dicts remarquables des Lacede-
moniens ; & dans le fecond le *difcours*
fur le Demon de Socrate, & les deux

premiers livres des *Symposiaques.*
V. *Athenæ Oxonienses. tom.* 2. *p.*
1104. *Republ. des Lettres. Septembre*
1701.

CHRISTIAN KORTHOLT.

CHRISTIAN Kortholt naquit le C. KORT-
5. Janvier 1633. à *Burg* dans HOLT.
l'Isle de *Femeren* au Pays de Hol-
stein, de *Christian Kortholt* Marchand
de ce lieu, & de *Dorothée Pechlin.*

Après avoir fait ses premieres études dans l'Ecole de *Burg*, il alla à
l'âge de seize ans à *Slefwic*, où il
les continua pendant deux années.

Il passa en 1650. au College de
Stetin, & il y donna des preuves publiques de ses progrès dans ses études, par deux Theses publiques qu'il
y soûtint, & dont une étoit de sa
façon.

Etant allé à *Rostoch* en 1652. il
s'y rendit assidu aux leçons des Professeurs de cette Université, & y
soûtint deux nouvelles Theses.

La mort de son pere l'obligea
dans ces entrefaites à faire un tour

C. KORT-
HOLT.

dans sa patrie, d'où après quelques mois de séjour, il retourna à *Rostoch.* Il y donna de nouvelles preuves de son sçavoir, tant par la These *de Christo Theanthropo*, qu'il composa lui-même, que par des leçons qu'il fit en particulier sur la Logique, la Metaphysique & l'Hebreu.

Il y prit le degré de Docteur en Philosophie en 1656. & passa ensuite à l'Academie de *Jene*, où il acquit beaucoup de reputation par les Theses qu'il y soutint, & par ses leçons particulieres.

Il sortit de cette ville en 1660. & alla visiter les Academies de *Leipsic* & de *Wittemberg.* Après y avoir fait quelque séjour, il retourna à *Rostoch*, où il signala son zele pour la Religion Lutherienne en trois disputes qu'il eut avec des Catholiques.

On lui donna une Chaire de Professeur en langue Grecque à *Rostoch*, au mois de Février 1662. & il se fit recevoir Docteur en Théologie au mois de Novembre suivant.

Il se maria le 26. Avril 1664. & épousa *Anne Kirchof.* L'année suivante il fut appellé à *Kiel* pour y être

être ſecond Profeſſeur en Théolo-gie dans l'Academie qui venoit d'y être établie.

Il en fut créé Vice-Chancelier l'an 1666. & il ſucceda en 1675. à *Pierre Muſæus*, qui mourut alors, dans la premiere Chaire de Théologie.

Il eut tant de zele pour faire fleu-rir cette nouvelle Univerſité, & tant de reconnoiſſance pour les bontés que le Duc de Holſtein, ſon Maî-tre, lui témoignoit, qu'il refuſa toutes les charges qui lui furent of-fertes en divers lieux, quoiqu'elles fuſſent conſiderables & très-hono-rables.

Ce Prince lui fit donner en 1680. la Chaire des Antiquités Eccleſiaſti-ques, & le declara en 1689. Vice-Chancelier perpetuel de l'Academie. Il en fut auſſi élû cinq fois Vice-Recteur.

Il remplit les fonctions de toutes ces charges avec beaucoup d'habile-té, d'application & de prudence.

Il mourut le 1. Avril 1694. âgé de 61. ans.

Il avoit eu de ſa femme dix en-fans, dont il reſtoit quatre fils, &

Tome XXXI. E

C. KORT-
HOLT.

quatre filles, quand il mourut. Les deux filles aînées étoient déja mariées, l'une, nommée *Anne*, avoit épousé *Joachim Lindeman* Professeur en Physique & en Metaphysique à *Rostoch*, l'autre, appellée *Auguste Catherine*, avoit épousé *George Paschius* Professeur en morale à *Kiel*. Les fils se sont distingués dans la Republique des Lettres, à l'exemple de leur pere.

Catalogue de ses Ouvrages.

1. *De Natura Philosophiæ ejusque in Theologia usu.* 1651. *in-*4°. C'est une These qu'il soutint à *Stetin*, & dont il fut l'Auteur.

2. *De Supposito & Persona. Rostochii* 1652. *in-*4°. Autre These qu'il avoit composée.

3. *De Christo Theanthropo. Jenæ. in-*4°.

4. *De Philosophia in genere. Jenæ* 1658. *in-*4°.

5. *De Revelationis divinæ modis. Jenæ* 1658. *in-*4°.

6. *Tractatus de origine & progressu Philosophiæ Barbaricæ, hoc est, Chaldaïcæ, Ægyptiacæ, Persicæ, Italicæ, Gallicæ, deque istorum Philosophorum*

dogmatibus & moribus. Jena 1650. in-
4°. C'eſt la production d'un jeune
homme; car on n'y trouve gueres
que ce qu'*Otto Heurnius* avoit dit
dans ſes *Antiquitates Philoſophiæ Barbaricæ*, imprimées en 1600. qui ſont
un Ouvrage aſſez ſuperficiel.

7. *De Perſecutionibus Eccleſiæ primitivæ, veterumque Martyrum crucia-
tibus.* Jenæ 1660. *in-*8°. It. *triplo auctior.* Kilonii 1689. *in-*4°.

8. *Le Papiſme plus noir que le Charbon, contre un livre de l'Apoſtat T. L.
intitulé :* Le Lutheraniſme plus noir
que le Charbon. (en Allemand) *Jene*
1660. *in-*4°. Ouvrage d'un jeune
homme, que le titre ſeul eſt capable de décrier. L'Auteur que *Kortholt* a voulu deſigner par les lettres
initiales *T. L.* eſt *Timothée Lauben-
berger*, qui s'étoit fait Catholique.

9. *Deciſion de la queſtion : ſi le Pape a tranſporté l'Empire Romain des
Grecs aux Allemands, contre le même.*
(en Allemand) *Jene* 1660. *in-*4°.

10. *Le Beelzebub Romain, oppoſé
aux calomnies atroces du même Auteur contre Luther.* (en Allemand) Jene 1660. *in-*4°. It. *augmenté.* Kiel 1668.
*in-*4°. E ij

C. Kort-
holt.

11. *Defense du livre publié sous le titre du Beelzebub Romain, contre T. L.* (en Allemand) *Rostoch* 1661. *in-4°.*

12. *Motifs qui ont engagé l'Auteur à ne plus disputer par écrit avec T. L.* (en Allemand) *Coppenhague* 1661. *in-4°.*

13. *Valerianus Confessor, hoc est, solida demonstratio, quod Ecclesia Romana hodierna non sit vera Christi Ecclesia, deducta ex Valerii Magni, Capucini, Apologia Anti - Jesuitica. Rostochii* 1662. *in-4°.* It. *Kilonii* 1666. *in-4°.* Avec des additions.

14. *Dissertatio de Nestorianismo. Rostochii* 1662. *in-4°.*

15. *Nonnulla Meletemata Philosophica. Rostochii* 1662. *in-4°.*

16. *Nonnulla Observationes Philosophicæ & Philologicæ. Ibid.* 1662. *in-4°.*

17. *Tractatus de Calumniis Paganorum in veteres Christianos. Rostochii* 1663. *in-4°.* It. *Kilonii* 1698. *in-4°.* Cette seconde édition est fort augmentée. It. *Lubecæ* 1703. *in-4°.*

18. *Le Pape Schismatique, Ouvrage où l'on demontre que ce n'est point*

Martin Luther , ni les Proteftans , mais C. KORT-
le Pape & fes adherens , qui font cau- HOLT.
fe de la feparation des Eglifes. (en Allemand) *Roftoch* 1663. *in-*4°. It. *Kiel*
1669. *in-*4°.

19. *Hiftoire des dix grandes perfe-
cutions , que les premiers Chrétiens ont
eu à foutenir fous les Empereurs payens.*
(en Allemand) *Roftoch* 1663. *in-*8°.
It. *Hambourg.* 1698. *in-*8°.

20. *Exercitatio in Hiftoriam Judith.
Roftochii* 1663. *in-*4°.

21. *Exercitatio in Præfationem Hieronymi in Judith. Roftochii* 1663. *in-*
4°.

22. *Tractatus de Canone Scripturæ ,
Bellarmino , ejufque propugnatoribus ,
Gretfero & Erbermanno Jefuitis , op-
pofitus. Roftochii* 1665. *in-*4°.

23. *Tractatus de Religione Ethnica ,
Muhammedana , & Judaïca. Kilonii*
1665. *in-*4°.

24. *Oratio de Scholarum & Acade-
miarum ortu & progreffu , præfertim in
Germania , inter folemnia inauguratio-
nis Academiæ Kilonienfis habita. Slef-
vici* 1666. *in-fol.*

25. *Differtatio hiftorica de Philippi
Arabis , Alexandri Mammæ , Plinii*

E iij

*Junioris, & Annæi Seneca Christia-
nismo. Kilonii 1667. in-4°.*

C. KORT-
HOLT.

26. *Apologia pro Valeriano Con-
fessore, adversus Capucinum Salisbur-
gensem. Kilonii 1667. in-4°.*

27. *Tractatus de variis S. Scripturæ editionibus. Kilonii 1668. in-4°. It.
Auctior. Kilonii 1686. in-4°.*

28. *De Paradiso Terrestri. Kilonii
1668. in-4°.*

29. *Pseudadelphia Heiniana, D.
Joanni Heinio, Theologo Reformato
Marpurgensi, opposita. Kilonii 1669.
in-4°.*

30. *Exhortation sur l'exactitude à
instruire les simples dans la veritable
foy.* (en Allemand) *Kiel 1669. in-8°.*

31. *Tractatus de lectione Bibliorum
in linguis vulgò cognitis. Kilonii 1670.
in-4°. It. Revisus & auctus Commentario de sacris publicis idiomate popu-
lari peragendis. Planæ 1693. in-4°.*

32. *Funus Ecclesiæ Romanæ in Clemente IX. Papa defuncta. Kilonii 1670.
in-4°.*

33. *Papa Utopicus. Kilonii 1670.
in-4°.*

34. *Preparation à l'Eternité.* (en Allemand) *Francfort sur le Mein. 1671.*

in-12. It. *Augmentée. Kiel* 1679. *in-* C. KORT,
12. It. *Kiel* 1701. *in*-8°. HOLT,

35. *Le pefant fardeau du Miniftere
de la Predication.* (en Allemand)
Francfort 1671. *in*-12. It. *Avec quelques augmentations par Joachim Jufte
Breithaupt. Hall.* 1703. *in*-8°.

36. *Tractatus de origine & natura
Chriftianifmi ex mente Gentilium. Kilonii* 1672. *in*-4°.

37. *Anti-Frommius; ou Examen des
motifs qui ont engagé L. André Fromm
à embraffer la Religion Catholique Ro-
maine.* (en Allemand) *Francfort fur
le Mein* 1672. *in*-4°.

38. *Le culte public des anciens Chrétiens comparé avec celui des Chrétiens
d'à prefent.* (en Allemand) *Kiel* 1672.
in-4°.

39. *Apologia pro Valeriano Confef-
fore, adverfus Chriftianum Fabrum
Gallo-Sebufianum. Kilonii* 1673. *in*-4°.

40. *Hiftoire d'un jeune garçon poffe-
dé.* (en Allemand) *Kiel* 1673. *in*-12.

41. *Femaria defolata; ou Recit hiftorique des ravages qu'Eric, Roi de
Suede à faits en* 1420. *dans l'Ifle de
Femeren.* (en Allemand) *Kiel* 1673.
in-12.

E iiij

42. *Commentarius in Epistolas Plinii & Trajani de Christianis primævis.* Kilonii 1674. *in-*4°.

43. *De Virga Aaronis florida in Numerorum* XXVII. I - II. *Kilonii* 1674. *in-* 4°. It. *Witteberga* 1685. *in-*4°.

44. *Miroir de souffrances & de patience, tirée de la Sainte Ecriture, & de l'Histoire Ecclesiastique tant ancienne que nouvelle.* (en Allemand) *Francfort sur le Mein* 1674. *in-*12. It. *Ploën.* 1693. *in-*8°.

45. *Commentarius in Justinum Martyrem, Athenagoram, Theophilum Antiochenum, Tatianum Assyrium. Kilonii* 1675. *in-fol.* It. *Auctior. Lipsia* 1686. *in-fol.*

46. *Exhortation sur le soin qu'on doit avoir de se garder de la contagion des Eglises non Chrétiennes.* (en Allemand) *Kiel* 1676. *in-*4°.

47. *Conseil sincere sur les moyens que l'on doit prendre pour remedier aux desordres de quelques Eglises.* (en Allemand) *Kiel* 1676. *in-*12. Il a donné cet Ouvrage sous le nom de *Théophile Sincerus.*

48. *Pensées Théologiques sur la se-*

pulture ſecrete des Corps morts. (en C. KORT-
Allemand) *Kiel* 1676. *in*-8°. It. *trad.* HOLT.
en Suedois en 1699. par *S. J. P. C.*
c'eſt-à-dire , *Simon Iſogæus* , Paſteur
de l'Egliſe de *Sainte Claire.*

49. *Diſſertatio de viribus humanis
in ordine ad Civilia & Spiritualia.*
Kilonii 1676. *in-*4°.

50. *Exercitatio Anti-Salmaſiana ,
de pane* ἐπιούσιῳ, *quem in Oratione
Dominica petimus. Kilonii* 1676. *in-*
4°. *Kortholt* pretend après *Luther* ,
que par ce pain il faut entendre tout
ce qui eſt neceſſaire à la ſubſiſtance
des hommes , & même à la douceur
de la vie. Cet Ouvrage à été réimprimé avec le ſuivant en 1708.

51. *Diſquiſitiones Anti-Baronianæ.*
Kilonii 1677. *in-*4°. It. *Autoris manu
paſſim locupletatæ. Accedit Exercitatio Anti-Salmaſiana. Lipſiæ* 1708. *in-*
4°.

52. *Thaumatographia , ou Relation*
circonſtantiée de ce qui s'eſt fait de mer-
veilleux à *Hambourg* avec un anneau
de fer ardent. (en Allemand) *Kiel*
1677. *in-*8°.

53. *De Chriſto crucifixo , Judæis
Scandalo , Gentilibus ſtultitia , creden-*

C. KORT-tibus autem Dei potentia & sapientia.
HOLT.   1. *Corint.* I. 18. 23. 24. *Kilonii* 1678.
*in-*4°.

54. *De Angelis. Kilonii* 1678. *in-*4°.

55. *De Pœnitentia. Ibid.* 1678.
*in-*4°.

56. *Jesus-Christus heri & hodie.*
Hebræor. XIII. 8. *Kilonii* 1679. *in-*4°.

57. *Traités Théologiques pour l'a-*
vancement de la pieté. (en Allemand)
Kiel 1679. *in-*8°. It. *Ibid.* 1704. *in-*
8°.

58. *De tribus Impostoribus magnis*
liber, Edoardo Herbert, Thomæ Hob-
bes, & Benedicto Spinosæ oppositus.
Cui addita Appendix, qua Hierony-
mi Cardani, & Edoardi Herberti de
animalitate hominis opiniones Philoso-
phicæ examinatæ. Kilonii 1680. *in-*8°.

59. *Disquisitio Anti-Baroniana, pe-*
culiaris de Reliquiarum cultu. Kilonii
1680. *in-*4°.

60. *Lettre dans laquelle est refutée à*
fond l'accusation Calomnieuse intentée
par Etienne Fequete contre l'Univer-
sité de Kiel, qu'il pretend defendre &
autoriser la Polygamie. (en Allemand)
Kiel 1682. *in-*4°.

61. *Miroir de la vertu des Femmes.*

(en Allemand) *Kiel* 1682. *in-8°.*

C. KORT-
HOLT.

62. *De vita & moribus Christianis primævis per Gentilium malitiam affectis liber. Kilonii* 1683. *in-4°.* C'est une espece de supplément à l'Ouvrage marqué au N°. 17.

63. *Chaîne d'Or de la Foy.* (en Allemand) *Kiel* 1683. *in-8°.*

64. *Theses Theologicæ summariam orthodoxæ Doctrinæ delineationem complectentes. Kilonii* 1683. *in-4°.* It. *Ibid.* 1686. & 1692. *in-4°.*

65. *Réponse à diverses questions sur une possedée d'Hambourg, nommée Madeleine.* (en Allemand) *Kiel* 1683. *in-8°.* Il a publié cet Ouvrage au nom du College Théologique.

66. *De Processu disputandi Papistico Tractatus: Cui subjuncta dissertatio de Hostiis Eucharisticis, seu Placentulis orbiculatis, quibus in S. Synaxeos administratione utimur. Kilonii* 1685. *in-4°.* Il y a une édition anterieure de cette derniere dissertation, faite en 1657.

67. *Exercitatio de Atheismo, veteribus Christianis, ob Templorum imprimis aversationem à gentilibus objecto, inque eosdem à nostris retorto. Kilonii* 1689. *in-4°.*

C. KORT-
HOLT.

68. *Silentium Sacrum, sive de occultatione Mysteriorum apud veteres Christianos dissertatio. Kilonii 1689. in-4°.*

69. *De studio belli & pacis. Dissertatio Theologica, in gratam memoriam redditæ divinâ Clementiâ Cimbricis Provinciis concordiæ, restitutique feliciter Ser. Slesvici & Holsatiæ Ducis regnantis D. Christ. Alberti. Kilonii 1689. in-4°.*

70. *De votis. Kilonii 1690. in-4°.*

71. *De Actionibus Forensibus Exercitatio Theologica. Kilonii 1690. in-4°.*

72. *Alexander Papa VIII. Pseudonymus. Kilonii 1690. in-4°.*

73. *De Magnanimitate Aristotelica, Christianæ Modestiæ aliisque veris virtutibus inimica, Dissertatio. Kilonii 1690. in-4°. It. Ibid. 1704. in-4°.*

74. *De Schismate superiori sæculo Protestantes inter & Pontificios enato Dissertatio Historico-Theologica. Kilonii 1690. in-4°.*

75. *Denonciation Chrétienne d'excommunication contre les Pécheurs inconnus. (en Allemand) Kiel 1690. in-8°. Cet Ouvrage est contre les abus des Excommunications.*

76. *Instruction des gens de Finance.* C. KORT-(en Allemand) *Ploën* 1690. *in-8°.* HOLT.

77. *De la Communion forcée.* (en Allemand) *Kiel* 1690. *in-8°.*

78. *Lettre de consolation à Simon Henri Musée sur la mort de sa femme.* (en Allemand) *Kiel* 1690. *in-4°.*

79. *De passione Christi, quousque invita vel spontanea fuerit. Kilonii* 1691. *in-4°.*

80. *L'Agonie & la sueur de sang de Jesus-Christ dans le jardin de Getsemani.* (en Allemand) *Kiel* 1691. *in-8°,*

81. *Cantiques spirituels.* (en Allemand) *Kiel* 1691. *in-8°.*

82. *Apotheosis Papæa. Kilonii* 1691. *in-4°.*

83. *In Canonem sextum Nicænum Cardinalibus Baronio & Bellarmino opposita exercitatio. Kilonii* 1691. *in-4°.*

84. *Miscellanea Academica. Kilonii* 1692. *in-4°.*

85. *De rationis cum revelatione in Theologia concursu. Kilonii* 1692. *in-4°.*

86. *Disquisitio de Pontifice Romano. Kilonii* 1692. *in-4°.*

C. KORT-
HOLT.

87. *De veterum quorumdam locu-*
tione illa : Filius Dei aſſumpſit homi-
nem. *Kilonii* 1692. *in-4°.*

88. *De Sacris publicis debita cum*
reverentia præſentiſque numinis metu
colendis , diatribe Aſcetica. Kilonii
1693. *in-4°.*

89. *De nominibus , quibus per lu-*
dibrium & contemptum Chriſtiani olim
à profanis appellati ; deque notis occul-
tis , quibus iidem ſe inſigniviſſe credi-
ti , Diſſertatio : addita Mantiſſa , qua
diſquiritur : num filiola , quam octo
dierum infans enixa eſt , Baptiſmi ca-
pax ? Kilonii 1693. *in-4°.* L'addition
à cet Ouvrage roule ſur un cas ſin-
gulier de ſuperfetation , dont on
voit quelques exemples dans les E-
phemerides des Curieux de la Nature.

90. *De vita Sancta Renatorum. Ki-*
lonii 1694. *in-4°.*

91. *Paſtor fidelis ; ſive de officio Mi-*
niſtrorum Eccleſiæ opuſculum, poſt Au-
toris obitum ex MS. editum. Hambur-
gi 1696 . *iu-12.*

92. *Hiſtoria Eccleſiaſtica Novi Te-*
ſtamenti à Chriſto nato uſque ad ſæcu-
lum XVII. *Edita ex MSS. Autoris.*

Lipsiæ 1697. *in-*4°. Ce n'eſt qu'un
Abregé auquel l'Auteur n'a pas mis
la derniere main; l'état imparfait,
où il ſe trouve, a fait croire à quelques-uns qu'il n'étoit pas veritable-
ment de *Kortholt*; mais cette raiſon
ne paroît pas ſuffiſante pour le lui
ôter. Il a été réimprimé à *Hambourg*
l'an 1708. *in-*4°.

93. *Gloria corporum beatorum ex
Philipp.* III. 20. 21. *Kilonii* 1701.
*in-*4°.

94. *De Paradiſi Evangelio Geneſ.*
III. 15. *Kilonii* 1678. *in-*4°.

95. *Diſſertatio de immolatione filiæ
Jephtæ; Judic.* XI. 10. *Kilonii* 1667.
*in-*4°.

96. *De Jubilæo Judæorum. Jenæ*
1658. *in-*4°.

97. *De Peccato. Kilonii* 1667. *in-*4°.

98. *De Juſtificatione hominis pecca-
tóris coram Deo.* J'ignore la date de
cette diſſertation & des trois ſui-
vantes.

99. *De Pœnitentia.*

100. *De Prædeſtinatione.*

101. *De Religione naturali.*

V. *Son Eloge funebre par Joachim
Lindemann, ſon gendre, dans le livre*

d'*Henri Pipping*, intitulé : *Sacer de-
cadum Septenarius Memoriam Theologorum nostra ætate clarissimorum re-
novatam exhibens. Lipsiæ* 1705. *in-8°.
p.* 571. L'Auteur est extrêmement
diffus, & dit peu en beaucoup de
paroles ; on trouve à la suite de son
discours une liste assez exacte des
Ouvrages de *Kortholt*, quoiqu'il y
en manque quelques-uns. *Programma in ejus funere. Kilonii* 1694. *Bayle*, *Dictionnaire*.

LANCELOT ADDISON.

LANCELOT *Addison* naquit à
Mauldismeaburne dans le Comté de *Westmorland* en Angleterre, de
Lancelot Addison, Ministre de ce
lieu.

Après avoir appris la Grammaire
à *Appleby* dans le même Comté, il
passa en 1650. à *Oxford*, où il fut
reçu dans le College de la Reine. Il
y prit le degré de Maître-ès-Arts le
4. Juillet 1657. Son attachement au
parti Royal lui ayant fait quelques
affaires, il se retira quelque temps
après

après de l'Univerfité, & vécut dans la retraite en un lieu près de *Pet-worth* dans le Comté de *Suffex* juf-qu'au retabliffement du Roi *Charles II.* en 1660.

Henri King, qui étoit alors Evê-que de *Chichefter*, ayant été infor-mé par quelques Gentilshommes du Comté de *Suffex* du merite d'*Addi-fon*, & de ce qu'il avoit fouffert pour le parti Royal, fe chargea de l'avancer, & n'auroit pas manqué de le faire, fi *Addifon* n'avoit, contre l'avis de ce Prélat, accepté une pla-ce de Chapelain à *Dunquerque*.

Il demeura dans cette ville juf-qu'en 1662. qu'elle fut renduë au François. Etant alors retourné en Angleterre, il fut fait Chapelain de *Tanger* en Afrique, & demeura plu-fieurs années en ce lieu.

Il alla faire un tour en Angleterre au commencement de l'année 1670. dans le deffein de retourner au bout d'un certain temps en Afrique; mais fa place ayant été donnée dans cet intervalle à un autre, il fe vit fans employ, & prefque hors d'état de fubfifter. Un Gentilhomme, infor-

Tome XXXI. E

L. Ad-
DISON.

mé de sa situation & de sa capacité, lui procura peu de temps après la petite Rectorerie de *Milston*, près d'*Amesbury*, dans le Comté de *Wilt*. *Addison* s'y retira aussitôt & s'y donna avec beaucoup d'ardeur à l'étude.

Il devint dans la suite Prebendier de l'Eglise de *Salisbury*, & Chapelain Ordinaire du Roy. Il prit le degré de Docteur en Théologie le 6. Juillet 1675. Il étoit en 1683. Archidiacre de *Coventry*, lorsque les Commissaires chargés des affaires Ecclesiastiques le nommerent Doyen de *Lichtfield*, en consideration des services qu'il avoit rendus à *Tanger*, & pour le dedommager des pertes qu'il avoit faites par un incendie dans le Comté de *Wilt*, & il fut installé dans cette place le 19. Juin de cette année 1683.

Il mourut l'an 1703. & fut enterré dans le Cimetiere de l'Eglise de *Lichtfield*.

Il laissa trois fils : *Joseph*, dont je parlerai plus bas; *Gulston*, qui est mort Gouverneur du fort *S. George* dans les Indes Orientales; & *Lan-*

celot, Membre du College de la *Ma-*
deleine à *Oxford.*

Catalogue de ses Ouvrages.

1. *La Barbarie Occidentale, ou Recit abregé des Revolutions des Royaume de Fez & de Maroc. Avec un detail des Coûtumes, Sacrées, Civiles, & Domestiques, qui sont maintenant en usage dans ces pays.* (en Anglois) *Oxford* 1671. *in-*8°. pp. 226. L'Auteur assure dans sa préface, qu'il n'a rien negligé, pour s'assurer de la verité des choses qu'il rapporte.

2. *L'Etat present des Juifs, principalement dans la Barbarie; contenant un detail exact de leurs coûtumes tant sacrées que profanes. Avec un discours abregé sur la Misne, le Talmud & la Gemare.* (en Anglois) *Londres* 1675. *in-*8°. pp. 249.

3. *L'Instruction primitive, ou discours sur l'antiquité, l'utilité & la necessité de Catechiser, & sur les avantages qu'on en peut retirer, pour guerir les maux presens de l'Eglise Anglicane.* (en Anglois) *Londres* 1674. *in-*12.

4. *Défense Modeste du Clergé, où l'on examine en peu de mots l'origine, l'antiquité & la necessité de l'Etat Ec-*

E ij

L. AD-
DISON.

clesiastique , & l'on recherche les cau-
ses , tant fausses que veritables , du mé-
pris que l'on a maintenant pour lui. Par
L. A. D. D. (en Anglois) *Londres*
1617. *in-8°.* Cet Ouvrage , qui est
sûrement de *Lancelot Addison* , a été
réimprimé en 1709. avec quelques
autres Ouvrages par les soins du
Docteur *Hickes* , qui en a ignoré
l'Auteur.

5. *Le premier état du Mahometis-*
me ; ou particularités sur son Auteur &
sa doctrine. (en Anglois) *Londres*
1678. *in-8°.* It. *Ibid.* 1679. *in-8°. pp.*
136. It. *Londres* 1687. *in-8°.* Cette
derniere édition , n'est autre que la
précedente , à laquelle on a mis un
titre nouveau un peu changé.

6. *Preparation au Sacrement de*
l'Eucharistie ; ou maniere de recevoir
dignement la Cêne. (en Anglois) *Lon-*
dres 1681. *&* 1686. *in-12.*

7. *L'Etat de Tanger , sous le Gou-*
vernement du Comte de Tiviot. (en
Anglois) 2ᵉ. *Edition. Londres* 1685.
in-4°.

8. Χριςὸς ἀυτόθεος. *Ou Histoire de*
l'heresie , qui nie la divinité de J. C.
(en Anglois) *Londres* 1696. *in-8°.*

9. *Le Sacrifice journalier des Chré-*   L. AD-
tiens dignement offert ; ou diſcours ſur   DISON.
la maniere de bien prier. (en Anglois)
Londres 1698. *in-8o.*

Il a fait encore quelques Ouvrages de moindre conſequence, dont
quelques perſonnes cependant dou-
tent qu'il ſoit l'Auteur.

V. *Athenæ Oxonienſes. tom.* 2. *p.*
970. *Sa vie en Anglois par M. Des*
Maizeaux. Londres 1733. *in*-12.

JOSEPH ADDISON.

JOSEPH *Addiſon* naquit le 1. Mai   J. AD-
1672. à *Milſton*, près d'*Amesbu-*   DISON.
ry, dans le Comté de *Wilt*, de *Lan-*
celot Addiſon, dont je viens de parler.

Il fit ſes premieres études à *Ames-*
buri, à *Salisburi* & dans l'Ecole de
la Chartreuſe à *Londres*, & paſſa enſuite en 1687. à *Oxford*, où il fut
reçu dans le College de la Reine.

Après deux années de ſéjour en
ce lieu, quelques-uns de ſes vers
ayant été vûs entre les mains du Docteur *Lancaſter*, qui étoit alors Doyen

de ce College, firent juger si favo-
rablement de lui, qu'on l'élut Membre du College de *la Madeleine*,
où il prit le degré de Maître-ès-
Arts.

Il employa ses premieres années
à la lecture des anciens Auteurs
Grecs & Latins, & cette lecture lui
forma le goût, & lui apprit à pen-
ser juste, & à s'exprimer noblement.

Les Poësies Angloises, & Latines, qu'il publia ensuite, le firent
connoître avantageusement, & lui
procurerent des protecteurs. Mylord
Jean Somers, à qui il adressa une
piece de vers à la loüange du Roi
Guillaume III. voulut l'avoir au
nombre de ses amis, & lui obtint
dans la suite de ce Prince une pension de trois cent livres sterling, pour
le mettre en état de voyager.

Il alla en Italie en 1701. & il en
parcourut en homme intelligent les
diverses parties. Il se preparoit l'année suivante à retourner en Angleterre, lorsque ses amis lui firent sçavoir, qu'il avoit été choisi, pour
accompagner les troupes Angloises
qui étoient en Italie, sous le Com-

mandement du Prince *Eugene* de
Savoye, en qualité de Secretaire du
Roi *Guillaume*. Mais la mort de ce
Roi arrivée le 19. Mars de cette année rendit ce choix inutile, & ſans
effet. Voyant d'ailleurs qu'il n'avoit
plus rien à eſperer en Angleterre,
tous ſes Protecteurs étant déchus de
leur credit & de leur Autorité, il ne
ſe preſſa point de retourner dans ce
Royaume, & viſita une partie de
l'Allemagne.

Il demeura ſans employ juſqu'en
1704. qu'ayant compoſé un Poëme
ſur la bataille d'*Hochſtet*, à la loüange du Duc de *Marlborough*, il acquit l'eſtime du Grand Tréſorier *Go-
dolphin*, bon juge en fait de Poëſie, qui pour le recompenſer, lui
donna une place de Commiſſaire
des Appels, vacante par la mort du
fameux *Jean Locke*.

L'année ſuivante 1705. il accompagna le Lord *Halifax* à *Hanovre*,
& en 1706. il fut fait Secretaire de
Charles Hedges, Secretaire d'Etat. Il
s'acquitta ſi bien de ce dernier emploi, que le Comte de *Sunderland*
ayant été fait Secretaire d'Etat au

J. AD-
DISON.

mois de Decembre de la même année , le continua dans la même place.

Le Comte de *Wharton* , qui fut
nommé Viceroi d'Irlande en 1709.
le choifit pour être Secretaire d'Etat
de ce Royaume ; charge à laquelle
la Reine ajouta celle de Garde des
Archives.

Le Miniftere ayant changé fous
la fin du Regne de la Reine *Anne* ,
Addifon , qui vit que ce changement
lui fermoit l'entrée aux charges, fe
tourna du côté de l'étude , & fon-
gea à compofer un Dictionnaire Anglois fur le modele du Dictionnaire
Italien de *la Crufca* ; mais il s'en tint
au fimple projet. Car après la mort
de la Reine il fut employé de nouveau , en qualité de Secretaire des
Lords Jufticiers.

Le Comte de *Sunderland* étant devenu Viceroi d'Irlande au mois de
Septembre de l'an 1714. *Addifon*
fut choifi de nouveau pour être Secretaire d'Etat de ce Royaume ; &
lorfque ce Seigneur quitta cette place , *Addifon* fut mis au nombre des
Commiffaires du Commerce.

Au

Au mois d'Avril 1717. il fut fait J. Ad-
Secretaire d'Etat pour l'Angleterre, DISON.
mais ses infirmités l'obligerent bientôt à quitter ce poste, pour ne s'occuper que des soins de sa santé.

Il mourut le 17. Juin 1719. dans
l'Hôtel d'*Holland*, près de *Kinsing-
ton*, âgé de 47. ans, & fut enterré
dans l'Abbaye de *Westminster*.

Il avoit épousé en 1716. la Com-
tesse de *Warwick*, dont il n'a laissé
qu'une fille.

Les differens emplois dont il fut
chargé, ne l'empêcherent point de
cultiver toûjours les Muses ; & c'est
à son amour pour elles, qu'on est
redevable de plusieurs bons Ouvrages qu'il a publiés.

Catalogue de ses Ouvrages.

1. *Poëme à M. Dryden.* (en Anglois) Il est daté du College de la
Madeleine le 2. Juin 1693. C'est un
compliment fort delicat sur les traductions Angloises de *Virgile*, d'*Horace*, de *Juvenal*, de *Perse*, & d'*O-
vide*, faites par ce fameux Poëte. Il
se trouve à la page 247. de la 3e. partie du Recueil des Poësies Angloises
imprimée à *Londres* l'an 1693. *in-8o.*

Tome XXXI. G

2. *Le quatriéme livre des Georgi-ques de Virgile traduit en vers An-glois.* A la p. 58. de la 4ᵉ. partie du Recueil des Poësies Angloises, pu-bliée en 1694. à *Londres. in-8o.*

3. *Essai sur les Georgiques de Vir-gile.* (en Anglois) C'est un discours en prose, que *Dryden* a mis à la tête de sa traduction Angloise des Georgiques, imprimée avec celle des autres œuvres de *Virgile* à *Lon-dres* l'an 1709. *in-8o.*

4. *Ode pour la fête de Sainte Ceci-le.* (en Anglois) A la p. 134. de la même partie.

5. *L'histoire des Achemenides & de Polypheme tirée du 3ᵉ. livre de l'Eneï-de, & traduite en vers Anglois, du stile de Milton.* A la p. 139. de la même partie.

6. *Caractères des principaux Poëtes Anglois.* (en Anglois) Cette pièce de vers se trouve à la p. 317. du même Recueil. Elle est de l'an 1694. & *Ad-dison* l'adressa à *Henri Sacheverell,* qui fit depuis tant parler de lui. Ils étoient alors intimes amis : mais les differens principes, dans lesquels ils se trouverent dans la suite par rap-

port aux affaires de l'Etat, les broüil-
lerent.

7. *Pax Gulielmi auspiciis Europæ
reddita.* 1697. Cette piece de vers
Latins fe trouve, de même que les
fept fuivantes, dans le fecond volume d'un Recueil intitulé : *Mufa-
rum Anglicanarum Analecta, feu Poëmata quædam melioris notæ, feu hactenus inedita, feu fparfim edita. in-8°.*

8. *Barometri defcriptio.* Ibid.

9. *Prælium inter Pygmæos & Grues
commiffum.* Ibid.

10. *Refurrectio delineata ad altare
Collegii Magdal. Oxonienfis.* Ibid.

11. *Sphærifterium.* Ou defcription
d'un jeu de boule. Ibid.

12. *Ad D. Hannes, infigniffimum
Medicum & Poëtam.* Ibid.

13. *Machinæ Gefticulantes :* ou les
Marionettes. Ibid.

14. *Ad infigniffimum Virum D.
Thom. Burnettum, Sacræ Theoriæ Tel-
luris Autorem.* Ibid. Ces huit pieces
Latines ont été traduites en Anglois
par differens Auteurs.

15. *Lettre écrite d'Italie l'an* 1701.
au Lord Halifax. (en Anglois) Cette lettre, qui eft en vers, a été re-

J. Ad-
DISON.

gardée comme le meilleur Ouvrage, qu'il ait composé en ce genre.
M. *Salvini*, Professeur en langue
Grecque à *Florence* l'a traduite en
Italien. Elle roule sur la beauté de
l'Italie, & sur les anciens Monumens, qui s'y trouvent.

16. *Remarques sur divers lieux d'I-*
talie faites pendant les années 1701.
1702. & 1703. (en Anglois) *Lon-*
dres 1705. *in-*8°. It. *traduites en Fran-*
çois pour servir de quatriéme tome au
Voyage de Misson. Utrecht 1722. *in-*
12. & *Paris* 1722. *in-*12. *Addison* a
écarté de son Ouvrage tout ce que
les autres avoient déja rapporté, &
s'est arrêté à certaines choses particulieres, qu'ils avoient negligées.
Son attention principale a été de tirer des anciens Poëtes les descrip-
tions qu'ils ont faites de divers lieux
d'Italie, & de les inferer dans son
livre. Ce Melange d'érudition ancienne & moderne y donne un grand
agrément. La traduction Françoise
est fort mauvaise, & très-infidelle.
On y a omis beaucoup de choses,
dans l'édition de *Paris*.

17. *Dialogues sur les Medailles.* (en

Anglois) Il commença cet Ouvrage en Italie ; mais il ne fut donné au public qu'après ſa mort par les ſoins de M. *Tickell* ; avec un Poëme de M. *Pope* à la tête.

18. *La Campagne de Hochſtet.* (en Anglois) *Londres* 1705. *in-fol.* Ce Poëme, qui eſt à la loüange du Duc de *Marlborough*, eſt une piece incomparable, que quelques Auteurs mettent au-deſſus de tout ce qu'il a fait en ce genre.

19. *Roſemonde*, *Opera.* (en Anglois) *Addiſon* compoſa cette piece à la priere de ſes amis ; mais quoiqu'elle ſoit excellente, elle ne réuſſit pas ſur le Théâtre, ſoit que la langue Angloiſe ait quelque choſe de trop rude, pour que la douceur de la Muſique puiſſe s'en accommoder; ſoit qu'on fût alors trop prevenu pour les Opera Italiens.

20. *Le Mari tendre*, Comedie Angloiſe, a paru avec un Prologue de la façon d'*Addiſon. Richard Steele*, qui eſt l'Auteur de cette piece, a depuis reconnu dans *le Spectateur*, qu'il étoit redevable à M. *Addiſon* des Scenes les plus intereſſantes.

G iij

J. AD-
DISON.

21. Il y a plusieurs pieces de lui dans le *Tatler* du Chevalier *Richard Steele*, qui le fit paroître en feüilles volantes toutes les semaines depuis le 12. Avril 1709. jusqu'au 2. Janvier 1711. & qui réuni ensuite ces feüilles en 4. petits volumes *in-12.* imprimés à *Londres* en 1713. Cet Ouvrage Anglois a été traduit en François sous ce titre : *Le Babillard, ou le Nouvelliste Philosophe. Amsterdam* 1724. *in-12. quatre volumes. Addison* n'a point mis de marque aux discours qui sont de lui, comme il a fait depuis au *Spectateur* & au *Gardien.*

22. Il est un de ceux qui ont travaillé au *Spectateur*, & il a eu la principale part à cet Ouvrage, qui parut en feüilles volantes certains jours de chaque semaine, depuis le 1. Mars 1711. jusqu'au 6. Decembre 1712. & qui a été depuis imprimé en corps à *Londres* en sept volumes *in-12.* Il a mis à la fin des pieces qui sont de sa composition une des lettres qui composent le mot C L I O. Le tout a été traduit en François sous ce titre : *Le Spectateur, ou le Socrate mo-*

derne , où l'on voit un Portrait naïf des
mœurs de ce ſiecle , traduit de l'Anglois. *Amſterdam* 1714. & ſuiv. *in-*12.
ſix volumes. Le traducteur a cependant retranché pluſieurs diſcours ,
qui ne pouvoient convenir qu'aux
Anglois. Cet Ouvrage a eu un ſuccès prodigieux en Angleterre , & il
s'en eſt debité juſqu'à vingt mille
exemplaires par jour. Les mœurs An-
gloiſes y ſont en effet repreſentées
au naturel , & il y regne une critique & une morale delicate , avec des
railleries vives & piquantes , dont
quelques-unes conſiſtent en des al-
luſions , qui ne peuvent être bien
entenduës qu'en Angleterre.

23. Le *Guardian* , autres feüilles
qui ſe ſont debitées à *Londres* pendant les années 1713. & 1714. eſt auſſi en partie de ſa compoſition. Ce livre a été traduit en François ſous le
titre du *Mentor Moderne* , *ou diſcours*
ſur les mœurs de ce ſiecle , imprimé
d'abord à *la Haye* en 3. vol. *in-*12.
& réimprimé en 4. vol. *in-*12. à *Am-*
ſterdam 1727. *

24. Le *Free-holder* , Ouvrage ſem-
blable compoſé de 55. diſcours, dont

G iiij

J. AD-
DISON.

* Se trou-
ve à Paris
chez Briaſ-
ſon.

J. AD-
DISON.

le premier est du 23. Decembre 1715.
& le dernier du 29. Juin de l'année
suivante, est entierement d'*Addison*; quelques-uns cependant prétendent que M. *Philips* y a eu aussi part.
Il a été traduit en François sous ce
titre : *Le Free-holder ou l'Anglois ja-
loux de sa liberté. Essais Politiques.
trad. de l'Anglois. Amsterdam* 1727.

* Se trou-
ve à Paris
chez Brias-
son.

in-12. * Cet Ouvrage n'est pas si recherché que *le Spectateur*. Il y regne
à la verité le même bon sens, & une
fine plaisanterie. Mais *le Spectateur*
est d'un usage general, & les sujets
en sont extrêmement variés ; au lieu
que *le Free-holder* roule sur un seul
objet, & n'interesse presque que les
Anglois.

25. Il composa en 1713. sa tragedie Angloise de *Caton*, qui a été re-
çue avec des grands applaudisse-
mens. M. *Boyer* la traduisit aussitôt
en François, & elle fut imprimée
en cette langue à *Londres* & à *Amsterdam* la même année 1713. L'Abbé *du Bos* en a traduit aussi en François les trois premieres Scenes, qui
ont été inserées dans les *Nouvelles
Litteraires de la Haye* du 17. Octo-

bre 1716. *Antoine Marie Salvini* en
a fait une traduction Italienne, qui
a été imprimée à *Florence* en 1716.
in-4°. après avoir été représentée à
Livourne pendant le Carnaval de
cette année par les *Academici Com-
patiri.* Les Jésuites du College Anglois de *Saint-Omer* l'ont mise en
Latin, & en ont envoyé une copie
à M. *Addison*, après l'avoir fait representer par leurs Ecoliers. Cette
pièce a donné occasion à plusieurs
petits écrits, qui ont été publiés
pour ou contre elle. Je ne citerai
ici que deux *Lettres à M. Boyer sur
sa Traduction de la Tragedie de Caton,*
inserées dans les *Nouvelles Litterai-
res de la Haye,* du 1e. & du 16e. Janvier 1717.

26. *The Drummer. Le Tambour, ou
la Maison hantée.* C'est une Comedie
Angloise, qu'il fit imprimer, mais
sans y mettre son nom, & dont *Richard Steele* donna une seconde édition après sa mort.

27. *Le Whig Examinateur* est un
Ecrit Anglois, qu'*Addison* publia
en 1710. & où il fit la Critique de
plusieurs brochures de Politique, que

J. AD-
DISON.

l'on avoit publiées dans ce temps-
là.

28. Il publia en 1715. deux petites pieces en vers Anglois. L'une est
un compliment à la Princesse de
Galles, en lui envoyant la Tragedie
de *Caton*; & l'autre est adressée au
Chevalier *Kneller* sur le portrait qu'il
a fait du Roi d'Angleterre ; on a fait
une traduction libre de cette dernière en vers François, qui se trouve
dans le 6e. tome de la *Bibliotheque
Angloise* p. 405. & dans les *Nouvelles Litteraires de la Haye*, tom. 3.
p. 136.

29. *Les Oeuvres de M. Addison.*
(en Anglois) *in*-12. 2. vol. *Londres*
1722. *

* Se trou-
vent à Pa-
ris chez
Briasson.

30. *Les Oeuvres mêlées en prose &
en vers de Joseph Addison. Avec sa
vie par Thomas Tickell.* (en Anglois)
Londres 1726. *in*-12. trois volumes.
On a ajouté ici quelques pieces qui
n'avoient pas encore paru ; entre autres une Dissertation sur la Religion
Chrétienne.

31. *Le Poëte Chrétien, ou Mélange
de Poësies Sacrées. Par M. Addison.*
(en Anglois) *Londres* 1728. *in*-8°.

V. *Mémoires de la vie de Joseph* J. AD- *Addison. Londres* 1719. *in-*12. (en DISON. Anglois) Ces Mémoires sont fort superficiels. *Sa vie par Thomas Tickel à la tête de l'Edition qu'il a donnée de ses Oeuvres mêlées.* Elle est aussi en Anglois ; de même que *les Mémoires sur la vie & les Ecrits de M. Addison, qui sont devant le Poëte Chrétien. La vie de Joseph Addison.* (en Anglois) *Par M. Des Maizeaux. Londres* 1733. *in-*12. C'est ce que nous avons de plus circonstancié & de plus exact sur notre Auteur.

PIERRE BERTIUS.

PIERRE *Bertius* naquit le 14. No- P. BER- vembre 1565. à *Beures* ou *Beve-* TIUS. *ron*, en Flandres, où son pere, qui s'étoit fait Protestant, s'étoit retiré.

A peine avoit-il trois mois, qu'il fut mené en Angleterre par ses parens, que les troubles des Pays-Bas obligerent d'y passer.

Lorsqu'il eut sept ans, on le mit en pension dans un faubourg de *Londres* chez *Chrétien Rych*, qui lui

P. BER-
TIUS.

apprit les principes des langues Latine, Grecque, & Françoise, pendant que *Petronie Lansberg*, fille très-fçavante, dont *Rych* avoit épousé la mere, lui enseigna à écrire & la Musique.

A l'âge de douze ans, son pere, qui étoit devenu Ministre de *Rotterdam*, le rappella en Hollande, & lui fit continuer ses études à *Leyde*, où il s'appliqua à la langue Hebraïque sous *Herman Rennecher*, aux Belles-Lettres sous *Juste Lipse* & *Bonaventure Vulcanius*, & à la Théologie sous *Guillaume Feuguiere*, *Lambert Daneau*, *Sturmius* & d'autres.

Ces études l'occuperent jusqu'à l'an 1582. qu'il commença, quoiqu'âgé seulement de 17. ans, à enseigner lui-même les autres. Il le fit d'abord à *Dunquerque* pendant trois mois, ensuite à *Ostende* pendant huit mois, à *Middelbourg* une année entiere, & à *Goés* pendant cinq ans.

Ayant appris au bout de ce temps qu'il vaquoit une place de Regent dans l'Ecole de *Leyde*, il la demanda & l'obtint. Il profita du séjour de cette ville, pour achever de se

perfectionner dans ſes études, qu'il
avoit été obligé, je ne ſçai pour
quelle raiſon, d'interrompre trop
tôt, & employa le temps que ſa
Claſſe lui laiſſoit libre, à ſuivre les
Profeſſeurs qui y enſeignoient.

Deux ans après il accompagna
Juſte Lipſe en Allemagne, dans le
deſſein d'y voir *Jerôme Zanchius*,
Antoine Chandieu & d'autres ſçavans
Proteſtans, qui avoient de la reputation ; mais ayant appris leur mort
à ſon paſſage à *Francfort*, il ſe determina à s'arrêter à *Heidelberg*, tant
à cauſe de la fameuſe Bibliotheque
qui y étoit alors, que pour profiter
de la converſation des Sçavans de
cette ville.

Il n'y fit pas cependant un long
ſéjour ; car s'étant apperçu que l'air
du pays lui étoit contraire, il ſe rendit à *Strasbourg*, où il enſeigna quelque temps en particulier, après en
avoir obtenu la permiſſion du Senat
Academique.

Rappellé enſuite à *Leyde* par les
Curateurs de l'Univerſité, pour remplir une place dans le nouveau College qu'on établiſſoit alors, il vou-

P. BER- lut voir, avant que de s'y rendre,
TIUS.   la Boheme, la Silesie, la Pologne, &
la Moscovie, quoiqu'on fût alors
dans l'hyver. Sa curiosité satisfaite,
il alla prendre possession de son poste, qu'il remplit avec beaucoup de
reputation. On le chargea aussi du
soin de la Bibliotheque de l'Université, qu'il mit le premier dans l'ordre où elle est encore maintenant.

Jean Kuchlin, Regent du College Théologique des Etats à *Leyde*,
étant mort en 1606. *Bertius* fut choisi pour remplir sa place, qu'il accepta, quoiqu'avec peine, prevoyant
les embarras & les chagrins qu'elle
lui causeroit.

En effet s'étant trouvé engagé dans
le parti des Remontrans, & ce parti
ayant succombé, il fut enveloppé
dans sa disgrace commune.

On commença à lui faire de la
peine à l'occasion de son livre *de
Sanctorum perseverantia & apostasia*
publié en 1610. en faveur des Remontrans; quelques-uns même veu-
lent qu'on lui eût fait dire sous main
qu'il eût à se demettre de son employ. Quoiqu'il en soit, il s'en dé-

mit effectivement en 1615. & pour
l'en dedommager en quelque maniere, on le fit Professeur en Philosophie.

Il demeura tranquille jusqu'à l'an
1619. qu'il fut obligé de comparoî-
tre au Synode de *Leyde*, où il fut
exclus de la participation de la Céne, & où l'on ordonna qu'il seroit
excommunié, s'il refusoit d'être
mieux instruit.

Depuis ce temps-là il tâcha de
s'insinuer dans les bonnes graces des
P. Reformés, en frequentant leurs
Assemblées avec beaucoup d'assidui-
té. Au mois de Mars de l'année suivante 1620. il presenta une Requeste
aux Etats de Hollande, pour obtenir une pension, qui le mît en état
de subsister avec sa famille, qui étoit
nombreuse ; mais on n'y eut point
d'égard, & elle fut rejettée.

Se trouvant alors dans un grand
embarras, il prit le parti de venir en
France, dans l'esperance d'y trouver
quelque secours, parce que deux
ans auparavant le Rôi l'avoit honoré de la qualité de son Géographe.
Dès qu'il y fut arrivé, il demanda

P. Ber-
tius.

P. BER- la penſion d'une année qui lui étoit
TIUS. dûe; mais il trouva cette affaire plus
difficile qu'il ne l'avoit crû.

Le 11. Juin de cette année 1620.
il vit les Miniſtres de l'Egliſe Prote-
ſtante de *Paris*, & leur demanda
d'être admis à la participation de la
Céne; mais ils lui refuſerent ſa demande, & ce refus l'affligea ſenſi-
blement.

Quelques Docteurs de Sorbonne,
avec qui il confera enſuite, attaque-
rent ſa Religion par des raiſons qui
le convainquirent, & lui promirent
une Chaire de Profeſſeur, en cas
qu'il ſe fît Catholique.

Bertius rejetté par un parti, & recherché par l'autre, reſolût alors de
ſe joindre au dernier. Le 25. Juin il
embraſſa la Religion Catholique,
en faiſant abjuration de la Calviniſte,
entre les mains de Henri de *Gondy*,
Cardinal de *Rets*, Evêque de *Paris*.

Le même jour, il alla voir M. *de
Langerak*, Ambaſſadeur des Etats
Generaux à la Cour de France, à qui
il annonça ſon changement, l'aſſu-
rant qu'il en avoit eu le deſſein depuis long-temps, non ſeulement à
cauſe

cause des disputes violentes qu'il
avoit vû regner entre les Remontrans & les Calvinistes, mais sur
tout parce que le Synode de *Leyde*
l'avoit exclu de la participation de
la Céne. L'Ambassadeur tâcha avec
Pierre du Moulin de le regagner,
mais inutilement. *Bertius* se récrioit
toûjours sur la maniere dont on l'a-
voit traité, & disoit que sa conduite n'avoit rien de surprenant, qu'il
n'avoit fait que rentrer dans l'ancienne Eglise Catholique, dans laquelle tous les Saints Peres avoient
vêcu.

Sa femme, & six enfans qu'ils
avoient, étoient restés en Hollande ;
il les engagea à se rendre à *Paris*,
leur laissant la liberté de demeurer
dans leur Religion, s'ils le jugeoient
à propos ; ils y arriverent le 9. Octobre 1620. & embrasserent la Religion Catholique l'année suivante.

Bertius, suivant la promesse, qui
lui avoit été faite, avoit été nommé Professeur en Eloquence au College de Boncourt, dès la même année de sa réunion à l'Eglise, & il entra en exercice le 2. Octobre par une

Tome XXXI. H

P. BER-
TIUS.

Il fut depuis Historiographe du Roi, qui vers l'an 1625. le pourvut d'une Chaire surnumeraire de Professeur Royal en Mathematiques.

Il mourut le 3. Octobre 1629. dans sa 64e. année, & fut enterré dans l'Eglise des Carmes Deschaux.

Il avoit épousé *Anne Marie Kuchlin*, fille de *Jean Kuchlin*, son Predecesseur dans la place de Regent du College Théologique de *Leyde*, dont il avoit eu plusieurs enfans, & qui étant morte à *Paris* en 1647. fut enterrée auprès de lui.

On connoît quatre de leurs enfans, dont les trois aînés se firent Carmes Deschaux, & le quatriéme fut Benedictin. Il faut en dire quelque chose.

Abraham Bertius naquit à *Leyde* le 15. ou selon d'autres le 25. Mars 1610. entra dans l'Ordre des Carmes Deschaux à *Charenton*, & y fit Profession le 29. Juin 1628. sous le nom de *Pierre de la Mere de Dieu*. Il fonda à *Leyde* une Mission, qu'il gouverna depuis le 28. Juin 1654. jus-

qu'au 4e. Octobre 1683. qu'il y mourut. On a de ſa façon quelques Ouvrages de devotion peu conſiderables.

Wenceſlas Bertius né à *Leyde* le 19.
Juillet 1612. entra dans l'Ordre des
Carmes Deſchaux, à *Charenton*, &
y fit profeſſion le 1. Juillet 1629.
ſous le nom de *Paul de Jeſus Maria*.
Il ſuivit en 1642. le P. *Bruno de S.
Yves* à *Alep*, & y apprit l'Arabe du
P. *Celeſtin de Sainte Liduvine*, frere
du fameux *Golius*, avec lequel il
partit en Juin pour le Mont-Liban,
ou les Maronites leur donnoient le
Couvent de *S. Elizée*. Mais à peine
y fut-il arrivé, qu'il fut attaqué ſur la
fin du mois d'Août d'une dyſſente-
rie, qui obligea de le tranſporter à
Tripoli, où il mourut le 10. Septembre 1643. âgé de 31. ans.

Jean Bertius naquit à *Leyde* le 6.
Mars 1615. Etant entré chez les Carmes Deſchaux à *Paris*, il y fit profeſſion le 18. Juillet 1632. ſous le
nom de *Ceſar de S. Bonaventure*. Il
alla à *Rome* en 1642. pour obtenir
d'être envoyé en miſſion en Hollan-

H ij

P. BER-
TIUS.

de ; mais il y trouva pour lors des difficultés, qui subsisterent jusqu'à l'an 1647. qu'il passa à *Leyde*. Il vouloit établir une Mission à *la Haye* ; mais tout ce qu'il put faire fut d'entrer en qualité de Chapelain chez la Princesse de Portugal ; c'étoit une Napolitaine, qui avoit épousé le Prince *D. Loüis de Portugal*, petit-fils du Roi *Antoine*. Deux ans après il la fit consentir à ce qu'il eût une maison & une chapelle à *la Haye*. Quand il y fut une fois établi, il ne voulut plus retourner chez elle ; ce qui l'irrita tellement, qu'elle mit tout en usage pour le traverser, & l'obligea à revenir en France. En 1661. il fut fait Prieur d'*Amiens* ; poste qu'il quitta l'année suivante, pour en aller remplir un semblable à *Malthe*. Mais à peine y fut-il arrivé, qu'il mourut presque subitement le 27. Octobre 1662. âgé de 47. ans.

Jean Bertius entra dans l'Ordre de S. Benoît ; & on a une Requeste Latine, que son Pere dressa pour lui obtenir le Prieuré de *S. Denis de Varennes*.

Catalogue de ſes Ouvrages. P. BER-

1. *Oratio de Modeſtia in appetenda* TIUS.
gloria. Argentorati. Je ne ſçai quand
a été imprimé cet Ouvrage, que je
ne connois que par les Bibliothecaires des Pays-Bas, de même que
le ſuivant.

2. *Nomenclatio Bibliothecæ Acade-*
miæ Lugduno - Batavæ, cum Epiſtolâ
de Ordine ejus atque uſu. Lugd. Bat.
1595.

3. *Oratio de vita & obitu Nob. viri*
D. Jani Douſa, Nordovici Domini,
poſt exequias ejuſdem. Lugd. Bat. 1604.
in-4°.

4. *Tabularum Geographicarum con-*
tractarum libri v. *Amſtelod.* 1606. *in-*
4°. It. *Libri ſeptem. Ibid.* 1616. *in-4°.*
Bertius étoit habile dans la Géographie, & tout ce qu'il a fait en ce
genre, eſt eſtimé.

5. *Logica Peripateticæ libri ſex.*
Lugd. Bat. 1604. *in-8°.*

6. *De Definitione & cauſis. Lugd.*
Bat. 1607. *in-4°.*

7. *Oratio funebris in obitum Lucæ*
Trelcatii. Lugd. Bat. 1607. *in-4°.*

8. *Oratio in obitum Jacobi Arminii.*
Lugd. Bat. 1609. *in-4°.* It. A la tête

des *Disputationes Theologicæ Jac. Arminii. Lugd. B.* 1614. *in-*8°.

9. *Appel fait à Gomarus, par rapport à ses considerations sur l'Oraison
funebre d'Arminius.* (en Flamand)
1610.

10. *Revuë de l'examen de Gomarus.* (en Flamand) 1610. Cet Ouvrage roule apparemment sur le même
sujet que le précedent.

11. *Deux Dissertations sur l'Heresie
de Pelage & de Celestius.* (en Flamand) 1609.

12. *Hymenæus desertor , sive de
sanctorum perseverantia & Apostasia
libri duo. Lugd. Bat.* 1610. *in-*4°. It.
Francofurti 1612. *in-*4°. It. *Accedunt
Hyperaspistes ad D. Ludovicum Cro-
cium , Theologum Bremensem , & Theses de Perseverantia Sanctorum ex Epistola ad Hebræos. Lugd. Bat.* 1615.
*in-*4°. It. *trad.* en Flamand. Leyde
1610. *in-*4°. *Bertius* examine dans ces
deux livres, suivant la methode des
Géometres, les deux propositions suivantes. 1°. *An fieri possit , ut Justus
deserat Justitiam suam?* 2°. *An quæ
deseritur , fuerit vera justitia?* Questions qu'il decide par l'affirmative.

13. Il est l'Auteur d'une Lettre adressée aux Etats de la Province d'*Utrecht* au nom des Heritiers d'*Arminius*, qui se voit à la tête d'un Ouvrage de ce Sçavant, lequel a pour titre : *Amica collatio per Litteras cum Francisco Junio de Pradestinatione. Lugd. Bat.* 1613. *in*-8°. Un passage de cette lettre a eu des suites : il y dit que les Docteurs, qui n'ont point eu honte d'écrire que Dieu a créé les hommes non seulement afin qu'ils pussent pécher, mais encore afin qu'ils péchassent, parce qu'il ne pouvoit parvenir à ses fins que par ces moyens, ressembloient à l'Empereur *Tibere*, qui lorsqu'il vouloit faire mourir une fille, ce qui étoit contre l'usage des Romains, la faisoit violer auparavant par le Bourreau ; & il cite à la marge *Piscator adversus Schafmannum.* Celui-ci traita cette imputation de calomnie, & *Bertius* se vit obligé de se défendre en publiant l'Ouvrage suivant.

14. *Apologeticus ad Fratres Belgas, in quo calumniæ crimen ipsi à Joanne Piscatore, Theologo Herbornensi, immerito impactum diluitur. Lugd. Bat.*

P. BER-
TIUS.

1614. *in-*4°. *Bertius* traite dans sa préface de la maniere de disputer, des devoirs de ceux qui disputent, & du veritable moyen de juger des questions Théologiques. Ce qu'il dit sur ce sujet a été attaqué dans un Ouvrage, qui a pour titre : *Petri Bertii Commonefactio duplex de modo disputandi veterum revocando, & de recta ratione in controversiis Theologicis dijudicandi, considerata, per Ignatium Helsternetonum, Anglum, & cura Lud. Lucii edita. Basileæ 1616. in-*8°. *Piscator* lui-même repondit à l'Ouvrage en 1618. *Joannis Piscatoris Responsio ad Apologeticum Petri Bertii. Herbornæ 1615. in-*4°.

15. *Scripta adversaria Collationis Hagiensis, anni 1611. de Prædestinatione ex Belgico in Latinum translata. Lugduni Bat. 1616. in-*4°. *Bertius* fit cette traduction par ordre des Etats de Hollande & de Westfrise.

16. *Commentariorum rerum Germanicarum libri tres, quorum I. Germaniam veterem. II. Germaniam posteriorem à Carolo M. ad nostra tempora, cum Principum Genealogiis; & III. præcipuas Germaniæ urbes complectitur;*

cum

cum Tabulis Geographicis æri incifis. P. BER-
Amftelod. 1616. *in-4°. Oblongo.* It. TIUS.
Amftel. 1635. *in-12.*

17. *Illuftrium & Clarorum Virorum
Epiftolæ felectiores , fuperiore fæculo
fcriptæ , vel à Belgis , vel ad Belgas ,
tributæ in Centurias II. in quibus multa Theologica , Politica , Ecclefiafti-
ca , Hiftorica , quædam etiam Juridi-
ca & Medica. Lugd. Bat.* 1617. *in-
8°. pp.* 988. *Bertius ,* qui eft l'éditeur de ces Lettres , a mis à la tête
une Préface pour en relever le merite ; il y en a cependant plufieurs ,
qui ne renferment rien de confide-
rable.

18. *Theatrum Geographiæ veteris
Tom.* 1. *in quo Claudii Ptolemæi Alexandrini Geographiæ libri octo , Græcè & Latinè: Græca ad Codices Pala-
tinos collata , aucta , & emendata funt;
Latina infinitis locis correcta operâ P.
Bertii. Amftelod.* 1618. *in-fol. Tomus*
11. *in quo Itinerarium Antonini Imperatoris Terreftre & Maritimum ; Provinciarum Romanarum libellus ; Civi-
tates Provinciarum Gallicarum ; Itinerarium à Burdigala Hierofolymam uf-
que ; Tabula Peutingeriana , cum notis*

Tome XXXI.   I

P. Ber-
tius.

Marci Velseri ad Tabulæ ejus partem:
Parergi Orteliani Tabulæ aliquot. E-
dente P. Bertio. Amstelod. 1619. *in-*
fol. Ce Théâtre est rare & recherché.

19. *Oratio cum Bertius aggredere-*
tur explicare librum Senecæ de brevi-
tate vitæ. Lugd. Bat. 1619. *in-*4°.

20. *Oratio cur relicta Leyda Pari-*
sios commigrarit & hæresi repudiata
Romano-Catholicam fidem amplexus
sit. Paris. 1610. *in-*8°. It. *Antuerpiæ*
1611. *in-*8°. C'est le discours qu'il
prononça au College de Boncourt.

21. *De Eloquentiæ vi atque ampli-*
tudine oratio. Paris. 1621. *in-*8°.

22. *Ode in obitum Guillelmi Vairii.*
Paris. 1621. *in-*4°.

23. *Notitia Chorographica Episco-*
patuum Galliæ. Paris. 1625. *in-fol.*

24. *Breviarium Orbis Terrarum.*
Lipsiæ 1662. *in-*12. A la fin de *Clu-*
verii Introductio in Universam Geogra-
phiam. Amstelod. 1676. *in-*4°.

25. *Epistolæ duæ ad filium suum A-*
brahamum Bertium. Paris. 1628. *in-*
4°.

26. *Pro Joanne Bertio ejus filio, Re-*
ligioso Ordinis S. Benedicti, in causa
Prioratus S. Dionysii de Varennis ad

*Parlamentum Pariſienſe Jura & ſup-
plicatio. in-4°.*

27. *Imperium Caroli M. & Vicinæ*
Regiones. Pariſ. in-fol. C'eſt une Carte. It. *quatuor Tabulis. in-fol. Ibid.*
It. Dans l'*Atlas d'Hondius. Amſtelodami* 1654. *in-fol.*

28. *De Aggeribus & Pontibus hactenus ad mare exſtructis digeſtum no-
vum. Pariſ.* 1629. *in-*8°. It. dans le
ſecond volume du *Novus Theſaurus
Antiquitatum Romanarum de Sallen-
gre. Bertius* fit cet Ouvrage à l'occaſion de la digue, que le Cardinal *de
Richelieu* avoit fait faire, pour fer-
mer le port de *la Rochelle.*

29. *Boëtii de Conſolatione Philoſophiæ libri* v. *ex P. Bertii recenſione.
Lugduni Bat.* 1633. *in-*24. Il y a à la
tête une longue Préface de *Bertius*,
ſur *Boëce* & ſes écrits, qui ſe trouve
dans pluſieurs autres éditions ſui-
vantes.

30. *Variæ orbis univerſi & ejus partium Tabulæ* xx. *Geographicæ ex anti-
quis Geographis & Hiſtoricis confectæ
per Petrum Bertium. in-*4°. *Oblongo.*

31. *Ode ad Ludovicum XIII. Pariſ.*

V. Joannis Meursii Athenæ Batavæ.
p. 233. *Valerii Andreæ Bibliotheca Belgica. Francisci Sweertii Athenæ Belgicæ. Annales des Carmes par le P. Louis de Sainte Therese.* p. 408. *Bibliotheca Carmelitarum discalceatorum* p. 332. *Adriani à Gattenburgh Bibliotheca scriptorum Remonstrantium.*

P. BER-
TIUS.

PIERRE DE MARCASSUS.

P. DE
MARCAS-
SUS.

PIERRE *de Marcassus* naquit vers l'an 1584. à *Gimont*, petite ville de Gascogne. *Gui Patin* dans une lettre à *Spon* du 22. Mars 1657. dit qu'il étoit du *Mont de Moreau*, qui est une ville imaginaire. Peut-être a-t'il voulu dire de *Mont-de-Marsan*, si cela est, il s'est trompé; puisque *Marcassus* a pris à la tête de quelques-uns de ses Ouvrages la qualité de *Gimontois*.

Etant venu à *Paris*, il regenta la troisiéme au College de *Boncourt*, & il étoit dans ce poste en 1617. *Patin*, qui nous apprend ce fait dans l'endroit que je viens de citer, ajoute qu'il fut après Precepteur d'un Ne-

veû du Cardinal de *Richelieu*, François de *Wignerot*, *Marquis de Pont-
de-Courlay* en Poitou, frere de Madame la Duchesse d'*Aiguillon*.

Je ne sçai, si l'on doit croire ce
qu'il dit encore, que vers l'an 1627,
il manqua d'être pendu pour plusieurs vols qu'il avoit faits, & qu'il
l'eût été sans le secours & le crédit
de Madame la Duchesse d'*Aiguillon*.
On sçait que *Patin* croyoit bonne-
ment tout ce qu'on lui disoit au dés-
avantage des autres, sur tout quand
c'étoient des personnes qu'il n'aimoit
pas. Que ce fait soit vrai ou faux,
Marcassus ne laissa pas dans la suite
d'avoir une place de Professeur en
Eloquence, au College de *la Marche*, comme l'Abbé *de Marolles* le
marque dans son *Denombrement*.

Une notte, qui se trouve dans le
Catalogue de la Bibliotheque du
Roi, nous apprend qu'il mourut à
Paris en Decembre 1664. Elle ajou-
te qu'il étoit Regent de troisiéme au
College de *la Marche*. Je ne sçai
comment accorder cette qualité avec
celle de Professeur en Eloquence que
M. *de Marolles*, qui le connoissoit

I iij

P. DE
MARCAS-
SUS.

bien, lui a donnée. Il étoit alors âgé de plus de 80. ans, comme on le verra plus bas. Le P. *le Long* le fait mourir en 1660. mais il s'est trompé, puisque *Marcassus* publia encore un Ouvrage en 1664.

Catalogue de ses Ouvrages.

1. *Les Bucoliques de Virgile*, traduites en vers François. Paris 1621. *in*-4°.

2. *Les Amours de Daphnis & de Chloé*, traduites du Grec de Longus. Paris 1626. *in*-8°. Cette traduction, quoique plus recente que celle d'*Amyot*, n'est pas à beaucoup près si estimée, que celle-ci. Elle a eu le sort de tous les Ouvrages de *Marcassus*, qui sont entierement tombés dans l'oubli.

3. *La Clorimene de Marcassus*. Paris 1626. *in*-8°. Roman.

4. *Le Timandre*, *Roman de Pierre Marcassus*. Paris. *in*-8°. L'Auteur y raconte sous des noms empruntés plusieurs Histoires de son temps.

5. *L'Amadis de Gaule de Pierre de Marcassus*. Paris 1629. *in*-8°.

6. *Lettres Morales*. Paris 1629. *in*-8°.

7. *Les Dionysiaques, où le parfait* P. DE *Heros. Paris* 1631. *in*-4°. C'est une MARCAS: traduction des deux premiers livres su des Dionysiaques de *Nonnus*.

8. *L'Argenis, ou les Amours de Po-lyarque & d'Argenis, traduites du La-tin de Jean Barclay. Paris* 1633. *in*-8°.

9. *Les trois livres de l'Ame, tra-duits du Grec d'Aristote. Paris* 1641. *in*-8°.

10. *L'Histoire Grecque, par* P. *de Marcassus. Paris* 1647. *in-fol.* L'Ab-bé *Lenglet* marque une édition de 1669. faite à *Paris* en deux vol. *in*-12. Ce livre ajoute-t-il, est peu esti-mé. Ce sont des extraits de trois Hi-storiens, *Herodote, Thucydide & Xe-nophon*; l'Auteur ne s'est pas donné la peine de rechercher les autres sour-ces de l'histoire Grecque pour en fai-re usage. Il avoit dessein de publier trois volumes de cet Ouvrage, mais les deux derniers n'ont pas paru, par-ce qu'il ne s'est trouvé personne qui en ait voulu faire les frais. Il a eu recours, dit *Patin* dans la Lettre, que j'ai déja citée, à M. le Chance-lier, & a fait un Poëme François,

P. DE MARCAS SUS.

où il introduit l'Histoire Grecque, laquelle implore le secours de ce Magistrat, afin qu'il fasse imprimer les deux autres volumes. Mais il n'a pas jugé à propos d'avoir égard à sa demande.

11. *Les Pescheurs illustres; Comedie.* Paris 1648. *in-4°.*

12. *Eromene, Pastorale. Paris. in-8°.* Je n'en sçai point la date.

13. *Ad illustrem Comitem de Servien, Fulvula, Idyllium. in-4°.* pp. 12.

14. *Ill. Comiti de Servien Eucharistia. in-4°.* pp. 14. C'est une piece de vers.

15. *Christinæ Suecorum, Gottorum, & Vandalorum Reginæ Carmen.* Parif. 1652. *in-4°.* pp. 12.

16. *Ad Christinam Suecorum, Gottorum & Vandalorum Reginam Soteria.* Parif. 1652. *in-4°.* pp. 8. Piece de vers, differente de la precedente.

17. *Carmen joculare & tumultuarium.* Parif. 1653. *in-4°.* pp. 20. Un second titre porte: *Fungus, carmen joculare.*

18. *Desiderium Galliæ ad Ill. Comi-*

rem de Servien. Eydillion. Pariſ. 1653.
in-4°. pp. 15.

19. *Medonia Nympha. Pariſ.* 1655.
in-4°. pp. 12. C'eſt encore un piece
de vers.

20. *Spes. Pariſ.* 1653. *in-4°. pp.*
12. Autre piéce de vers.

21. *Petri de Marcaſſus ad Ill. Vi-*
rum Martinum Dalancaum inter prin-
cipes Chirurgorum ſui ſæculi ſummè
eximium de ſeipſo ſoteria. Pariſ. 1656.
in-4°. pp. 9. En vers.

22. *Charles Sorel* fait mention d'u-
ne traduction de *Marcaſſus*, dont je
ne trouve point la date. Le livre du
Sage en Cour, compoſé par *Matthieu*
Peregrin, eſt, dit-il dans ſa *Biblio-*
theque Françoiſe, plus ſerieux que
le *Courtiſan* du Comte de *Châtillon*,
mais il eſt plus ennuyeux pour ſon
ſtile entre-coupé, quelque autre forme que M. *de Marcaſſus* lui ait pû
donner par ſa traduction.

23. *Remerciement de la Poëſie à M.*
le Cardinal Mazarin pour la paix.
Paris 1660. *in-4°.*

24. *Libre verſion des Odes & des*
Epodes d'Horace, commencée à l'âge
de 80. *ans, & finie en deux mois par*

P. DE
MARCAS-
SUS.

P. DE MARCAS-SUS.

P. de Marcassus, particulier & prin-cipal Historiographe du Roi, rayé de l'Etat. Imprimée aux depens de l'Au-teur 1664. in-8°. pp. 434. Ce titre singulier & original est suivi d'une Epître dedicatoire, qui y répond assez, & où il decouvre la bonne opinion qu'il avoit de lui-même, & le chagrin qu'il sentoit de ne voir pas tout le monde d'accord avec lui sur ce point. Elle est adressée au Roi à qui il parle ainsi. » Je lui ai don-
» né (à *Horace*) à peu près la même
» pompe, & le même éclat, dont
» il auroit dû paroître à vos yeux,
» si son Auteur avoit eu le bonheur
» de vivre sous votre heureux re-
» gne. . . . Vos liberalités & votre
» magnificence, à ce que j'ai ouï
» dire, & comme le bruit en a cou-
» ru de toutes parts, se sont éten-
» dues jusqu'aux gens de Lettres,
» parmi lesquels j'ai l'avantage de
» n'avoir personne au-dessus de
» moi, de même que celui d'en
» voir beaucoup au-dessous. Avec
» tout cela, quoique j'eusse sujet de
» me plaindre, je me suis tenu dans
» le respect, & le silence. Dans mon

» mal même je me ſuis réjoüi du
» bien d'autrui à cauſe de ſa ſource ;
» quoique très-rigoureuſement trai-
» té d'ailleurs, au grand étonnement
» de tout le monde, je n'ai pas laiſ-
» ſé de m'eſtimer heureux, de ce
» que le temps ni mon accablement
» ne m'ont rien ôté des richeſſes de
» l'eſprit, que le Ciel m'a départies.

P. DE MARCAS-SUS.

25. On trouve quelques poëſies de ſa façon, aſſez mauvaiſes, comme toutes celles qu'on a de lui, dans un Recueil intitulé : *Les Muſes illuſtres de MM. Malherbe, Théophile, l'Etoile, Triſtan, Baudoin, Colletet le pere, Ogier, Marcaſſus &c. Paris 1658. in-12.*

Cet article eſt tiré des Auteurs, que j'y ai cités, & dont chacun m'a fourni quelque particularité.

PAGANIN GAUDENZIO.

PAGANIN *Gaudenzio* naquit à *Pefclaf*, que les Italiens appellent *Pufchiavo*, petite ville du Pays des Grifons, vers l'an 1595.

Après avoir fait fes études en Allemagne, il paffa en Italie. Il fit quelque féjour à *Rome*, & il nous apprend dans la Préface de fon *Accademia difunita*, qu'il y fut reçu dans l'Academie des *Humorifti*.

Son érudition le fit appeller en 1627. à *Pife*, pour y profeffer les Belles-Lettres, la Politique & l'Hiftoire, & il remplit ce pofte pendant 21. ans, c'eft-à-dire, jufqu'à fa mort, avec beaucoup de reputation.

Les occupations qu'il lui donna, ne l'empêcherent pas de compofer plufieurs Ouvrages. La facilité avec laquelle il écrivoit, & l'envie qu'il avoit de donner au Public fes productions, lui en ont fait publier un grand nombre, qui font connoître, qu'il favoit un peu de tout, mais qu'il n'approfondiffoit rien, & que

fon érudition, qui s'étendoit fur la
plûpart des fciences, ne les faifoit
qu'éfleurer.

Ferdinand II. Grand Duc de Tofcane, dont il avoit fçu acquerir l'e-
ftime, lui avoit permis d'avoir une
imprimerie dans fa maifon ; c'étoit
pour lui une occafion de ne laiffer
rien perdre de ce qui fortoit de fa
plume, & il en profitoit avec foin.
La compofition & l'impreffion de
fes Ouvrages fe fuivoient par ce
moyen de près ; il n'attendoit pas
même qu'un traité fût achevé pour
le mettre fous la preffe. Comme il
ne relifoit pas ordinairement ce qu'il
avoit une fois écrit, il faifoit imprimer à mefure ; & un Ouvrage étoit
toûjours achevé d'imprimer, quelques heures après qu'il avoit achevé
de le compofer.

Jean Cinelli, qui nous inftruit de
ce détail dans la 6e. partie de fa *Bibliotheca Volante,* ajoute que quoique fes Poëfies Italiennes fuffent extrêmement foibles, il prefumoit
beaucoup de fon habileté en ce genre, & qu'il lui avoit entendu dire
un jour, que fes Sonnets étoient auffi

P. GAU- bons que ceux de *Petrarque.* Il fut
DENZIO. cependant honoré de la Couronne
Poëtique, que le Marquis *Scipion*
Capponi lui donna à *Florence* dans
fon Palais l'an 1635. après un grand
repas, en prefence d'une partie de
la Nobleffe de cette ville, comme
Gaudenzio a foin de nous l'apprendre dans fa *Galleria del Marino con-*
fiderata. Cet honneur, qui a pû lui
être fait par des perfonnes qui n'a-
voient pas le goût de la bonne Poëfie, & pour des raifons que nous
ignorons, ne l'en a pas fait eftimer
d'avantage, & *Crefcimbeni* n'a pas
daigné le mettre au nombre des
Poëtes Italiens, dont il a fait l'hiftoire.

Il mourut à *Sienne* le 3. Janvier
1649. âgé de 53. ans; & fut enterré
dans le *Campo Santo,* ou le Cimetiere public de cette ville; & l'on
y voit fon Epitaphe fur une table de
Marbre, appliquée contre le mur.
La voici.

Paganino Gaudentio, inclyti nomi-
nis Philofopho, Theologo, J. U. Conf.
probitate, naturali ingenuitate, ftudio
Reipublicæ ad exemplum, Humaniori-

*bus verò Litteris & Politica ad invi-
diam, quas in Pisano Gymnasio per
annos* XXI. *professus, exteros multos ad
se vocante fama pertractos præsenti eruditione obruit, posteros edito multiplici
volumine locupletavit, editurus plura
si dies adfuissent, qui de re quacumque
consultus indeficientem pandebat ex tempore dissertationis doctissima venam. De
se tantum parcus sic habens fato pro-
pinquus, & quasi præscius.*

    *Rhatia me genuit, docuit Germa-
        nia, Roma*

    *Detinuit, nunc audit Etruria
        culta docentem.*

    Obiit Pisis impavidus anno Domini
CIↃ. IↃCIL. III. *Nonas Januarii,
annos natus* LIII. *Bartholomæus Che-
sius J. C. & in Pis. Gymn. J. Civil.
Ord. Professor, executor Testamenta-
rius, tantam literarum jacturam deplo-
rans P.*

    Les deux vers, qui sont dans cet-
te Epitaphe, avoient été gravés sous
son Portrait, qu'il avoit mis l'an
née précedente à la tête de *la Galleria di Marino considerata.*

    Il laissa en mourant plusieurs Ma-
nuscrits de sa façon à la Bibliotheque
du Vatican.

P. GAU-
DENZIO.

François Marie Ceffini prononça son Oraison funebre dans l'Academie des *Difuniti* de *Pife*, dont il étoit.

Catalogue de ses Ouvrages.

1. *De Dogmatibus & Ritibus veteris Ecclefiæ Hæreticorum hujus temporis, præfertim Calvinianorum, teftimonia collecta. Romæ 1625. in-8°.*

2. *Adverfus Danielis Chamierii Panftratiam Velitationum Pars 1ª. Romæ 1627. in-8°.*

3. *Ad Differtationem Academicam de Cauponibus Famæ Appendix. Romæ 1628. in-8°.*

4. *Excurfio duplex; prima in obitum V. Cl. Hieronymi Aleandri; altera Politico-Litteraria. Pifis 1629. in-8°.*

5. *Declamationes octo, extra ordinem habitæ anno 1629. Florentiæ 1630. in-4°.* pp. 89. Ces pieces roulent fur des fujets de Morale & de Politique.

6. *Expofitionum Juridicarum libri duo, quibus etiam Tacito, Suetonio, aliifque lux conciliatur. Item Additamentum Criticum. Florentiæ 1631. in-8°.*

7. *Confiderazioni Accademiche. In Firenze 1631. in-8°.*

8. *Della*

8. *Della Peste discorso Accademico.* In *Firenze* 1631. *in-4°.*

P. GAV-
DENZIO.

9. *De Illustrissimo & Rever. Juliano Archiepiscopo Pisarum, Sardiniæ & Corsicæ Primate, & de Ill. Joanne Marco S. Angeli Raphaëlis Medicis filiis, Fratribus germanis, Paganinus Gaudentius. Pisis* 1631. *in-4°.*

10. *La Fortuna pentita, Ottave di Paganino Gaudenzio nell' Accademia de' Disuniti. In Pisa* 1633. *in-4°.*

11. *Docti laboris defensio, Oratio habita à Paganino Gaudentio Theologo & J. C. in primario Auditorio celeberrimæ Academiæ Pisanæ solemni more, ad publicas cum rediretur prælectiones. Pisis* 1634. *in-4°.*

12. *Confini regolati; Essercitazione Istorica e Politica del Dottor Pag. Gaudentio. In Pisa* 1634. *in-4°.* pp. 30. C'est un traité sur la necessité & la maniere de regler les confins des Etats.

13. *Orationum Pars prima. Pisis* 1634. *in-4°.* Ce sont des discours sur divers sujets de Morale, de Politique & d'Histoire.

14. *Origine di Pisa. Ottave di Pag. Gaudenzio. In Pisa* 1634. *in-4°.*

Tome XXXI. K

P. GAU-
DENZIO.

15. *Contradizione morale intorno al sospetto ; Discorso di Pag. Gaudenzio nella morte del già Generalissimo Val-stein.* In Pisa 1634. in-4°.

16. *Orazione funebre in lode del Dottor Cammillo Accarigi Senese, Lettor delle Pandette nello studio di Pisa.* In Pisa 1634. in-4°.

17. *Rerum Germanicarum conversio anno 1633. Mense Octobri, Ratisbonâ captâ & receptâ. Item Carmina in funere Ferdinandi Etruriæ Principis. Florentiæ* 1635. in-4°.

18. *L'Accademia disunita.* In Pisa 1635. in-4°. pp. 248. Ce sont 47. discours Académiques sur des sujets de Morale, d'Histoire & de Politique, qu'il a intitulé ainsi, parce qu'il y en a quelques-uns, qui ont été faits à l'occasion de l'Academie des *Disuniti* de *Pise*, dont il étoit, & parce qu'ils roulent sur des matieres détachées.

19. *De Justinianei sæculi Moribus nonnullis liber. Florentiæ* 1637. in-4°. pp. 59. *Pars altera. Ibid.* 1638. in-4°. pp. 100. It. *Argentorati* 1654. in-8°.

20. *Charta palantes ; in quibus Oratoria & Poëtica sic exercetur, ut mul-*

tiplex rerum cognitio adhibeatur. Flo-
rentiæ 1638. *in*-4°. pp. 248. C'eſt un
Recueil de diſcours, de diſſertations,
& de pieces ſur differens ſujets, dont
quelques-unes ont été imprimées
ſéparément. Les premieres ſont en
proſe, & les dernieres en vers.

P. GAU-
DENZIO.

21. *De Prodigiorum ſignificatione
liber. Florentiæ* 1638. *in*-4°.

22. *Obſtetrix litteraria, ſive de componendis & evulgandis libris Diſſertationes. Item Epigrammata nova. Florentiæ* 1638. *in*-4°. It. *Accurante M.
Ge. Nicolao Kriegk, Ordin. Phil. Jen-
nenſ. Adjuncti Jenæ* 1704. *in*-12. pp.
106. Il n'y a dans cette édition que
l'*Obſtetrix litteraria*; on en a retranché les Epigrammes, à l'exception
de trois, qu'on y a jointes pour achever la derniere feüille.

23. *De diſceſſu Margaretæ Coſtæ
Roma, Elegia. Florentiæ* 1638. *in*-4°.

24. *De Dogmatum Origenis cum Philoſophia Platonis comparatione. Sala-
bra Tertullianea. De vita Chriſtiano-
rum ante tempora Conſtantini. Florentiæ* 1639. *in*-4°.

25. *Inſtar Academicum, in quo ex
multigena diſciplina non pauca ſtrictim*

K ij

P. GAU-
DENZIO.

enarrantur. *Florentiæ* 1639. *in-4°.*

26. *Index librorum, quos compositos*
à Paganino Gaudentio excudit suis ty-
pis Amator Massa. Florentiæ. in-4°.
pp. 4. On n'y voit que les Ouvrages
marqués au N°. 19. 20. 21. 22. 24.
25. Après quoi on lit ces paroles
remarquables. *Illud monendus est Lec-*
tor, in ejusmodi operibus subinde legi,
quæ ad gloriam Etruscæ nationis, &
præsertim ad laudes Ser. Etruriæ Mag-
norum Ducum, Principumque. Ita dum
Professores Gymnasii Pisani plerique
omnes indigenæ & Tusci aliis curis in-
cumbunt, & componendis evulgandis-
que libris abstinent, unus externus apud
Rhætos natus suum studium suamque
observantiam hac ratione Ser. Ferdi-
nando II. probare satagit, jubetque in-
ventos ire Garrulorum tenebrionum &
ignotorum hominum voces, quibus osten-
dunt se dolere ab alio præstari, ad quod
ipsi pro hebete tardaque socordia & ani-
mi imbecillitate aspirare nequeunt. Gaudenzio a donné dans plusieurs de ses
Ouvrages la liste de ceux qu'il avoit
composés; mais il n'y en a point
qui soit complette, & où il n'en ait
omis quelques-uns.

27. *Ad Antiquitates Etruſcas, quas* P. GAU-
Volaterræ nuper dederunt obſervatio- DENZIO.
nes , in quibus diſquiſitionis Aſtrono-
micæ de Etruſcarum Antiquitatum frag-
mentis autor quoque notatur. Amſtelod.
1639. *in-*12. Quelques-uns ont attribué cet Ouvrage à *Henri Ernſtius,*
qui l'a fait imprimer ; mais il eſt de
Gaudenzio.

28. *Dell' Anno ſecolare ſolennemen-*
te celebrato in Roma da' P.P. della Com-
pagnia di Gieſu nel anno 1639. *Lette-*
ra di Ventidio Gangapano, Gentilhuo-
mo , & Accademico Ricovrato di Pa-
*doua. in-*8°. Il n'eſt pas difficile de
retrouver dans le faux nom de *Ven-*
tidio Gangapano celui du veritable
Auteur *Paganino Gaudentio.* Cette
Lettre a deux parties , dont la ſeconde eſt une Cenſure du Traité du P.
Rho, Jeſuite, touchant cette année
ſeculaire de la ſocieté.

29. *De evulgatis Romani Imperii*
arcanis , iis præcipue quæ ad electionem
& ſucceſſionem Imperatorum faciunt,
digreſſio habita Piſis. De funere He-
roum & Cæſarum exercitatio gemina.
Le ſingolarita delle Guerre di Germa-
nia. Florentia 1640. *in-*4°.

P. GAU-
DENZIO.

30. *De Pythagorea Animarum tranf-migratione Opufculum. Accedunt de Ariftoteleo Veterum contemptu, de Juliani Imperatoris.Philofophia, de Aperipato Julii Cæfaris Scaligeri Exercitationes; cum Italica excurfione, infcripta: Redintegrazione de' Poëti oppofta à Platone. Pifis* 1641. *in-*4°. pp. 324. L'Ouvrage Italien qui eft à la fin de ce volume, eft compofé de cinq difcours. On trouve dans le courant quelques pieces, dont le titre ne fait point mention. Les voici. 1. *De iis qui ex fapientia & Philofophia non retinuerunt modum, Prælectio habita Pifis, cum vitam Julii Agricolæ explicaret.* p. 87. Jean Henri *Acker* a fait réimprimer ce petit Ouvrage dans la feconde partie de fes *Opufcula Eloquentiæ. Rudolftadii* 1713. *in-*8°. 11. *An & quatenus fas fit abfque modo Philofophari prælectio.* p. 94. 111. *De Philofophorum quorumdam luctuofo exitu Recitatio Profefforia, cum interpretaretur* xv. *Annal. Taciti.* p. 145. 1v. *Se l'anno del* 1640. *fortunato o fortunevole chiamar fi deva, difcorfo e narrazione.* p. 191. v. *An & quatenus Philofophum & Virum*

Doctum Aulam frequentare & Prin- P. GAU-
cipum ſequi comitatum deceat, Diſſer- DENZIO.
tatio recitata in primario auditorio Gym-
naſii Piſani. anno 1641. 3. Cal. Fe-
bruar. p. 263. Ce dernier diſcours,
qui eſt fort court, de même que les
précedens, a été réimprimé ſous le
titre de *Diſſertatio de Philoſophis in*
Aula, avec un Ouvrage de *Jean*
Henri Acker, intitulé : *Primitia Ru-*
dolſtadienſes. Rudolſtadii 1709. *in*-4°.

31. *In morte del famoſiſſimo Galileo*
tre Sonetti. In Piſa. in-4°.

32. *Di Cleopatra Reina d'Egitto la*
vita conſiderata da Pag. Gaudentio,
e poi dell' iſteſſo riletta, con non piccio-
la varieta di coſe tanto moderne, quan-
to antiche. In Piſa 1642. *in*-4°. pp.
327. *La vita conſiderata* contient en
52. Chapitres la vie de *Cleopatre.*
La vita riletta renferme en 45. autres
des remarques & des additions. Il
y a dans tout cela bien des digreſ-
ſions, & de l'érudition inutile.

33. *Bennonis Durkhundurkhi, Sla-*
vi, in Spenti, Academici Sepulti, E-
piſtolam pro Antiquitatibus Etruſcis
Inghiramiis, adverſus Leonis Allatii
contra eaſdem animadverſiones, Exa-

P. GAU-
DENZIO.

men. *Colonia* 1642. *in-*12. pp. 126.
On retrouve le stile de *Gaudenzio*
dans cet Ouvrage, qui tend a refuter le livre d'*Allatius*; & à la p. 12.
on lit ces mots : *Mixtum genus, quod
nos in Valle Tellina Tuiscanum voca-
mus, & ex parte, sed correctioribus
dialectis usurpamus* ; ce qui convient
à un Auteur Grison. Ainsi il est probable que *Gaudenzio* est l'Auteur de
ce livre, quoique pour depaïser le
Lecteur, il ait supposé que c'étoit
le precis d'un entretien, qu'il avoit
eu à *Vienne* en Autriche.

34. *Della Peregrinazione Filosofica
Trattatello di Pag. Gaudenzio. Con un
aggiunta Geografica. In Pisa* 1643.
*in-*4°. pp. 104.

35. *De Philosophia apud Romanos
initio & progressu. Florentia* 1643. *in-*
4°. It. dans le 2e. & le 3e. volume
d'un Recueil intitulé : *Nova variorum scriptorum Collectio, tam edito-
rum, quàm ineditorum, rariorum etiam
& recens elaboratorum, quæ omnia in-
tegra dantur. Halæ* 1716. 1717. *in-*8°.

36. *De errore Sectariorum hujus
temporis labyrintheo. Conatus in Gene-
sim novus. De Philosophicis opinionibus
veterum*

veterum Ecclesiæ Patrum. Florentiæ
1644. *in-*4°.

36. *Della Disunita Accademia Accrescimento; Operetta di Paganino Gaudenzio, nella quale l'Autore insieme difende alcuni Istorici contra l'accuse d'Agostino Mascardi. In Pisa* 1644. *in-*4°. *pp.* 32. Ce sont des explications critiques de quelques endroits des discours contenus dans *l'Accademia Disunita.*

37. *I fatti d'Alessandro il Grande, spiegati e suppliti, con non pochi auvenimenti de' nostri tempi, massime quelli delle Alemaniche Guerre. In Pisa* 1645. *in-fol. pp.* 240. On voit d'abord l'histoire *d'Alexandre,* qui est suivie de deux supplemens semblables à celui qui accompagne la vie de *Cleopatre* du même Auteur.

38. *De Candore Politico in Tacitum diatribæ* 19. *Pag. Gaudentii Doctoris Theologi, Philosophi, Jurisconsulti, qui ipsos octodecim annos in Gymnasii Pisani magna Aula Politicen & Historiam est interpretatus, hodieque interpretatur. Præmittitur exercitatio ad Famianæam Historiam, defenditurque idem Tacitus. Pisis* 1646. *in-*4°.

Tome XXXI. L

P. GAU-
DENZIO.

39. *Dell' Anno* 1646. *& del* 1647. *due discorsi. In Pisa* 1647. *in-*8°. *pp.* 48. L'un de ces discours est intitulé : *De non fausti segni dell' anno* 1647. *Discorso recitato nell' Academia de' Disuniti.* L'autre a pour titre : *Della felicita dell' anno* 1647. *discorso.*

40. *Del seguitar la Corte o no Operetta. In Pisa* 1647. *in-*8°. *pp.* 48. Ce sont trois discours sur cette matiere.

41. *Della morte di S. Giovanni Evangelista discorsi due recitati nell' Accademia Helicea di Pisa. In Pisa* 1647. *in-*8°. *pp.* 32.

42. *Galeazzo Tirrene : Acclamazione al Ser. Gran Duca di Toscana Ferdinando II. In Pisa.* J'ignore la date de cette piece.

43. *La Galleria dell' inclito Marino considerata vien dal Paganino. Con alcune composizioni dell' istesso Paganino. In Pisa* 1648. *in-*8°. *pp.* 200. Après la *Galleria di Marino considerata*, qui sont des remarques sur les *Eloges* que *Marino* a faits de plusieurs sçavans ; on trouve ici les pieces suivantes. *In Obitu Hieronymi Aleandri Oratio recitata Pisis in Acade-*

mia Difunitorum anno 1629. *Orazio-* P. GAU-
ne funebre in lode del Dottor Cammil- DENZIO.
lo Acçarigi, Sanese, Lettor delle Pan-
dette nello ftudio di Pifa ed Accade-
mico difunito, recitata nell' Accademia
de' Difuniti da Pag. Gaudenzio, Con-
fole perpetuo dell' ifteffa Accademia
nell' anno 1633. Differentes pieces
de Poéfies Latines & Italiennes.

Cet article eft tiré des notes, tant
imprimées que Manufcrites, fur le
Naudeana, & des Ouvrages de Gaudenzio.

CLAUDE DE BEAUREGARD.

CLAUDE *Guillermet,* Seigneur
de *Beauregard,* plus connu   C. DE
fous le nom de *Berigardus,* & que   BEAURE-
Naudé appelle *Belriguardus* dans l'E-   GARD.
pitre dedicatoire du Traité de *Jean-*
Baptifte Doni, de utraque pœnula,
qu'il donna en 1644. naquit à *Mou-*
lins en Bourbonnois le 15e. Août
1578. de *Pierre Guillermet,* Ecuyer,
Seigneur de *Beauregard,* Docteur en
Philofophie & en Medecine.

Après avoir fait fes études, il fe

C. DE
BEAURE-
GARD.

fit à l'exemple de son pere, recevoir Docteur en Philosophie & en Medecine à *Aix* en Provence le 22. Juillet 1601.

Il fut depuis Secretaire de Madame *Christine de Lorraine*, Grande Duchesse de Toscane.

Cette Princesse lui procura en 1628. une Chaire de Philosophie dans l'Université de *Pise*, où il enseigna cette science, avec la Botanique & les Mathematiques pendant douze ans, comme il nous l'apprend lui même dans la Préface de son *Circulus Pisanus*.

La Republique de *Venise* le nomma en 1640. pour être second Professeur en Philosophie à *Padoue*, & il y fit sa premiere leçon le 6. Novembre de cette année. On lui donna d'abord les mêmes appointemens qu'au premier Professeur, c'est-à-dire 800. florins, qui furent augmentés en 1646. jusqu'à mille, & en 1653. jusqu'à 1200. Il devint dans la suite premier Professeur, qualité qui lui est donnée à la tête du *Circulus Pisanus* de l'Edition de 1661.

Il mourut à *Padouë* l'an 1663. d'une Hernie umbilicale , âgé de 85. ans; *laiſſant pour heritier Jean de Beau-regard , ſon frere , reconnu noble du Saint-Empire de quatre ayeux pater-nels & maternels en* 1635. *pere de Pierre de Beauregard, Docteur en Phi-loſophie & en Medecine , Auteur des Aphoriſmes d'Hippocrate en vers Ryth-miques ,* (Petri Berigardi , Florentini, Hippocratis Aphorifmi Rythmici. Utini 1645. in-8°.) *lequel étant mort à Piſe ſans avoir été marié , le Comte Nicolas de Beauregard , petit neveu de Jean & de Claude devint heritier de l'un & de l'autre.* Ce ſont les ter-mes d'un Mémoire que le Comte *Nicolas de Beauregard* donna au mois de Juin 1710. au ſçavant Auteur des notes ſur le *Naudæana.*

Paganin Gaudenzio parle de *Beau-regard* dans la Préface de ſon *Acca-demia diſunita,* comme d'un hom-me habile dans la langue Grecque, & dans la Poëſie Latine , & qui s'ex-primoit avec beaucoup de facilité & de clarté en proſe ; & il ajoute qu'il étoit de l'Academie des *Diſuniti* de *Piſe.*

L iij

On n'a de lui que les deux Ouvrages suivans.

1. *Dubitationes in Dialogum Galilæi pro terræ immobilitate.* *Florentiæ* 1632. *in-*4°.

2. *Circulus Pisanus de Veteri & Peripatetica Philosophia.* *Utini* 1643. *in-*4°: It. *Secunda editio auctior.* *Patavii* 1661. *in-*4°. On voit ici un Dialogue entre *Charilaus* & *Aristée*, dans lequel le premier soutient qu'on ne peut mieux expliquer toutes les difficultés de la Philosophie que par les principes d'*Aristote*, & l'autre veut qu'il faille employer pour cela ceux d'*Anaximander*. Cet Ouvrage a fait accuser l'Auteur d'impieté & de Pyrrhonisme par quelques-uns, qui n'ont pas lû son livre avec assez d'attention. En effet il n'est gueres probable qu'il n'eut pas paru suspect dans le pays où il a été publié, & où l'on étoit fort au fait de la Philosophie Peripateticienne, & qu'il eut été même muni d'une approbation du S. Office, comme il l'a été, s'il étoit aussi dangereux qu'on le pretend. Mais qu'il le soit ou non, c'est maintenant une chose fort indifferente,

puifque perfonne ne s'avife plus de
le lire.

Cet Article eft tiré du Mémoire de
M. Nicolas de Beauregard. On n'a-
voit auparavant rien de circonftan-
cié ni d'exact fur cet Auteur. On lit
dans ce Mémoire que *Beauregard* a
profeffé à *Pife* quatorze ans, je crois
qu'il eft plus fûr de s'en rapporter à
Beauregard lui même, qui ne met
que douze ans. V. *Auffi le Naudeä-*
na, & *Bayle*, *Dictionnaire*; ce qu'on
lit dans ces deux Auteurs fe termine
a peu de chofe.

C. DE
BEAURE-
GARD.

JEAN MARIO CRESCIMBENI.

JEAN *Mario Crefcimbeni* naquit
le 9. Octobre 1663. à *Macerata*,
ville capitale de la Marche d'*Ancone*
de *Jean Philippe Crefcimbeni*, Jurif-
confulte de cette ville, & d'*Anne*
Virginie Barbo.

Il fut tenu fur les fonds de baptême par *Jerôme Cafanate*, qui fut depuis Cardinal, & il y reçut les noms
de *Jean-Marie-Jerôme-Ignace-Xavier-*
Jofeph-Antoine ; mais de tous ces

J. M.
CRESCIM-
BENI.

L iiij

noms il ne retint que ceux de *Jean
Marie*; encore changea-t'il ce second
en celui de *Mario*, suivant en cela
la coûtume de quelques Sçavans.

Il apprit les premiers élemens de
la Grammaire dans sa patrie jusqu'en
1674. qu'*Antoine François Crescimbeni* son oncle, qui étoit un fameux
Avocat de *Rome*, le fit venir dans
cette ville, & lui donna pour pré-
cepteur un Prêtre François, sous lequel il ne profita pas beaucoup,
quoiqu'il parût avoir beaucoup de
disposition pour les sciences.

L'année suivante 1675. son pere
& sa mere étant allé à *Rome* à l'occasion du Jubilé de l'année Sainte, le
ramenerent à *Macerata*, où l'on lui
fit continuer ses études sous les PP.
Jesuites. Il eut l'avantage d'y avoir
pour Professeur de Rhetorique le P.
Charles d'Aquino sous lequel il fit
de grands progrès tant dans l'Eloquence que dans la Poësie. Il ne se
borna pas alors à de petites pieces,
telles qu'on les fait dans les classes;
il entreprit une Tragedie dans le goût
de *Seneque*, qu'il intitula *la defaite
de Darius Roi de Perse*. Quoique ce

fut un fruit precoce, le P. *d'Aquino* en fit affez de cas pour vouloir en conferver une copie.

Cette réuffite encouragea *Crefcimbeni* à entreprendre de traduire en vers Italiens la *Pharfale* de *Lucain* ; mais il n'en fit que deux livres.

Tout cela lui acquit un nom dans le monde fçavant, & dès l'an 1678. lorfqu'il n'avoit encore que quinze ans, l'Academie des *Difpofti* de la ville de *Jefi* dans la Marche d'Ancone le mit au nombre de fes Membres.

Cet honneur ne l'enfla pas, il fentit bien qu'il avoit encore befoin d'inftruction, & il prit pendant huit mois des leçons d'un fçavant, nommé *Nicolas Antoine Raffaëlli*, qui étoit alors à *Macerata*, fur l'Eloquence Latine & Italienne ; & fit en même temps fa Philofophie.

Son pere, qui profeffoit alors le Droit Civil à *Macerata*, voulut qu'il s'appliquât à cette fcience, comme étant la plus propre à lui ouvrir une voye aux honneurs & à la fortune, & il y fut fon maître.

Le jeune *Crefcimbeni* y fit de fi

grands progrès, qu'il fut reçu Docteur en cette Faculté dans la même
ville le 3. Octobre 1679. & qu'on le
chargea d'y enseigner les Instituts,
emploi qu'il remplit pendant un an.

Son oncle le rappella au bout de
ce temps à *Rome*, dans le dessein de
l'y pousser à la Cour ; & il s'y parta-
gea entre la Jurisprudence & les
Belles-Lettres. Il faisoit de temps en
temps quelques pieces de Poësie Italiennes, qui quoique trop enflées,
parce qu'il n'avoit pas encore le bon
goût de la Poësie, ne laisserent pas
d'être bien reçues, & lui procurerent une place dans l'Académie des
Infécondi de *Rome*, où il fut reçu
en 1685.

Quelques pieces de vers de *Vincent Filicaia* & de *Vincent Leonio*,
composées dans le goût des anciens
& des meilleurs Poëtes Italiens, lui
étant tombées entre les mains l'an
1687. il se desabusa du stile qu'il
avoit employé jusque-là, & se proposa pour modele *Leonio*, avec lequel il contracta une étroite amitié.
Il fit l'année suivante dans ce nouveau stile une piece à la loüange du

Cardinal *Antoine Barbarigo*, qui ve- J. M.
noit d'être fait Evêque de *Monte-*CRESCIM-
fiafcone, laquelle fut fort applaudie; BENI.
& il en compofa depuis plufieurs
autres dans le même goût.

Il entreprit même de combattre
le mauvais goût qui regnoit alors,
& auquel tous les jeunes Poëtes fe
conformoient. Il avoit coûtume d'aller les foirs en Eté avec des amis
choifis, tous gens de lettres, dans
les endroits les plus agréables des en-
virons de *Rome*, pour s'y délaffer des
affaires de la ville par la lecture de
quelques Ouvrages d'efprit. Le prin-
cipal objet de ces promenades, étoit
de former infenfiblement une nouvelle Academie, qui retablît l'étude
des Belles-Lettres, & qui au mauvais goût qui regnoit dans les autres
Academies, en fubftituât un, formé
fur les meilleurs Auteurs anciens &
modernes.

Un jour comme ils étoient affis
fur l'herbe dans une prairie fort
agréable, un d'entre eux frappé de
plufieurs pieces delicates qu'on venoit de lire, s'écria: *En verité il me
femble que nous faifons revivre l'an-*

cienne *Arcadie.* On ne fit pas d'a-
bord grande attention à ces paroles.
Mais *Crescimbeni*, fur qui elles
avoient fait plus d'impreſſion que
fur les autres, ne put s'empêcher
de s'entretenir avec *Leonio* de cette
agréable idée, qui l'avoit charmé.
Ils conclurent qu'il falloit établir
fous le nom d'*Arcadie* une Academie, dont les Membres s'appelle-
roient les Bergers d'Arcadie, & pren-
droient chacun le nom d'un Berger,
& celui de quelque lieu de l'ancien
Royaume d'Arcadie.

Cette Academie fut en effet eta-
blie le 5. Octobre 1690. Quatorze
Sçavans s'unirent pour la former. Ils
tinrent leurs premieres Aſſemblées
dans le parc des Peres Franciſcains
de *S. Pierre in Montorio.*

Les commencemens de l'Academie naiſſante firent tant de bruit, &
reçurent de ſi grands applaudiſſe-
mens, que pluſieurs perſonnes di-
ſtinguées par leur ſcience témoigne-
rent leur empreſſement à y être admis. Tout avoit plû dans ce nouvel
établiſſement; l'idée en avoit paru
gratieuſe, & le plan bien concerté:

de maniere que chaque jour donnoit à la moderne *Arcadie* quelque
nouveau Citoyen. Bientôt le bon
goût, banni depuis près d'un ſiecle
des Ouvrages d'eſprit dans la plus
grande partie de l'Italie, reprit le
deſſus; & l'on déclara ſans ménagement la guerre à la Barbarie, & à ces
pompeuſes extravagances des faux
brillans, que l'uſage avoit établis,
& qu'il faiſoit admirer en depit du
bon ſens.

Creſcimbeni fut dès le commencement reconnu unanimement pour
fondateur, & promoteur de cette
ſocieté paſtorale, & établi *Cuſtode*,
ou Directeur par des lettres ſignées
de tous ceux qui avoient concouru
à l'établiſſement. Pendant trente-huit
ans qu'il conſerva ce poſte, il n'oublia rien de tout ce qui pouvoit
contribuer à la gloire de la nouvelle
Arcadie, & la repandit par toute
l'Italie. Plus de quarante villes des
plus conſiderables de ce pays, ſe firent un honneur d'aggreger leurs
Academies à celle-ci ſous le titre de
Colonies, & ne dedaignerent point
de recevoir d'elle leurs loix & leurs
ſtatuts.

J. M.
C<small>RESCIM</small>-
<small>BENI.</small>

Les soins qu'il se donna pour l'é-
tablissement de l'Arcadie, le retire-
rent peu à peu de la Jurisprudence,
& il encourut par-là la disgrace de
son oncle, dont il fut obligé d'a-
bandonner la maison. Mais la mort
de cet oncle arrivée peu de temps
après, lui laissa la liberté de suivre
son goût particulier. Il renonça alors
entierement à cette science, pour se
donner entierement aux Belles-Lettres.

Ayant embrassé l'Etat Ecclesiastique, le Pape *Clement XI.* qui l'esti-
moit, lui donna en 1705. un Canonicat de *Sainte Marie in Cosmedin,*
auquel il joignit au commencement
de l'année 1719. l'Archiprêtré de la
même Eglise. *Crescimbeni* prit alors
les ordres Sacrés, & ayant été ordonné Prêtre, il celebra sa premiere Messe le jour de Pâques de la même année, qui étoit le 19. Avril.

Il tomba malade au commencement de l'année 1728. & cette maladie le conduisit peu à peu au tombeau. Près de deux mois avant sa
mort, il fit les vœux simples de la
Compagnie de *Jesus* entre les mains

du P. *François Marie Galluzzi* de
cette Compagnie , & mourut le 8.
Mars 1728. âgé de 64. ans.

Il étoit d'une taille mediocre,
maigre, & d'une complexion delicate ; ce qui joint à sa voix cassée,
& presque rauque, ne remplissoit
pas, quand on le voyoit, l'idée que sa
reputation avoit fait naître. Mais ses
manieres corrigeoient ces défauts ;
& sa douceur admirable, dans un
temperament bilieux, lui gagnoit
l'affection de tous ceux qui le pra-
tiquoient. Attaqué en diverses manieres, il parut toûjours insensible
aux injures ; & le seul defaut qu'on
lui puisse reprocher, est d'avoir repandu les loüanges avec trop de pro-
fusion. Il possedoit à fond tout l'art
de la Poësie, & il en parloit en homme consommé. Cependant un de ses
confreres lui a reproché, que ses
vers n'avoient pas cette force, ni
cette heureuse facilité, qui brille
dans sa prose. Son jugement exquis
& sûr dans les Ouvrages d'esprit,
le faisoit consulter de toute l'Italie,
& l'accabloit d'une foule d'Ecrits,
sur lesquels on s'empressoit d'avoir

J. M.
CRESCIM-
BENI.

fon fentiment. Perfonne ne connut jamais mieux la pûreté de la langue Tofcane, & ne fçut mieux la mettre en pratique. Il écrivoit avec une facilité incroyable, & cependant avec tant d'élegance & des termes fi propres & fi bien choifis, qu'il n'a point 'eu d'égal en ce genre.

Il étoit de la plûpart des Academies d'Italie, de celles des *Difpofti* de *Jefi*, des *Concordi* de *Ravenne*, des *Catenati* de *Macerata*, des *Fifiocriti* & des *Intronati* de *Sienne*, des *Animofi* de *Venife*, des *Gelati* de *Boulogne*, des *Spenfierati* de *Roffano*, des *Incolti* de *Monte alto* dans la Calabre Citerieure, des *Umorifti*, des *Intrecciati* & des *Infecondi* de *Rome*, des *Coftanti* de *Cofenza*, des *Filoponi* de *Faenza*, des *Apatifti* de *Florence*, de la *Crufca* & de la *Florentine*; enfin des *Curieux de la Nature* en Allemagne.

Catalogue de fes Ouvrages.

1. *Canzone per la nafcita del Ser. Real Principe di Vallia, di Varimaco Cognimembrefi*. In Roma 1688. *in*-8°.

2. *L'Elvio, Favola Paftorale di Alfefibeo Cario, Cuftode d'Arcadia.*

In

In Roma 1695. *in-*4°. *Alfefibeo Cario* J. M.
étoit le nom, que *Crefcimbeni* avoit Crescim-
pris dans l'Academie des Arcadiens. beni.
Il fit depuis un examen critique de
cette Paftorale dans le 5e. Dialogue
de fon Ouvrage *della bellezza della*
volgar Poëfia.

3. *Rime di Alfefibeo Cario. In Ro-*
ma 1695. *in-*12. It. 2ª. *Edizione. In*
Roma 1704. *in-*12. Cette édition eft
fort augmentée. It. 3ª. *Edizione*, *di-*
vifa in 10. *libri. In Roma* 1723. *in-*
8°. Cette derniere, plus ample de
beaucoup que les deux autres, fut
publiée par ordre de l'Academie des
Arcadiens.

4. *L'Iftoria della Volgar Poëfia. In*
Roma 1698. *in-*4°. Cette hiftoire eft
divifée en fix livres. Le premier décrit l'origine & les progrès de la
Poëfie Italienne. Il eft parlé dans le
2e. de cent Poëtes Italiens, choifis parmi les plus confiderables. On
voit dans le 3e. un Effay de la Poëfie de chacun de ces Auteurs, & de
quelques autres qui vivoient encore
alors. Le 4e. contient une lifte Alphabetique de plufieurs Poëtes Italiens,
dont il n'avoit pas encore parlé. Le

J. M.
CRESCIM-
BENI.

5e. roule fur les Ouvrages qui ont été composés à l'occasion de quelques Poësies Italiennes, ou par les Auteurs mêmes, ou par d'autres, foit pour les défendre, foit pour les critiquer. Le 6e. traite des Ouvrages qui regardent l'Art Poëtique & fes differentes efpeces, & la Poëfie Italienne en particulier. Cette hiftoire, excellente d'elle même, a reçu un nouveau merite par les Commentaires, dont l'Auteur l'a accompagnée depuis. Elle a été réimprimée *corretta, riformata, e ampliata. In Roma 1714. in-4°.* Crefcimbeni a fuivi dans cette édition le Confeil que les Journaliftes de *Venife* lui avoient donné, d'y faire tous les changemens & les additions, qu'il avoit marqué à la fin de chaque volume de fon Commentaire, qu'il falloit faire à fon hiftoire. Ainfi dans fa premiere édition il avoit mis l'origine de la Poëfie Italienne en 1200. mais il la fait remonter dans celle-ci à l'année 1184.

5. *Commentarii di Giov. Mario de' Crefcimbeni, intorno alla fua Iftoria della Volgar Poëfia. Volume I. conte-*

nente l'ampliazione, e il ſupplimento, e varie correzioni del primo libro dell' Iſtoria. In Roma 1702. in-4°. pp. 456.

Volume ſecondo. Parte prima contenente l'ampliazione del ſecondo libro dell' Iſtoria, mediante le vite, i Giudizi, e i ſaggi de Poëti Provenzali, che furono padri della detta Poëſia volgare. In Roma 1710. in-4°. pp. 246. On voit ici la traduction des vies des Poëtes Provençaux de *Jean de Nôtre-Dame*, avec les additions de *Creſcimbeni.*

Parte ſeconda, contenente l'ampliazione del ſecondo libro dell' Iſtoria, mediante il giudizio ſopra l'Opere de' Poëti Toſcani, e varie nottizie attenenti alle loro vite. In Roma 1710. in-4°. pp. 435.

Volume terzo, contenente l'ampliazione del terzo libro dell' Iſtoria, mediante i ſaggi de' ſecento Rimatori, de' quali ſono ſtati ſcritti gli elogi nella parte ſeconda del ſecondo volume di queſti Commentari. In Roma 1711. in-4°. pp. 380.

Volume quarto, contenente l'ampliazione del quarto libro dell' Iſtoria. In Roma 1711. in-4°. On fait connoître

M ij

J. M.
CRESCIM-
BENI.

dans ce volume quinze cent Poëtes Italiens, dont il n'avoit point été parlé, ou qui étoient seulement cités dans les volumes précedent.

Volume quinto, contenente diverse Correzioni, e l'ampliazione del quinto e sesto libro dell' Istoria. In Roma 1711. in-4°. On a fait de tout ceci une nouvelle édition, dont je parlerai plus bas.

6. *La Bellezza della volgar Poësia. In Roma 1700. in-4°.* Cette premiere édition ne contient que huit livres. It. *Edizione seconda, riveduta, corretta, ed accresciuta. In Roma 1712. in-4°.* Cette seconde édition est augmentée d'un neuviéme livre.

7. *Corona rinterzata in lode di N. S. Papa Clemente XI. In Roma 1701. in-4°.* C'est un recueil de quarante Sonnets d'autant d'Academiciens Arcadiens, qu'il publia avec une Eglogue de sa façon à la tête.

8. *J. Givochi Olimpici in lode di Papa Clemente XI. In Roma 1701. in-4°.* Ce sont des Poësies à l'honneur de *Clement XI.* à la tête desquelles est une Ode de *Crescimbeni.*

9. *I Cento Apologhi di Monsignor*

Bernardino Baldi , Abbàte di Guaſtal- J. M.
la , portati in verſi , da Giov. Mario CRESCIM-
de' Creſcimbeni , colle Moralità di Ma- BENI.
lateſta Strinati. In Roma 1702. *in-*12.
Ces Apologues ſont peu de cho-
ſe pour la plûpart. Les Moralités
de *Strinati ,* Academicien Arcadien,
ont été miſes dans la ſuite en vers
par *Creſcimbeni ,* qui les a fait entrer
dans la 3ᵉ. Edition de ſes Poëſies faite en 1723.

10. *Lettera di Gio. Mario Creſcim-*
beni intorno al Doctorato in Filoſofia e
Theologia dell' Ill. Abate Annibale Al-
bani , Nipote del Papa Clemente XI.
In Roma 1703. *in-*12. *pp.* 47.

11. *Academia d'Armi e di Lettere*
fatta da nobili Convittori del Semina-
rio Romano. In Roma 1703. *in-*12.

12. *Le Omilie ed Orazioni di Papa*
Clemente XI. Volgarizzate. In Firen-
ze 1704. *in-fol. It. Accreſciute. In Ve-*
netia 1714. *in-*8°.

13. *Notitie Iſtoriche di diverſi Ca-*
pitani illuſtri. In Roma 1704. *in-*4°.

14. *Lettera Scritta da Pondiſceri a'*
10. *di Febbraio* 1704. *dal Dottore Gio-*
vanni Borgheſi , Medico della Miſſione
ſpedita alla China da Clemente XI.

*nella quale si contengono, oltre à un
pieno racconto del Viaggio da Roma
sino alle Coste dell' Indie Orientali, varie nuove osservazioni Mediche, Ana-
tomiche, Botaniche, Naturali, e d'al-
tri generi; e trasportata dal MSto Latino in lingua Toscana da Gio. Mario
de' Crescimbeni. In Roma 1705. in-12.
pp. 245.*

15. *Racconto di tutta l'operazione
per l'Elevazione e abbazamento della
Colonna Antonina. In Roma 1705.
in-4°.* It. Dans la 7e. partie du 5e.
tome de la *Galleria di Minerva.*

16. *I Givochi Olimpici in lode de gli
Arcadi defunti. In Roma 1705. in-4°.*

17. *Le Vite de gli Arcadi illustri
scritte da diversi Autori, e pubblicate
d'ordine della Generale Adunanza da
Gio. Mario Crescimbeni. Parte 1a. In
Roma 1708. in-4°.* Crescimbeni est
l'Auteur de la vie d'*Ange della Noce*,
Archevêque de *Rossano*, & le traducteur de celle de *Raphaël Fabretti*,
qui avoit été écrite en Latin par *Dominique Riviera.*

Parte 2a. In Roma 1710. in-4°. On
ne voit ici de sa façon que la vie de
Marcel Severoli.

Parte 3ª. *In Roma* 1714. *in*-4°. La vie du Cardinal *Charles Thomas Maillard de Tournon* est de lui.

Parte 4ª. *In Roma* 1727. *in*-4°. Il est l'Auteur des Vies de *Vincent Leonio*, & de *Jean Marie Lancisi*, qui se trouvent dans ce volume.

18. *L'Arcadia di Gio. M. Crescimbeni. In Roma* 1709. *in*-4°. It. *Di nuovo ampliata. In Roma* 1711. *in*-4°. *pp.* 377. C'est l'Histoire de l'Academie des Arcadiens, faite dans le goût de l'Arcadie de *Sannasar*.

19. *I Givochi Olimpici in lode degli Arcadi defunti. In Roma* 1710. *in*-4°. C'est l'Eloge des Arcadiens morts depuis l'an 1705.

20. *Breve notizia dello stato antico e moderno dell' Adunanza degl' Arcadi. In Roma* 1712. *in*-12.

21. *L'Istoria della Basilica Diaconale, Collegiata, e Parrochiale di S. Maria in Cosmedin di Roma, scritta da Gio. M. Crescimbeni, Canonico della Medesima. In Roma* 1715. *in*-4°. *pp.* 418.

22. *L'Historia dell' antichissima chiesa di S. Giovanni avanti Porta Latina di Roma, titolo Cardinalizio, divisa*

in cinque libri : nella quale oltre à tutto cio' che s'appartiene à detta chiesa, al Martirio di S. Giovanni Evangelista, che fu cagione della fondazione di essa; à diverse inscrizioni antiche ivi esistenti, e à Cardinali suoi titolari, si portano molti antichi e non piu stampati documenti della sacrosanta Basilica Lateranense, alla quale detta chiesa e unita, e s'inseriscono moltissime notizie anche di essa Basilica, e seguatamente le vite di tutti i Cardinali Archipreti Lateranensi. In Roma 1716. in-4º.

23. *Memorie Istoriche dell' Imagine miracolosa di S. Maria delle Grazie nella chiesa di S. Salvatore in Lauro. In Roma 1716. in-8º.*

24. *Le Rime degli Arcadi. In Roma, in-8º.* neuf tomes. Les trois premiers en 1716. les quatre suivans en 1717. le huitiéme en 1720. & le neuviéme en 1722. Parmi ces Poësies Italiennes, que *Crescimbeni* a pris foin de ramasser, il y en a plusieurs de sa façon.

25. *Le Prose de gli Arcadi. In Roma* 1718. *in-8º.* Trois tomes. C'est encore *Crescimbeni*, qui a pris foin de donner ce Recueil au Public.

26. *Stato*

26. *Stato della Bafilica Diaconale,*   J. M.
Collegiata, e Parrochiale di S. Maria CRESCIM-
in Cofmedin di Roma nel prefente anno BENI.
1719. defcritto da Gio. M. Crefcimbe-
ni, con varie giunte, e correzioni dell'
Iftoria di effa Bafilica, fcritta e publi-
cata dallo fteffo Autore; e con un' ap-
pendice all' altra fua Iftoria di S. Gio-
vanni avanti Porta Latina. In Roma
1719. in-4°. pp. 255.

27. *Notizie de gli Arcadi Morti.*
In Roma. in-8°. trois tomes. Les deux
premiers en 1720. & le troifiéme en
1721. *Crefcimbeni* ne voulant pas
laiffer perir la mémoire d'un grand
nombre d'Arcadiens, dont on ne
pouvoit donner la vie auffi au long
qu'on avoit fait de quelques-uns, a
reffemblé ici leurs éloges, compofés par plufieurs membres de cette
Academie. Il y en a 120. dans le premier volume, 135. dans le fecond,
& 157. dans le troifiéme.

28. *Vita di Monfignore Gio. Ma-*
ria Lancifi, Medico di Papa Clemen-
te XI. In Roma 1721. in-4°. It. Dans
le 4e. volume des *Vite degli Arca-*
di.

29. *I Givochi Olimpici in lode di*
Tome XXXI.   N

J. M.
CRESCIM-
BENI.

Papa Innocenzo XIII. In Roma 1721.
*in-*4°.

30. *Corona rinterzata in lode d'Innocenzo XIII. In Roma* 1721. *in-*4°.

31. *Arcadum Carmina. Pars prior.
Romæ* 1721. *in-*8°. C'est un autre
Recueil des Poëfies Latines des Ar-
cadiens.

32. *Le vite de piu celebri Poëti Provenzali tradotte dal Francese, ornate di
copiose annotazioni, e accresciute di
moltissimi Poëti; seconda edizione. In
Roma* 1722. *in-*4°. Cette traduction
avoit déja paru dans le second tome
des Commentaires de *Crescimbeni*
sur la Poësie Italienne; mais il a jugé
à propos de la faire imprimer séparément avec des additions & des corrections.

33. *L'Historia della Basilica di S.
Anastasia; con la Notizia d'altre Chie-
se. In Roma* 1722. *in-*4°. Le P. Antoine Marie *Bonucci*, Jesuite, connu
par plusieurs Ouvrages, donna quelque temps après une vie de *Sainte
Anastasie*, & y insera un chapitre de
reflexions, qu'il supposoit qu'on
pouvoit tirer de l'histoire de *Crescimbeni* touchant cette Sainte. Mais

celui-ci les deſavoüa dans une lettre qu'il écrivit à ce Pere.

34. *Stato della Sacroſanta Chieſa Papale Lateranenſe nel anno 1723. In Roma 1724. in-4°.*

35. *Compendio della vita della beatiſſima Vergine ad uſo della Novena per la feſta della Natività della ſteſſa beatiſſima Vergine. In Roma 1624. in-16.*

36. *Vita di M. Gabriello Filippucci. In Roma 1724. in-4°.*

37. *Atti della Coronazione del Cavalier Perfetti, fatta in Campidoglio. In Roma 1725. in-4°.*

38. *Componimenti Poetici nel gettarſi la prima pietra ne' fondamenti del nuovo Teatro d'Arcadia; inſieme con una Corona Poëtica rinterzata in lode di Papa Benedetto XIII. In Roma 1725. in-8°.*

39. *I Giuochi Olimpici in lode di Giouanni V. Rè di Portogallo. In Roma 1726. in-4°.*

40. *L'Iſtoria della volgar Poeſia, ſcritta da Gio. Mario Creſcimbeni, nella seconda impreſſione fatta l'anno 1714. coretta, riformata e notabilmente ampliata; e in queſta terza pubbli-*

N ij

J. M. CRESCIM-BENI.

cata unitamente cô i *Commentari in-torno alla medesima*, riordinata, ed accresciuta. *In Venetia* 1731. *in-4°.* six tomes. Cette édition est commode en ce que le Commentaire s'y trouve joint à l'histoire. Le sixiéme volume contient la *Bellezza della volgar Poësia*, une vie fort étenduë de *Crescimbeni*, dressée par *François Marie Mancurti*, & plusieurs pieces, qui ont rapport à l'Académie des Arcadiens.

V. Cette vie qui est faite avec beaucoup de soin, & son *Eloge par l'Abbé Joseph Morei* dans le *Journal de Trevoux*, May 1729. p. 876.

AUGUSTIN LUBIN.

A. Lu-BIN.

AUGUSTIN *Lubin* naquit à *Paris* le 29. Janvier 1624.

Après avoir achevé ses études d'Humanités, il prit l'habit de l'Ordre de *S. Augustin* dans le Couvent de la Reine *Marguerite*, au Faubourg *S. Germain*, & y fit profession le 12. Août 1640. âgé de seize ans.

Six ans après il soutint des Theses

de Théologie en presence de l'assem-   A. Lu-
blée generale du Clergé de France.   BIN.

Il s'employa depuis à la predication dans la capitale du Royaume &
dans les Provinces avec beaucoup
de succès.

Il s'appliqua particulierement à la
Géographie, dans le dessein de mieux
entendre l'Ecriture Sainte & l'Histoire Ecclesiastique, & il y fit de si
grands progrès, qu'il merita depuis
la qualité de Géographe du Roi.

Son merite le fit élever aux charges de son ordre, qu'il ne rechercha
jamais, & qu'il remplit avec beaucoup de douceur & de prudence. Il
fut Prieur, Visiteur, Provincial, &
enfin Assistant du General à *Rome*.
Après avoir possedé six ans cette
derniere charge, qui lui mettoit entre les mains toutes les affaires des
Augustins de France, il revint à *Paris*, pour y passer le reste de ses jours
en qualité de simple particulier.

Sur la fin du mois de Février 1695.
il eut une attaque d'Apoplexie, dont
il parut soulagé par les remedes
qu'on lui donna, lorsqu'il lui sur-
vint une petite fievre, qui le conduisit au tombeau.   N iij

Il mourut le 7. Mars de la même année 1695 âgé de 71 ans.

Catalogue de ses Ouvrages.

1. *Augustinus Ecclesiastes, sive Regula & Idea Concionum ex operibus S. Augustini descripta.* Paris. 1669. in-12.

2. *L'Office de la Semaine Sainte selon le Missel & le Breviaire Romain, avec les explications des Ceremonies.* Paris 1669. in-12. Cette traduction du P. *Lubin* a été imprimée plusieurs autres fois depuis.

3. *Orbis Augustinianus, sive Conventuum ordinis Eremitarum S. Augustini Chorographica & Topographica descriptio.* Paris. 1659. in-4°. Oblongo. It. Ibid. 1671. in-4°. On voit ici 60. Cartes proprement gravées de differens pays, avec les noms des Villes, Bourgades, Villages où les Augustins ont des Maisons; & 21. vûes d'autant de Maisons.

4. *Martyrologium Romanum Geographicis tabulis & notis historicis illustratum.* Paris. 1661. in-4°.

5. *Tabulæ Sacræ Geographicæ, sive Notitia antiqua medii temporis, & nova nominum utriusque Testamenti ad*

A. Lu-
BIN.

Geographiam pertinentium. Parif. 1670.
*in-*4°. *& in-*12. It. Dans la Bible Latine de *Vitré* imprimée à *Paris in-*4°.
en 1666. & 1691.

A. Lu-
BIN.

6. *Tables Géographiques pour les
vies des hommes illustres de Plutarque,
dressées par le R. P. Lubin, sur la nouvelle Traduction du Grec, faite par M.
l'Abbé Tallemant. Paris* 1671. *in-fol.
& in-*12. C'est un Catalogue Alphabetique de tous les Peuples, les
Royaumes, les Villes, les Rivieres
&c. dont il est parlé dans *Plutarque,*
avec une explication.

7. *Tabulæ & observationes Geographicæ ad Annales Ufferii. Parif.* 1673.
in-fol.

8. *Mercure Géographique, ou le
Guide curieux des Cartes Géographiques. Paris* 1678. *in-*12. *

9. *Suite de la Clef du grand Poüillé
des Benefices de France. Les Abbayes,
l'année de leur fondation, le nom des
Fondateurs & la situation. Ensemble un
Traité des taxes anciennes & nouvelles,
qui se payent en Cour de Rome, extrait des Registres de la Chambre Apo-
stolique. Paris* 1671. *in-*12. *& in-*4°.
Ce livre est en Latin, quoique le

* Se trou-
ve à Paris
chez Briaf-
fon.

N iiij

A. Lu-
BIN.

titre soit en François; il fait le 2e.
volume de la Clef du Grand Pouïl-
lé, dont le premier, qui n'est pas
du P. *Lubin*, contient les Evêchés.

10. *Suite de la Clef du Grand Pouïl-*
lé des Benefices. Tome 3e. *contenant*
la liste de tous les Monasteres de l'Or-
dre de S. Augustin, dans toutes les
Regions de la Terre. Avec le temps de
leur fondation, le nom de leurs Fonda-
teurs, leur dependance, le diocèse, &
leur situation. Paris 1672. *in-*4°. Ce
volume est encore en Latin.

11. *Histoire de la Laponie, sa de-*
scription, l'Origine, les Mœurs, la
maniere de vivre de ses Habitans, leur
Religion, leur Magie, & les choses ra-
res du Païs. Avec plusieurs additions
& augmentations fort curieuses, qui
jusques-ici n'ont pas été imprimées. Tra-
duites du Latin de M. Scheffer, par
L. P. A. L. (le Pere Augustin Lubin)
Paris 1678. *in-*4°. Avec fig. Cette
traduction est recherchée pour le
merite de l'Ouvrage, & n'est pas
commune.

12. *Italia Ecclesiastica in suas vi-*
ginti distincta Provincias, sive Italiæ
Episcopales Ecclesiæ, cùm extantes,

tùm excisæ. Fol. C'eſt une Carte des A. Lu-
Evêchés d'Italie, qu'il compoſa pen- BIN.
dant ſon ſéjour à *Rome*, & qu'il eut
l'honneur de preſenter au Pape *In-*
nocent XII. le 26. Août 1691.

13. *Abbatiarum Italiæ brevis No-*
titia, quarum tam excisarum, quàm
extantium titulus, ordo, diœcesis, fun-
datio, mutationes, situs &c. exactius
exprimuntur. Romæ 1693. *in-4°.*

V. *Son Eloge, dans le Journal des*
Sçavans du 28. Mars 1695.

OLAUS RUDBECK.

O*LAUS Rudbeck* naquit l'an O. Rud-
1630. à *Aroſen* en Suede de BECK.
Jean Rudbeck, Docteur en Théologie, & Evêque de cette ville, d'une
famille noble & ancienne du Pays,
& de *Madeleine Hyſing.* Le grand
Guſtave Adolphe, Roi de Suede, qui
ſe trouvoit alors à *Aroſen*, & qui
eſtimoit ſon pere, le tint ſur les
fonds de baptême.

Il fit voir dès ſa premiere jeuneſſe
un naturel heureux, & des diſpoſitions excellentes pour les Sciences

O. RUD-
BECK.

On l'appliqua pour cette raison
de bonne heure à l'étude, & il s'y
donna avec beaucoup d'ardeur. L'interruption qu'il y mettoit, étoit de-
stinée à apprendre la Peinture & la
Musique, dans lesquelles il réussit
également. Il avoit aussi de grands
talens pour la Mechanique; il ne
voyoit point de Machine, qu'il ne
fût en état d'en faire lui-même une
semblable; & on lui vit construire
dans son enfance un horloge de
bois avec une adresse merveilleuse.

Après ses études d'Humanités, il
se tourna du côté de la Médecine, &
principalement de l'Anatomie, dans
laquelle il fit quelques nouvelles
decouvertes. La reputation qu'il acquit en ce genre étant parvenue jusqu'à la Reine *Christine*, cette Princesse voulut lui voir faire quelques
dissections, & l'entendre raisonner
sur diverses parties du corps humain,
& fut si contente de lui, qu'elle lui
fit donner une somme d'argent considerable, pour le mettre en état de
voyager dans les pays étrangers, &
s'y perfectionner dans les connois-

lances qu'il avoit acquiſes.

Avec ce ſecours *Rudbeck* paſſa en Hollande, où il demeura quelque temps occupé à profiter des lumieres des Sçavans de ce pays.

De retour en Suede, il y donna de nouvelles preuves de ſon habileté dans les Méchaniques, par pluſieurs machines ſingulieres qu'il inventa ; & il travailla à inſpirer à ſes compatriotes l'étude de la Botanique, qu'ils avoient negligée juſques-là, en plantant à *Upſal*, où il avoit établi ſa demeure, un Jardin de ſimples, & en faiſant des leçons pour les démontrer.

Le ſuccès qu'eurent ſes ſoins, plut tellement au Comte de *la Gardie*, Chancelier de l'Univerſité d'*Upſal*, que non content de lui avoir fait tenir de *la Livonie*, où il étoit alors, un preſent conſiderable, il le fit nommer Profeſſeur en Botanique & en Anatomie à la place de *Jean Francken*.

Cette dignité ne lui ſervit que comme d'aiguillon, pour l'animer à redoubler ſon application & ſes ſoins.

O. RUD-
BECK.

Il n'y avoit que peu de temps
qu'il la remplissoit, lorsqu'il fut
élevé à celle de Recteur de l'Université, qu'il conserva pendant un
an ; & à peine en fut-il sorti, qu'il
fut nommé Curateur perpetuel de
la même Université.

Les occupations que lui donnerent tous ces emplois, ne l'empêcherent pas d'étudier les Antiquités,
& l'Histoire de son pays, & de composer sur ce sujet des Ouvrages d'u-
ne érudition immense.

Il mourut au mois de Septembre
1702. âgé de 72. ans, deux mois,
trois semaines, & cinq jours.

Il avoit épousé *Wendele Lohrman,*
fille d'un Bourguemestre d'*Upsal,*
avec laquelle il a vêcu 48. ans, &
dont il a eu plusieurs enfans, entre
autres *Olaus Rudbeck,* qui a marché
sur ses traces, & s'est rendu illustre
par son habileté & ses Ouvrages.

Catalogue de ses Ouvrages.

1. *Dissertatio de Circulatione san-*
guinis. Arosiæ 1652. *in-*4°.

2. *Exercitatio Anatomica exhibens*
ductus novos hepaticos aquosos, & va-
sa glandularum serosa, cum figuris

*eneis & observationibus Anatomicis
aliis. Arosiæ* 1653. *in-*4°. It. *Lugd.
Bat.* 1654. *in-*12. It. Dans *Siboldi
Hemsterhuys Messis Aurea, seu Col-
lectanea Anatomica. Lugd. Bat.* 1653.
*in-*12. *& Heidelbergæ* 1659. *in-*8°. It.
Dans la *Bibliotheca Anatomica Jac.
Manget. Geneva* 1685. *in-fol.* L'Auteur de sa vie prétend qu'un Allemand, qui assista aux demonstra-
tions que *Rudbeck* fit des decouvertes contenuës dans cet Ouvrage, en
présence de la Reine de Suede,
Christine, les communiqua à *Thomas
Bartholin*, qui s'en fit honneur, &
les insera, comme les siennes, dans
son *Historia nova Vasorum Lymphati-
corum.* Mais il se peut fort bien faire
qu'ils ayent tous deux fait la même
decouverte en même temps; car
Bartholin étoit assez habile dans l'A-
natomie, pour en faire de lui même,
sans être obligé de s'attribuer celles
des autres. Quoiqu'il en soit, *Rudbeck* l'accusa de l'avoir vollé, & publia sur ce sujet les Ouvrages suivans.

3. *Insidiæ Structæ Olai Rudbeckii
ductibus Hepaticis Aquosis & Vasis*

O. Rud-
BECK.

Glandularum Serosis à Thomâ Bartho-
lino. Lugd. Bat. 1654. *in-8°.* C'est
une réponse à un Ouvrage, que
Martin Bogdan, disciple de *Bartho-*
lin, avoit publié, pour assurer à son
Maître la decouverte des Vaisseaux
Lymphatiques, sous ce titre à peu
près semblable : *Insidiæ Structæ Bar-*
tholini vasis Lymphaticis ab Olao Rud-
beckio detectæ à Martino Bogdan. Haf-
niæ 1654. *in-4°.* Ouvrage, qui fut
accompagné l'année suivante d'un
autre du même Auteur, sous ce titre : *Apologia pro vasis Lymphaticis*
Thomæ Bartholini contra Olaum Rud-
beckium. Hafniæ 1655. *in-12.*

    4. *Tractatus pro Ductibus Hepaticis*
aquosis, & Vasis Glandularum serosis,
contra Thomam Bartholinum. Lugd.
Bat. 1654. *in-8°.*

    5. *Epistola ad Thomam Bartholi-*
num, quâ sibi inventionem Vasorum
serosorum hepatis contra Bogdanum
vindicat. Upsaliæ 1657. *in-12.*

    6. *Catalogus Plantarum Horti Aca-*
demici Upsaliensis. Upsaliæ 1658. *in-*
8°. It. *Auctior. Ibid.* 1685. *in-8°.* Ce
fut *Rudbeck* qui commença à former
ce Jardin des Plantes.

7. *De Cometa viſo anno 1667. Diſ-ſertatio.* Dans le Recueil de *Staniſlas Lubienietski* ſur les Cometes, qui a pour titre *Theatrum Cometicum. Am-ſtelodami* 1668. *in-fol.* Tom. 1. p. 349.

8. *Atlantica, ſive Manheim, vera Japheti Poſterorum ſedes ac patria, ex qua non tantum Monarchæ & Reges ad totum fere orbem reliquum regendum ac domandum, ſtirpeſque ſuas in eo con-dendas, ſed etiam Scythæ, Barbari, Aſæ, Gigantes, Gothi, Phryges, Tro-jani, Amazones, Thraces, Libyes, Mauri, Tuſci, Galli, Cimbri, Cim-merii, Saxones, Germani, Suevi, Longobardi, Vandali, Heruli, Gepi-dæ, Teutones, Angli, Pictones, Da-ni, Sicambri, aliique virtute clari & celebres populi, olim exierunt. Upſa-liæ* 1675. *in-fol.* En Latin & en Da-nois. Ce premier tome a été réim-primé en 1679. & en 1684. Le ſe-cond à paru ſous cet autre titre : *At-lantica, ſive Manheimii pars ſecunda, in qua Solis, Lunæ, ac Terræ cultus deſcribitur, omniſque adeo ſuperſtitio-nis hujuſce origo, parti Suenoniæ Septen-trionali, terræ puta Cimmeriorum vin-dicatur, ex qua deinceps in orbem reli-*

O. RUDE-
BECK.

quum divulgata est : Idque scriptorum non tantum domesticorum, sed etiam externorum, maxime vero veterum atque domesticarum fabularum fide, quarum explicatio genuina nusquam ante hanc nostram in lucem prodiit. Accedunt demonstrationes certissimæ, quæ Septentrionales nostras in maxime genuinum Solis ac Lunæ motum, indeque pendentem accuratissimam temporum rationem, multo & prius, & felicius, quam gentem aliam ullam olim penetrasse, ac etiam alia multa, ad hanc usque diem incognita declarant. Upsaliæ 1689. *in-fol.* En Latin & en Suédois. Le troisiéme & dernier volume, est beaucoup plus rare que les autres, parce le Magasin du Libraire, qui en contenoit les exemplaires, fut consumé par le feu dans un incendie, qui fit beaucoup de ravage à *Upsal* au mois de Mai de l'an 1702. Il est intitulé : *Atlanticæ, seu Manhemii pars tertia ; in qua vetustissima Majorum nostrorum Atlantidum lapidibus, fago, atque cortici Runas suas incidendi ratio, unà cum tempore quo illa primum cœperit, exponitur. Deinde aurei Numeri singulis annis tributi, & signo-
rum*

rum cœlestium , quæ hinc ad Græcos & O. Rud-
Latinos sunt translata , vera origo ac BECK.
significatio traditur. Tum sex illa à di-
luvio Noachi proximæ ætates , atque in
illis prima Atlantidum nostrorum Reipublicæ forma , describuntur : quæ mi-
grationes & bella sub Boreo , seu Satur-
no ejusque filio Thoro , seu Jove gesta
sunt , recensentur ; & denique Scytha-
rum , Phœnicum & Amazonum his ducibus in Indo-Scythiam & Phœniciam,
seu Palestinam è Sueonia facta expedi-
tiones narrantur. Quibus omnibus My-
thologia perplures , quarum sensus , in
hunc usque diem incognitus , hic demum
detectus prodit , jucundæ sane & per-
quam utiles adjunguntur. Upsaliæ 1698.
in-fol. En Latin & en Suedois. L'Auteur fait voir dans cet Ouvrage une
érudition & une lecture prodigieuse;
mais il y avance bien des Parodoxes.
Prevenu en faveur de la Suede , il
veut qu'elle soit l'Origine de toutes
les autres Nations , & la veritable
Atlantide de Platon. Il trouve dans
la langue Suedoise tous les noms des
anciens Dieux des Grecs & des Romains , & se croyant bien fondé sur
cette raison Etymologique , il sou-

Tome XXXI.   O

**O. Rud-
beck.** tient que toute leur Mythologie &
leur Théologie en ont été appor-
tées ; en un mot il attribue à fon
pays tous les avantages qu'on n'a jamais attribué à tous les autres.

9. *Campi Elyfii liber fecundus, Opera Olavi Rudbeckii, Patris & Filii.
Upfalia* 1701. *in-fol.* Ce ne font proprement que des figures des Plantes,
avec un long catalogue de ceux qui
en ont parlé au long. Elles ont été
gravées en bois, pour diminuer la
cherté du livre ; mais elles l'ont été
fort bien. L'Ouvrage entier devoit
contenir en douze volumes douze
ou treize mille figures ; & l'on a donné d'abord le fecond, pour fatisfaire
quelques perfonnes, parce qu'il contient celles dont les fleurs fervent
d'ornement aux Jardins. Mais l'incendie arrivée à la maifon de l'Auteur ayant non feulement confumé
les exemplaires, mais encore l'imprimerie qui y étoit, cet Ouvrage
en eft demeuré là.

10. *Legum Weft-Gothicarum in Suio-
nia liber, ex Gothico in Latinum tran-
flatus à Joanne Loccenio, notis illuftra-
tus à Carolo Lundio, & editus ab*

Olao Rudbeckio. Upſaliæ. in-fol.   O. Rud-
   I I. *Olai Verelii Lexicon lingua ve-* BECK.
teris Scytho - Scandica, editum cura
Olai Rudbeckii. Upſaliæ 1691.

   V. *Son Oraiſon funebre par Jean*
Eſberg Profeſſeur en Théologie à Upſal
dans la 4ᵉ. *partie d'un Recueil intitu-*
lé: Memoria Virorum in Suecia erudi-
tiſſimorum Rediviva. Roſtochii 1730.
*in-*8°. *Joh. Schefferi Suecia Litterata*
& Hypomnemata Joannis Molleri.

JEROSME AMALTHE'E.

JEROSME *Amalthée,* frere de Jean J. Amal-
   Baptiſte & de *Corneille,* naquit THE'E.
l'an 1506. à *Oderzo,* ville du *Trevi-*
ſau, appellée en Latin *Opitergium,*
de *François Amalthée,* Poëte Latin.

   Lorſqu'il fut en âge d'érudier,
ſon pere lui fit apprendre les langues Latine & Grecque, qui étoient
alors également eſtimées & culti-
vées en Italie. Il paſſa enſuite à la
Philoſophie & à la Médecine, dans
leſquelles il fit de ſi grands progrès,
qu'après avoir reçu le degré de Docteur en ces deux Facultés, dans l'U-

           O ij

niverfité de *Padouë*, il fut choifi à
l'âge de 26. ans, c'eft-à-dire, en
1532. pour expliquer dans cette Univerfité le troifiéme livre d'*Avicenne*,
& que l'année fuivante 1533. il fut
fait Profeffeur en Philofophie Mo-
ràle, dans la même ville.

Il ne conferva cette derniere place qu'une année; car foit qu'il en fût
degoûté, foit que la delicateffe de
fon temperament lui en rendît les
fonctions trop penibles, il retourna
au bout de ce temps-là dans fa patrie. Il n'y demeura cependant pas
long-temps; car il fut appellé à *Ce-
neda* l'an 1536. pour être Médecin
de cette ville. Il y féjourna trois
ans, après lefquelles il paffa en 1539.
à *Serravalle*, ville voifine de celle
qu'il quittoit, pour y remplir un
femblable employ.

Il fe maria le 1. Septembre de la
même année 1539. & époufa *Ma-
riette Tomafis*, d'une famille ancienne & noble d'*Oderzo*, dont il eut
plufieurs enfans, entre autres *Attilio*, & *Ottavio*, qui marcherent fur
les traces de leur pere, & fe diftin-
guerent par leur merite & leur capacité.

Attilio s'attacha à l'étude du Droit J. AMAL-
Civil & Canonique, fut Gouver- THE'E.
neur de *Breſcia*, Secretaire du Pape
Gregoire XIII. Archevêque d'*Athe-
nes*, & Nonce à *Cologne.*

Ottavio ſe fit Médecin, & fut fait
Profeſſeur en Logique à *Padoüe* en
1567. Il avoit commencé un Traité
de Homine, mais une mort prema-
turée l'empêcha de l'achever. Il étoit
bon Poëte Italien, comme il paroît
par deux Sonnets qui ſe trouvent à
la p. 244. & 245. du Recueil du P.
Ange Calogera, Camaldule, publié
ſous ce titre : *Raccolta d'Opuſcoli
Scientifici e Filologici.* tom. 2ᵉ.

Jerôme Amalthée, leur pere, fut
recherché en 1542. par la Reine de
Pologne, pour être ſon Médecin,
comme il nous l'apprend lui même
dans une de ſes lettres MStes, adreſ-
ſée à *Gregoire Olaſta*, Medecin Allemand, qui lui avoit écrit au nom
de cette Princeſſe ; mais il refuſa ce
poſte, & continua ſon ſéjour à *Serravalle* juſqu'en 1558. que ſe voyant
avancé en âge, il retourna dans ſa
patrie, pour y finir ſes jours.

La ville d'*Oderzo* lui donna la qua-

J. AMAL-
THE'E.

lité de son Médecin, avec des appointemens, & il ne songea plus, qu'à y vivre tranquillement.

Il y mourut le 21. Octobre 1574. âgé de 67. ans, sept mois & treize jours.

La reconnoissance de ses Concitoyens pour son merite lui firent dresser cette Epitaphe.

Hieronymo Amaltheo, consummatæ peritiæ Medico & Poetæ, alteri Apollini Cives Opitergini P. P.

On ne sçait pourquoi sa femme, & ses enfans ne firent point mettre cette Epitaphe sur son tombeau, qui est dans l'Eglise de *S. Martin* des Camaldules, mais y substituerent celle-ci, qu'on y voit.

Hieronymo Amaltheo in Medicina & Poët. arte Clarissimo Uxor & Filii. Vixit. Annis 67. Mens. 7. Di. 13. Salutis Humanæ 1574.

M. *de Thou* s'est trompé en mettant sa mort le 19. Septembre.

Ses enfans avoient dessein de publier ses Poësies en corps, mais ils ne l'exécuterent point. Ce fut *Jérôme Aleandre* le jeune, qui donna au public dans un même volume ses

pièces qui se trouvoient en differens
Recueils, & celles qui n'avoient
point été encore imprimées. Le tout
parut par ses soins sous ce titre.

Trium Fratrum Amaltheorum, Hie-ronymi, Joannis Baptistæ, & Corne-lii Carmina. Accessere Hieronymi A-leandri Junioris Amaltheorum cogna-ti Poëmata. Venetiis 1627. *in-8°.* Les
vers des trois *Amalthées* ont beau-coup de douceur, de politesse &
d'élegance. *Muret & Grævius* prefe-rent ceux de *Jerôme* à ceux de ses
freres, & prétendent que la Poësie de
Corneille est inferieure de beaucoup
à celle de ses deux aînés. *Grævius* a
donné une seconde édition des Poë-sies des *Amalthées* à *Amsterdam* l'an
1689. *in-*12. Elles ont été souvent
imprimées avec celles de *Sannasar*,
& on les trouve dans les *Deliciæ Poë-tarum Italorum.*

Outre ses Poësies Latines, il en
a fait aussi d'Italiennes qui ne sont
point imprimées, à l'exception d'u-ne piece, qui a été inserée à la p.
249. du 2e. tome des *Opuscoli Scien-tifici*, dont j'ai parlé ci-dessus.

On trouve au même endroit p.

J. AMAL-252. un Essay de sa prose Italienne,
THE'E. qui est une Lettre Anecdote, qui
roule sur les effets de l'Amour des
femmes. *Lettera Scritta ad istanza di
Sertorio Conte di Collalto.*

V. *Les Eloges de M. de Thou &
les additions de Teissier.* Il n'y a rien
que de fort superficiel. *Opuscoli
Scientifici tom. 2. p. 241.* L'article
qu'on y donne de notre Auteur est
fort recherché, & on y voit des choses que l'on auroit de la peine à
trouver ailleurs. *Papadoli, Historia
Gymnasii Patavini.* Cet Auteur se
trompe, lorsqu'il dit que *Jérôme A-
malthée* a pratiqué la Médecine à
Rome & à *Venise* : car il ne peut avoir
fait que fort peu de séjour dans ces
villes, s'il y a été.

REMI

REMI BELLEAU.

REMI *Belleau* naquit à *Nogent le Rotrou*, ville du Perche, au commencement de l'année 1528.

Il s'attacha à *René de Lorraine*, Marquis *d'Elbeuf*, General des Galeres de France, & le suivit dans le voyage qu'il fit en 1557. en Italie, pour l'expedition de *Naples*, & en divers autres endroits. Ce Seigneur fut si content de son esprit & de ses talens, qu'il lui confia la conduite & l'éducation de *Charles de Lorraine*, son fils, qui fut depuis premier Duc *d'Elbeuf*, & Grand Ecuyer de France.

Belleau s'appliqua avec beaucoup de soin à la Poësie Françoise, & il y réussit au goût de son siecle ; ce qui l'a fait mettre au nombre des sept Poëtes, dont on forma la Pleiade Françoise. On admiroit sur-tout sa naïveté & sa facilité à d'écrire les choses dont il vouloit parler, & l'on trouvoit ses peintures si vives & si naturelles, que *Ronsard* avoit coû-

R. Bel-
leau.

tume de l'appeller *le Peintre de la Nature.* Mais comme le goût a bien changé depuis ce temps-là , on n'en porte plus le même jugement.

Il sçavoit le Grec, comme il paroît par la traduction qu'il a faite des Odes d'*Anacreon* en vers François ; mais quelques loüanges que ses contemporains ayent donné à cette traduction, que quelques - uns même ont osé égaler à l'Original , on peut dire avec raison que le Poëte Grec en passant par ses mains a perdu la meilleure partie de ses graces & de ses beautés ; ce que quelques Auteurs attribuent à sa trop grande sobrieté, qui le rendoit incapable d'entrer dans l'esprit du Poëte , qu'il traduisoit.

Pasquier nous apprend dans le septiéme livre de ses *Recherches*, que *Remi Belleau* vouloit bien quelquefois paroître sur le Théatre, pour representer les pieces d'autrui ; & qu'il joüa un des principaux rolles dans la Tragedie de *Cleopatre*, composée par *Jodelle.*

Il mourut à *Paris*, dans la maison du Duc d'*Elbeuf* le 6. Mars 1577.

ayant à peine commencé sa 50e. année. Ses amis porterent son corps sur
leurs épaules jusqu'à l'Eglise des
grands Augustins, où il fut enterré
avec cette Epitaphe, dont les vers
François étoient de *Ronsard.*

R. BEL-
LEAU.

Ne taillez, mains industrieuses,
Des pierres pour couvrir Belleau;
Lui même a bâti son tombeau
Dedans ces pierres precieuses.
Remigii Bellaquei, Poëtæ laureati,
qui oum pietate & fide undequinquage-
nariam pulcherrimè, omnibusque gra-
tissimus vixit ætatem, extinctos cineres,
Divæ Cæciliæ sodalibus sollicitandos,
supremi voti observantissimi Curatores,
Pridie Nonas Martii 1577. *mæstissimo*
funere hoc in tumulo deposuerunt.

Quoiqu'il ait toûjours vêcu dans
la Religion Catholique, il a laissé
échapper dans sa Comedie intitulée
la Reconnuë, un trait qui a rendu sa
foy suspecte à quelques-uns. Cette
piece roule sur une jeune fille Hu-
guenotte, qui s'étant échappée du
sac de *Poitiers* en 1562. fut conduite
à *Paris,* & confiée à une femme Ca-

P ij

R. BEL-
LEAU.

tholique, laquelle lui ayant trouvé
un parti fortable, raisonne ainsi dans
la Scene 4ᵉ. du 3ᵉ. Acte.

> *S'ils font bien mariés enfemble,*
> *J'efpere qu'ils feront du fruit :*
> *La fille eft bonne, & à bon bruit,*
> *La fille eft douce & gracieufe,*
> *Elle n'eft fiere ni fafcheufe,*
> *La fille n'eft pas un brin fotte :*
> *Je crains qu'elle foit huguenotte*
> *Seulement, car elle eft modefte,*
> *En paroles chafte & honnête,*
> *Et toûjours fa bouche ou fon cœur*
> *Penfent ou parlent du Seigneur.*

Catalogue de fes Ouvrages.

Les Oeuvres Poëtiques de Remi Bel-
leau. Paris 1578. *in-*8°. It. *Ibid.* 1585.
*in-*12. It. *Lyon* 1592. *in-*8°. It. *Rouen*
1604. *in-*12. deux tomes. Les pieces
contenuës dans ce Recueil font les
fuivantes,

Tome premier.

I. *Les Amours & nouveaux efchan-*
ges des Pierres prétieufes, vertus &
proprietés d'icelles. Ces pieces de Poëfie, à l'exception des dix dernieres,
qui ont paru dans le Recueil pour

la premiere fois , ont été imprimées
un an avant la mort de *Belleau*,
c'eſt-à-dire en 1576. à *Paris in-4°.*
Avec le *diſcours de la Vanité*, & les
Eglogues Sacrées. C'eſt l'Ouvrage qui
a le plus fait d'honneur à *Belleau*,
mais que perſonne ne lit plus à preſent, non plus que ſes autres Ouvrages.

2. *Diſcours de la Vanité*, pris de
l'Eccleſiaſte de Salomon. Ce diſcours,
qui eſt une traduction libre de l'Eccleſiaſte en vers, parut pour la premiere fois en 1576. *Belleau* marque
dans une Epitre, qui le precede, &
qui eſt datée du 30. Juillet 1576.
qu'il l'avoit commencée plus de trois
ans auparavant, mais qu'une maladie de langueur, qui l'avoit tenu
deux ans entiers, l'avoit long-temps
empêché de l'achever.

3. *Eglogues Sacrées, priſes du Can-*
tique des Cantiques de Salomon. Elles
ſont adreſſées à la Reine par une Epitre du 12. Août 1576.

4. *La Bergerie de Remi Belleau*,
diviſée en une premiere & ſeconde jour-
née. C'eſt un Recueil de diverſes
Poëſies qu'il avoit faites pour la plû-

part dans sa premiere jeunesse, & qu'il a trouvé le moyen de lier ensemble par des discours en prose. Elle a été imprimée séparément à *Paris* en 1572. *in-8°*. avec une Epitre à *Charles de Lorraine*, Marquis d'*Elbeuf* datée du 19. Juin de cette année. On trouve dans ce Recueil quelques pieces qui avoient déja paru séparément dans la premiere journée : *Chant de la Paix. Paris* 1559. *in-4°. Tombeau de M. François de Lorraine, Duc de Guise. Paris* 1566. *in-4°*. C'est celui qui fut tué devant *Orleans* par *Poltrot* l'an 1563. *Epithalame de M. le Duc de Lorraine & de Madame Claude fille du Roy Henri II. Paris* 1559. *in-4°*. Dans la 2e journée : *Larmes sur le Trépas de M. René de Lorraine Marquis d'Elbeuf, & de Louise de Rieux, sa femme. Paris* 1566. *in-4°. Ode Pastorale sur la mort de Joachim du Bellay. Paris* 1560. *in-4°*.

5. *Les Apparences celestes & les Prognostiques ou Présages d'Arat, Poëte Grec*. Cette traduction, qui est en vers, paroît ici pour la premiere fois, & l'Auteur n'y avoit pas mis

la derniere main. Il avoit seulement
inferé dans la seconde Journée de sa
Bergerie les *Apparences celestes du So-*
leil & de la Lune. Jean Albert *Fabri-*
cius n'a pas connu cette traduction,
dont il n'a fait aucune mention dans
sa *Bibliotheque Grecque* à l'article
d'*Arat.*

Tome second.

6. *Les Odes d'Anacreon, Teien*
Poëte Grec, traduites en vers Fran-
çois, & les petites inventions du sieur
Belleau. Paris 1556. *in-*12. It. *Ibid.*
1574. *in-*12. Avec des augmentations.
Il y a dans le Recueil quelques petites pieces qui n'avoient point été
encore publiées. La plus considerable des *Inventions* de *Belleau* est un
Poëme en stile Macaronique, intitulée : *Dictamen Metrificum de bello*
Huguenotico & Reistrorum piglamine,
ad Sodales. C'est un chef-d'œuvre
en ce genre. Il a été réimprimé après
l'*Ecole de Salerne* en vers burlesques,
dans une édition faite à *Paris* en
1652. *in-*4°.

7. *La Reconnuë, Comedie.* En cinq
Actes, & en vers. Elle n'a été imprimée qu'après sa mort.

P iiij.

Voila tout ce qui est contenu dans
le Recueil des Oeuvres de *Belleau*;
il a fait outre cela les pieces suivantes.

8. *L'Innocence prisonniere, & la vé-
rité fuytive.* Ce sont deux Poëmes
François, qui n'ont point été inserés
parmi ses autres Poësies, & dont
j'ignore la date. *Du Verdier* nous apprend qu'ils ont été traduits en Latin par *Florent Chrétien*; je ne trouve que la traduction du second, qui
porte ce titre : *Sylva, cui titulus Veritas fugiens, ex Remigii Bellaquei
Gallicis versibus Latina facta à Flo-
rente Christiano, Aurelio. Paris.* 1561.
in-4°.

9. Il a fait de sçavans Commentaires sur la seconde partie des *A-
mours* de *Ronsard*, qui ont été imprimés plusieurs fois à *Paris* avec les
Commentaires de *Muret* sur la premiere.

V. *Remigii Bellaquei tumulus. Paris.* 1577. *in-4°. & à la fin du Recueil
de ses Oeuvres.* Ce sont des pieces de
vers, qui ne contiennent que des
choses fort generales, & n'apprennent rien. *Les Bibliotheques Françoi-*

ses de *Du Verdier* & de la *Croix-du-Maine. Scævolæ Samarthani Elogiorum liber tertius. Les Eloges de M. de Thou* & les additions de *Teissier.* Le *Parnasse François* de M. *Titon du Tillet.*

BALTHASAR BEKKER.

BALTHASAR Bekker naquit le 30. Mais 1634. à *Metslawier*, bourg de la Westfrise, où son pere étoit Ministre.

Il fit voir dès sa premiere jeunesse une grande vivacité d'esprit, & une ardeur particuliere pour le travail. Des dispositions si favorables pour l'étude engagerent son pere à l'y appliquer : il prit lui même le soin de son instruction, & il le forma aux sciences jusqu'à l'âge de seize ans.

Le jeune *Bekker* alla en 1650. à *Franeker*, & ensuite à *Groningue* pour perfectionner dans ces Universités les connoissances qu'il avoit déja acquises. Il étudia dans la premiere les Mathematiques & principalement l'Astronomie sous *Bernard Fullenus*

B. Bek-
ker.

il s'appliqua dans la seconde à la Théologie sous *Samuel Des-Marets*, & aux langues Orientales sous *Jacques Altingius*. Il apprit aussi dans l'une & l'autre les principes de la Philosophie de *Descartes*, qui commençoit à s'y répandre , & pour laquelle il prit beaucoup de goût.

Il n'avoit pas encore achevé entierement ses études Académiques, lorsqu'il fut fait Ministre du bourg d'*Oosterlitsens*, à deux lieuës de *Franeker*. Il demeura en ce lieu près de dix années, pendant lesquelles il ne negligea pas les études qu'il avoit commencées , mais travailla au contraire sans relâche à y faire de nouveaux progrès. On pretend que c'est là que lui vinrent les premieres idées de son système sur le Diable , qui a fait depuis tant de bruit.

Il fut reçu en 1665. Docteur en Théologie à *Franeker*, après avoir soutenu une Thèse , suivant la coûtume. On remarqua dès lors en lui un genie porté à donner dans la nouveauté , & à embrasser des systêmes particuliers : Car on trouva dans sa Thèse des choses , qui attaquoient l'autorité de l'Ecriture Sainte , & **B. BEK-** dont on pouvoit tirer des confe- **KER.** quences très-dangereuses. C'est du moins ce qu'assûre *Henri Brinck* dans un Ouvrage qu'il a fait contre lui. Mais d'autres pretendent que c'est une calomnie inventée pour le rendre odieux , & qu'il fut au contraire reçu Docteur avec beaucoup d'applaudissement. Ce dernier fait paroît d'autant plus vraisemblable , que quelque temps après il fut choisi pour exercer le Ministere à *Franeker.*

Il se maria en 1667. & épousa la fille de *Bernard Fullenus* , son Maître de Mathematiques , qui étoit mort depuis dix ans. Il fut toûjours fort uni à cette femme , dont il laissa un fils & deux filles , & pour faire connoître à tout le monde la tendresse qu'il avoit pour elle , il a mis à la tête de son *Monde Enchanté* une Epitre dedicatoire en vers Flamands, qui lui est adressée. *Laurent Baak* a tourné cette Epitre en ridicule dans une satire contre *Bekker* ; mais on lui a répondu d'une maniere fort spirituelle. Ces pieces ont été inserées

dans un Recueil d'Ouvrages faits
pour & contre le *Monde Enchanté.*

Bekker embrassa dans ce temps-là
les sentimens de *Descartes*, contre
lesquels plusieurs s'étoient declarés
d'une maniere fort vive. On peut
juger comment ils étoient regardés
en Frise, par un grief de la Classe de
Leuwarde, dressé en 1668. contenant entre autres moyens pour ban-
nir les nouveautez dangereuses de
la Philosophie de *Descartes*, que l'on
demanderoit aux Etats un Regle-
ment, qui portât, *qu'aucun Profes-
feur, Docteur, ou Maître, quelqu'il
pût être, soit dans l'Université, soit
ailleurs, ne pût faire mention de la Philosophie de Descartes en tout, ou en partie, de parole ou par écrit, à moins que
ce ne fût pour la réfuter.*

Bekker se croyant noté en quelque
maniere par ce grief, comme un
homme infecté de nouveautés pernicieuses, crût devoir prendre la défense de la Philosophie de *Descartes*,
à laquelle il étoit attaché, & adressa
pour cela au Synode de *Leuwarde*
un Avertissement daté du 10. Mai
1668. Il est intitulé :

1. *De Philosophia Cartesiana ad-* B. BEK-
monitio candida & sincera. Vesaliæ KER.
1668. *in-*8°. Il se proposa dans cet
Avertissement d'instruire ceux qui
n'étoient point au fait des disputes
sur la Philosophie Cartesienne, & de
faire connoître que ce qu'on y trouvoit à reprendre n'étoit pas quelque
chose de si considerable, pour me-
riter qu'on fît tant de bruit. Il eut l'applaudissement de plusieurs Sçavans,
& en particulier de *Samuel Des-Marets*, qui cependant étoit l'ennemi
mortel de *Descartes*. Mais la plûpart
des Ministres de Frise, qui étoient
Voëtiens, le desaprouverent, & principalement *Jean van-der Wayen*, qui
cependant devint dans la suite Car-
tesien & Cocceien.

En 1670. *Bekker* composa en Flamand un Catechisme, où plûtôt un
Commentaire sur celui d'*Heidelberg*,
qu'il intitula :

2. *La Nourriture solide des Parfaits. Leuwarde* 1670. *in-*8°. Il re-
levoit dans la préface les defauts des
Catechismes, dont on se servoit
alors, & ceux de plusieurs Cate-
chistes. Il suivoit dans le corps du

B. Bek-
ker.

livre quelques fentimens particuliers d'*Altingius*, quoiqu'il s'en écar-
tât en plufieurs autres. Tout cela lui
fit tort dans la fuite. Il en avoit envoyé les premieres feüilles, dès qu'elles avoient été imprimées, à fes anciens Maîtres, *Des-Marets* & *Al-*
tingius, en les priant de faire approu-
ver fon Ouvrage par l'Univerfité de
Groningue. *Altingius* l'approuva; mais
Des-Marets qui étoit alors l'ennemi
juré d'*Altingius*, fut choqué d'y
voir fes fentimens. Il crut qu'*Al-*
tingius avoit engagé *Bekker* à compofer ce livre pour produire fes opinions, & pour leur donner du credit, & il refufa opiniatrement d'y
joindre fon approbation.

Les inftances que *Bekker* lui fit
pour l'obtenir, ne fervirent qu'à l'ir-
riter, & qu'à les broüiller irrecon-
ciliablement. *Des-Marets* commença par foulever contre lui plufieurs
Miniftres, & trouva enfuite moyen
par le credit qu'il avoit, de faire con-
damner fon Catechifme par un Synode affemblé à *Bolsward* en 1671.

Voici les principales propofitions
qui fervirent de pretexte à cette con-

damnation. 1°. *Adam* avoit été crée B. BEK
corruptible. 2°. Il avoit été crée KER.
pour vivre éternellement dans le
Paradis terrestre, sans qu'il eût besoin d'être transporté dans le Ciel,
ni d'être mis dans un état plus heureux, que celui où il étoit. 3°. *Eve*
ignoroit les proprietés naturelles
du serpent Tentateur, & croyoit
qu'il parloit naturellement. 4°. Les
Juifs & les Turcs adorent le veritable Dieu, quoiqu'ils ne l'adorent
pas de la maniere, qu'on doit d'ado-
rer. 5°. Ce que nous ne connoissons
pas de la terre est plus grand que ce
que nous en connoissons. 6°. La ce-
lébration du Sabbat le premier jour
de la semaine est d'institution humaine & non pas divine.

   Bekker se soumit sans restriction
aux volontés du Synode, & changea dans son Catechisme tout ce
qu'il voulut : mais cette condescen-
dance ne lui servit de rien. Car un
nouveau Synode y trouva encore à
reprendre, même dans ce qui avoit
été corrigé. *Bekker* témoigna en cette occasion la même soumission que
la premiere fois, & fit les nouvel-

B. BEK- les corrections qu'on exigea de lui.
KER. Mais tout cela n'empêcha pas que le
Synode de l'année suivante ne con-
damnât de nouveau le livre avec
les Corrections. On voit par-là ce
que c'est que les Synodes des Eglises
P. Reformées. La cabale & le credit
les conduisent, & les font servir à
leurs fins, & la Religion n'est qu'un
voile qui cache les passions de ceux
qui en font les mobiles.

Bekker ne crut pas devoir demeurer dans le silence, pendant qu'on
travailloit à l'accabler. Il commença
à faire imprimer une Apologie,
contenant en peu de mots l'histoire
de son Catechisme. Elle étoit écrite
en Flamand, & avoit pour titre:
Relation sincere des sujets & des par-
ticularitez des persecutions, que l'Au-
teur d'un livre intitulé, La nourriture solide des parfaits, *a eu à souffrir*
en plusieurs occasions. Mais on n'en
avoit pas encore imprimé la moitié,
lorsque le Magistrat en fit arrêter
l'impression. Les quatre premieres
feüilles, qui l'étoient déja, étant
tombées entre les mains de *Des-Ma-*
rets, qui n'y étoit pas épargné; ce
Ministre

Miniſtre peu endurant, en fut piqué B. BEK-
au vif, & commença à attaquer ou- KER.
vertement *Bekker*, non ſeulement
dans la Préface d'un petit Ouvrage, qu'il publia à *Groningue* en 1672.
in-8°. ſous le titre de *Poriſmata
Theologica ad Catecheſim Fœderati
Belgii*, mais encore dans ſon Traité
*de afflicto ſtatu ſtudii Theologici in fœ-
derato Belgio*, & dans quelques autres livres.

  Bekker repondit avec beaucoup
de moderation aux attaques violentes de *Des-Marets*, qui s'étoit épui-
ſé en injures à ſon égard, & à celles de quelques autres Théologiens,
dans une Lettre Apologetique adreſ-
ſée à *Des-Marets*, & imprimée avec
d'autres lettres de *Bekker* & de *Des-
Marets* ſur le même ſujet ſous ce titre:
  3. *Defenſio juſta & neceſſaria. Franekera* 1673. *in-4°.*

  Bekker fit auſſi un écrit ſur le jugement que les Profeſſeurs de *Franeker*
conſultés ſur ſon livre, avoient porté
à ſon deſavantage. Il eſt intitulé:
  4. *Réponſe neceſſaire à l'avis des
Profeſſeurs.* (en Flamand) 1673.

  Cette affaire fut terminée par l'in-

Tome XXXI.   Q

tervention des Etats, qui à la pour-
suite de *Des-Marets* condamnerent
l'Ouvrage & le proscrivirent.

Après cette condamnation, *Bekker* crut ne pouvoir plus demeurer
avec honneur à *Franeker*, & quitta
cette ville pour aller à *Loenen*, un
des gros bourgs de la Hollande, où
il fut appellé en 1674.

Il ne fit pas un long séjour en ce
lieu ; car en 1676. il reçut une vocation pour *Weesp*, petite ville près
d'*Amsterdam*, qu'il accepta. Il avoit
dans cette derniere ville un ennemi
violent, nommé *Laurent Homma*,
Ministre honoraire, qui ne negli-
geoit aucune occasion de le decrier,
& de le faire soupçonner d'Hetero-
doxie, dans la crainte qu'on ne l'ap-
pellât à *Amsterdam*. Il ne put cependant l'empêcher ; car un poste étant
venu à vaquer dans cette ville en
1678. on proposa *Bekker* pour le
remplir, malgré ses oppositions.

Celui-ci persuadé qu'il étoit de son
interêt de se justifier des accusations
d'*Homma*, lui demanda une confe-
rence en presence de quelques té-
moins. Elle se tint en 1679. & ils

firent la paix enſemble à certaines
conditions, que *Bekker* rapporte dans
un Oüvrage Flamand, qu'il a donné ſur ce ſujet, ſous le titre ſuivant.

5. *Detail circonſtancié de la confe-
rence particuliere de Balthaſar Bekker
avec Laurent Homma. Amſterdam*
1693. *in-4°.*

Cette reconciliation applanit toutes les difficultés, qui pouvoient
s'oppoſer à ſa vocation, qui ſe fit
là même année 1679. & il alla demeurer à *Amſterdam*, où il fut in-
ſtallé dans le Miniſtere le 31. Decembre.

Il demeura quatre ans dans cette
ville, ſans rien donner au Public.
C'étoit une ſuite de ſon accord avec
Homma, car il avoit promis qu'il ne
feroit doreſnavant rien imprimer ſur
des matieres Théologiques, qui n'eût
été approuvé par la Claſſe d'*Amſterdam*, & il aimoit mieux ne rien écrire, que de ſe ſoumettre à ſon examen. Mais lorſqu'*Homma* fut mort,
il crut que cette promeſſe ne l'obli-
geoit plus. Il recommença à ſe produire en public par un Oüvrage ſur
la Comete qui parut en 1680. & les

années suivantes.

6. *Recherches sur les présages des Cometes à l'occasion de celles qui ont paru en* 1680. 1681. & 1682. (en Flamand) *Leuwarde* 1683. *in-*8°. Il en a donné depuis une *nouvelle édition augmentée d'un Chapitre & d'un Epilogue. Avec la Description de la Methode, par laquelle Louis Guillaume de Graaf a pretendu decouvrir les longitudes. Amsterdam* 1692. *in-*4°.

Bekker combat dans cet Ouvrage le préjugé vulgaire, qui attribuë aux Cometes le droit de présager des malheurs. Ce préjugé avoit été si peu contredit jusques-là, qu'il ne doit pas paroître surprenant, que quelques-uns ayent attaqué son Ouvrage; mais il n'a pas trouvé leurs pretendues refutations assez fortes, pour qu'elles meritassent une réponse. *Bayle* a composé dans le même temps un Ouvrage sur la même matiere, & tendant au même but.

Bekker publia ensuite differens Ouvrages d'une autre espece, dont j'ignore les dates. Tels sont les suivans.

7. *Lettre à un ami sur la Lettre de*

*Frederic Spanheim touchant les troubles
de la Hollande.* (en Flamand)

8. *La doctrine des Egliſes Reformées
des Provinces-Unies, contenuë dans
leur Profiſſion de Foy.* (en Flamand)

9. Il a continué l'Hiſtoire Eccle-
ſiaſtique & Civile de *George Hornius*
depuis l'an 1666. où il avoit fini,
juſqu'en 1684. & cette continuation
a été imprimée à la ſuite de l'Ouvrage de cet Auteur à *Leyde* l'an 1687.
in-8°.

10. *Explication du Prophete Daniel.*
(en Flamand) 1688. *in-4°.* Quoique *Bekker* ait fait entrer dans
cet Ouvrage pluſieurs ſentimens ſin-
guliers, il n'y fait aucune mention
de celui qu'il a debité dans ſon *Monde Enchanté.* Il ne s'expliqua ſur cette matiere, que trois ans après, lorſqu'il publia ce livre qu'il intitula :

11. *Le Monde Enchanté, ou examen des communs ſentimens touchant
les eſprits, leur nature, leur pouvoir,
& leurs operations, & de tout ce qu'on
dit que les hommes peuvent faire par
leur intervention. En deux livres* (en
Flamand) *Leuwarde* 1691. *in-8°.* It.
Amſterdam 1691. *in-4°. Livres* 3°. &

B. BEK- 4ᵉ. (en Flamand) *Amsterdam* 1695.
KER.   *in-*4°. It. *Traduit en François. Am-*
sterdam 1694. *in-*12. 4. vol. Il y en a
une traduction Allemande impri-
mée en 1693.

Comme le detail des sentimens
des Auteurs fait la partie la plus es-
sentielle de leur vie, il est à propos
d'exposer ici en peu de mots son
systeme, sur ce qui fait la matiere
de cet Ouvrage, dont le stile diffus
jusqu'à l'excès, & ennuyeux par ses
repetitions rend la lecture desagréa-
ble, & qui seroit pour cette raison
fort peu lû, sans la singularité des
choses qu'il contient.

Les principes qui y regnent peuvent se reduire aux propositions suivantes.

I. Il n'y a qu'un seul Ange, qui
ait peché.

II. Dieu lui permit de tenter nos
premiers parens, sans qu'on sçache
comment cela se fit ; après quoi il
fut relegué dans l'enfer.

III. C'est donc sans raison qu'on
lui a attribué dans tous les siecles
diverses operations, ausquelles il n'a
jamais eu la moindre part.

IV. C'eft auffi injuftement que B. BEKE-
les Payens ont attribué aux mauvais KER.
genies toutes les actions qu'ils leur
ont imputées.

V. Les Juifs & les Chrétiens ont
tiré des Payens les erreurs, où ils
font fur ce fujet.

VI. *Jefus-Chrift* fans corriger ces
erreurs, s'eft accommodé à la maniere de parler des Juifs, lorfqu'il
a converfé avec eux, & les Apôtres
en ont ufé de même.

VII. C'eft ce qui fait que l'Ecriture dit beaucoup de chofes des O-
pérations du Diable & de fes Anges,
qu'il faut entendre, ou du peché
dont le Diable eft la premiere caufe, ou des hommes méchans, cor-
rompus, & féducteurs.

VIII. On ne doit non plus attribuer aucunes operations aux bons
Anges.

IX. Ce n'eft qu'en fuivant ce fentiment, qu'on peut foutenir ce qu'on
enfeigne en Théologie de la nature
des Anges, & de la difference infinie
qu'il y a entre le Créateur & la Créa-
ture.

X. Cette opinion eft auffi utile,

B. BEK-
KER.

pour delivrer les hommes de la vaine frayeur du Demon dont ils sont
saisis, afin qu'ils apprennent à ne
craindre que Dieu seul.

XI. Il semble même que l'opinion
commune que l'on a de la puissance
du Demon, en fasse une divinité, &
que cette opinion soit contraire à
l'autorité supreme de Dieu & à la divinité de son fils, puisqu'en l'ad-
mettant, on ne les peut plus prouver par les attributs du vrai Dieu,
qui lui sont donnés dans l'Ecriture,
& dont on fait part au Diable.

Bekker assure dans sa préface, que
c'est cette raison qui l'a determiné à
écrire, & il ajoute que si le Demon
s'en fâche, il n'a qu'à employer sa
puissance pour le châtier. *S'il est Dieu,*
dit-il, *comme on le veut, qu'il se de-*
fende lui même, & qu'il s'en prenne à
moi qui ai renversé ses Autels au nom
de l'Eternel. Voilà un défi dans
les formes, qui tient un peu de la
gasconade.

Dès que les deux premiers livres
de l'Ouvrage commencerent à paroître, ils souleverent bien du Monde. On trouva d'abord à redire qu'il

les

les eût publiés ſans l'approbation de B. BEK-
la Claſſe dont il étoit, & l'on pro- KER.
céda enſuite à leur examen.

Les procedures, qui furent fort
longues, commencèrent le 31. May
1691. & finirent le 5. Août de l'année ſuivante 1692. par la depoſition
de *Bekker*, à qui on conſerva cependant la penſion de Miniſtre. On
avoit voulu l'obliger à ſe retracter,
mais il n'avoit jamais pû ſe reſou-
dre à la faire, du moins d'une maniere bien claire.

Il eut parmi le peuple les rieurs
pour lui, & on fit à cette occaſion
trois medailles.

La premiere dont parle *Bayle* dans
une lettre du 11. Novembre 1692.
repreſentoit un Diable habillé en
Miniſtre, & monté ſur un âne, por-
tant une baniere, pour marque de
la victoire qu'il avoit remportée dans
les Synodes. Un Ecrit Flamand, qui
expliquoit cette medaille, racon-
toit à la maniere d'un *Ragguaglio* de
Boccalini, ce qui s'étoit paſſé dans
les aſſemblées des Synodes, des
Claſſes & des Conſiſtoires ſur cette
affaire, nommant *Miniſtres Diabo-*

Tome XXXI. R

B. BEK- *listes*, ceux qui avoient été contrai-
KER. res à *Bekker.*

La seconde , qui est rapportée
dans le 1^r. volume des *Miscellanea
Lipsiensia*. p. 361. represente d'un
côté le portrait de *Bekker*, avec cette Legende B. Bekker S. T. D. V. D.
M. Amst. Nat. Metslav. Frist. 1634.
& de l'autre la Prudence, appuyée
sur un livre fermé de sept sceaux,
qui examine au travers d'un verre
les fantômes formés par l'adresse
d'un Enchanteur, habillé en Moine,
avec ces mots: *Qui facile credit, facile decipitur.*

La troisiéme , qui est à la tête du
mois de Decembre 1692. des Entre-
tiens Allemands de *Tentzel*, a d'un
côté le portrait de *Bekker*, & au re-
vers *Hercule* combattant des Mon-
stres , avec ces mots dans l'Exergue:
Opus virtutis veritatisque triumphat.

Plusieurs Sçavans prirent les choses plus serieusement, & s'appli-
querent à refuter l'Ouvrage de *Bekker*; & l'on vit alors paroître une
multitude prodigieuse d'Ouvrages
sur cette matiere, la plûpart en Flamand. Je rapporterai ici ceux qui

font venus à ma connoissance.

*Melchioris Leidekkeri S. Theol. D.
& Prof. Dissertatio Historico-Theologica de vulgato nuper Bekkeri volumine, & scripturarum authoritate &
veritate, pro Christiana Religione Apologetica. Ultrajecti* 1692. *in*-8°.

Pneumatica, ou Doctrine des Esprits.
Ouvrage où l'on fait voir que les
Esprits, & particulierement les Anges
tant bons que mauvais, agissent réelle-
ment, suivant leur nature, sur les
corps; publié à l'occasion du livre du
Monde Enchanté de Balthasar Bekker, par Henri Groenewegen, Ministre du S. Evangile à Enkuse. (en
Flamand) *Enkuse* 1692. *in*-4°.

*Remarques sur le Monde Enchanté
de Balthasar Bekker touchant les E-
sprits & leur pouvoir, & particulierement l'état & la puissance des Diables, par Jean Verryn.* (en Flamand)
Amsterdam 1692. *in*-4°. Verryn étoit
Ministre des Remonstrans à *Amsterdam.*

*Le Monde Enchanté de Balt. Bek-
ker examiné & refuté par Jean van
der Wayen.* (en Flamand) *Franeker*
1693. *in*-4°.

R ij

B. BEK-
KER.

Observations modestes, dans lesquel-
les on examine les fondemens de l'opi-
nion de Balthasar Bekker sur la natu-
re & les operations des Esprits; con-
formément à la parole de Dieu; par
Jean Aalstius, Ministre à Hoornar,
& Paul Steenwinckel, Ministre à
Schelluynen. (en Flamand) Dordrecht
1693. *in-*8°.

Traité historique des Dieux & des
Demons du Paganisme; avec des re-
marques critiques sur le systeme de Bek-
ker; par Benjamin Binet. Delff 1696,
*in-*12. Cet Ouvrage est en François.

Dans le cours des procedures,
Bekker composa quelques pieces, qui
avoient rapport à son affaire; telles
sont les suivantes.

12. *Deux lettres de Balthasar Bek-*
ker à Everard van der Hoogt, Mini-
stre de Nieuwendam; la premiere da-
tée d'Amsterdam le 25. *Septembre* 1691.
& la seconde de Franeker le 13. *Juin*
1692. *concernant le Monde Enchanté,*
& ce qui s'est passé à son sujet: Avec
des observations sur la Préface d'un
certain projet de Remarques. (en Flamand) Franeker 1692. *in-*4°.

13. *Remarques necessaires sur les*

nouveaux mouvemens, excités depuis peu par la lettre circulaire, & par d'autres moyens, contre l'Auteur du Monde Enchanté. (en Flamand) Am-ſterdam 1692. in-4°.

14. *Avertiſſement de Bekker touchant les livres, qui ont été publiés depuis un temps contre le Monde Enchanté. (en Flamand) Franeker 1692. in-4°.*

15. *Recit ſimple de toutes les proce-dures qui ſe ſont faites dans le Conſi-ſtoire & la Claſſe d'Amſterdam, auſſi bien que dans les Synodes de Nord-Hollande, depuis le 31. May 1691. juſqu'au 21. Août 1692. ſuivant l'or-dre de temps, tiré des Actes Origi-naux, & accompagné de Remarques. (en Flamand) Dordrecht 1693. in-4°.*

Bekker croyant qu'il n'avoit plus rien à ménager après ſa depoſition, publia les deux derniers livres de ſon *Monde Enchanté*, & perſiſta juſ-qu'à ſa mort dans ſes premiers ſenti-mens ſur cette matiere, qu'il diſoit avoir examinée à fond pendant 25. années.

Il mourut à *Amſterdam* de pleure-ſie le 11. Juin 1698. âgé de 64. ans. *Jean Henri Bekker*, ſon fils, donna

R iij

la même année une Relation de sa
mort où l'on trouve quelques particularités de sa vie.

V. *Le premier tome des Selecta Litteraria de Lilienthal.* Il y a un fort
bon article sur lui ; mais l'Auteur en
est demeuré aux disputes sur son
Monde Enchanté , dont il promet-
toit donner l'histoire dans une autre
volume ; promesse qu'il n'a point
executée. *Le Dictionnaire Flamand
de Luiscius.* L'article qu'il en donne,
est extremement diffus , mais peu
exact.

JEAN EDOUARD DU MONIN.

JEAN *Edoüard du Monin* naquit
à *Gy* en Franche-Comté vers l'an
1557.

Il vint à *Paris* fort jeune , & commença de bonne heure à s'y faire un
nom. La plûpart des Auteurs de son
temps s'accordent à le combler de
loüanges, & à le faire regarder comme un genie extraordinaire. Il sçavoit, selon *Naudé*, les langues Latine, Grecque, Hebraïque, Italien-

ne & Eſpagnole, la Philoſophie, la   J. E. DU
Médecine, les Mathematiques & la MONIN.
Théologie, & il a fait un nombre
prodigieux de vers Latins & François. Mais ſon érudition, ſi étenduë
qu'elle paroiſſe par ſes Ouvrages, &
ſi eſtimée qu'elle fut par ſes contemporains, n'eſt plus regardée qu'a-
vec dégoût & avec mépris. En effet
ſa Poëſie Françoiſe eſt d'une dûreté
& d'une obſcurité étrange. La liberté qu'il y a priſe de forger des mots
nouveaux tant ſimples que compoſés, & l'affectation avec laquelle il
y a repandu, comme *Ronſard*, l'é-
rudition à pleines mains, la font
paſſer pour l'Ouvrage d'un vrai Pe-
dant, & non point d'un homme
d'eſprit. Sa Poëſie Latine ne vaut
gueres mieux, & ſe reſſent des mêmes défauts. Sa proſe même, qui
ſembleroit devoir en être exempte,
n'eſt preſque point intelligible. En
un mot on ne voit rien dans tout
ce qu'on a de lui, qui lui faſſe honneur, & qui ne decouvre le mauvais goût de ceux qui lui ont prodi-
gué ſi mal à propos leurs éloges.

Il ſe vante dans la Préface d'une

J. E. DU
MONIN.

de fes pieces intitulée *Quafimodo*, d'avoir à l'âge de 20. ans vû lire publiquement fes Ouvrages au College d'*Harcourt*. C'eft moins là une preuve de leur merite, qu'une marque de la prevention où l'on étoit à fon égard, & de l'ignorance de ceux qui enfeignoient alors dans ce College.

Du Verdier nous apprend qu'il demeuroit au College de Bourgogne; & il y étoit encore, lorfqu'il fut affaffiné à *Paris* le 5. Novembre 1586.

Naudé dans fon *Apologie des grands Hommes foupçonnés de Magie* dit qu'il avoit alors 26. ans. *La Croix-du-Maine* pretend dans fon Epitaphe, que je rapporterai plus bas, qu'il avoit environ 27. ans: c'eft auffi l'âge que lui donne *Dorat* dans ce diftique.

Annis ante tribus quam fex fint lu-
    ftra peracta,
    Intempeftiva morte, Monine,
    cadis.

Mais il faut dire qu'il en avoit 29. puifque dans fon *Manipulus Poëticus* imprimé en 1579. il parle de fon portrait, où il étoit repreſenté âgé de 22. ans; ce qui prouve qu'il les avoit alors, & qu'en 1586. il en avoit 29.

J. E. DU MONIN.

Il fut enterré dans l'Egliſe de *S. Côme*, auprès de *Claude d'Eſpence*, & *la Croix-du-Maine* lui fit cette Epitaphe.

Hoſpes, tametſi properas, aſta ac pellege.

Chriſto ſervatori ſacrum.

Johanni Edoardo Monino, Burgundiæ non ſolum, ſed totius Galliæ ornamento, ingenii & memoriæ felicitate, linguarumque cognitione & uſu præſtanti, Poëtæ & Philoſopho ſupra ætatem egregio, ſacræ Theologiæ ſtudioſiſſimo, & Mathematicarum Artium peritiſſimo; in ſcribendis verſibus Græcis, Latinis, & Gallicis ita diligenti & admirando, ut parem fortaſſis aliquem, ſuperiorem vero noſtra ætas habuerit neminem. Juveni præterea tantæ expectationis (ſi diutius vixiſſet) & tam multis iiſdem ſummis animi & corporis dotibus prædito, omnibus liberali, urbano, fideli, & grato, & uni tantum (quem odio pluſquam vatiniano proſequebatur) inimico: natura autem &

J. E. DU
MONIN.

societate erga omnes perfacili & hu-
mana, sed cum superbis ac elatis ho-
minibus difficili & parum grata : No-
vitatis non solùm studioso, sed etiam
amatori (ut omnia quæ in eo erant, verè
ac liberè eloquar) omnium autem Eru-
ditorum judicio, ad miraculum usque
erudito, & celebrioribus cunctis æqui-
parando, si præceptore esset usus, qui
ejus ingenii velocitatem, styli acumen,
& excurrentis illius Orationis impe-
tum cohibuisset : sed libertate à teneris
donatus, & sui tandem compos factus,
cum Lutetiam Parisiorum adiisset, mo-
deratore carens, genio & ingenio sapiùs
indulsit, ut illius juvenilis ferebat ætas:
quod si violenta atque immatura mor-
te non fuisset præventus, totius Galliæ
Phœnix merito vocari potuisset, cum
nusquam à scribendo defecerit, & ali-
quid excelsi semper meditando dies ac
noctes consumpserit. Quæ omnia si quis
improbare velit, satis testantur innu-
mera admirandi illius ingenii Monu-
menta, variis linguis conscripta, &
jam partim in lucem edita & prope-
diem edenda, sed (Proh dolor!) sicca-
riorum inimica manu, noctu crudeliter
extincto, & repetitis ictibus miserrimè

J. E. DU
MONIN.

confoſſo, maximum ſui deſiderium om-
nibus reliquit, & non ſine magna litte-
rarum jactura, & totius celeberrimæ
Pariſienſis Academiæ dolore, migravit
ad Dominum anno ſalutis recuperatæ
1586. Nonis Novembris, cum vixiſſet
annos plus minus 27.

Hoc monimentum ac publicum teſti-
monium pro tempore ponendum curavit
Franciſous de Cruce Cenomanus, ami-
co incomparabili, in ſacra æde Divi
Coſmæ omnium luctu Lutetiæ ſepulto,
juxta Claudii Eſpencæi, ſummi Theo-
logi, & Nicolai Bezæ, Senatoris olim
Pariſienſis, tumulos.

La plûpart des Poëtes du temps
ſignalèrent leurs regrets ſur la mort
de *du Monin* par les Poëſies ſuivan-
tes.

Les Larmes, Regrets, & Deplo-
rations ſur la mort de Jean Edoüard
du Monin, excellent Poëte Grec, La-
tin & François, compoſés par François
Granchier, Marchois, ſon Neveu &
Ecolier. Paris 1586. in-8°. pp. 21.
Ce ſont des Poëſies Latines, Françoiſes, & autres aſſez mauvaiſes.

Elegie ſur la mort du ſieur Jean E-
doüard du Monin très-excellent Poëte

J. E. DU MONIN.

Philosophe. Paris 1586. *in-8°. pp.* 8. Piece des plus mauvaises, dont l'Auteur n'est point nommé.

Recueil d'Epitaphes en plusieurs langues composés par plusieurs doctes hommes de France & autres sur le trepas de Jean Edoüard du Monin. Paris 1587. *in-8°. pp.* 94. La premiere piece de ce Recueil est celle de *la Croix-du-Maine*, que j'ai rapportée ci-dessus.

Catalogue de ses Ouvrages.

1. *Miscellaneorum Poëticorum Adversaria. Paris.* 1578. *in-8°.*

2. *Joannis Edoardi du Monin, Burgundionis Gyani Beresithias, sive Mundi Creatio ex Gallico G. Sallustii du Bartas Heptamero expressa. Ejusdem Edoardi Manipulus Poëticus non insulsus. Paris.* 1579. *in-8°.* L'Auteur dit p: 8. & 18. de son *Manipulus*, qu'il n'a pas employé deux mois entiers à traduire en vers Latins la premiere semaine de *du Bartas*, quoiqu'il y ait environ sept mille vers. Il est vrai qu'ils sont fort mauvais, & qu'il n'a pas rendu trop exactement le sens de son Auteur; ainsi son Ouvrage ne sert qu'à prouver sa facili-

té, & non point fon habileté. *Clau-* J. E. DU
de du Verdier la raillé avec raifon MONIN.
dans fa *Cenfio in Autores* p. 68. fur le
titre de *Berefithias*, dont il s'eft fer-
vi, pour faire voir qu'il fçavoit l'hebreu; rien en effet de plus ridicule
& de plus puerile. Le *Manipulus Poëticus* eft compofé de Poëfies Latines
& Françoifes, qui ne meritent point,
non plus que fes autres Ouvrages,
qu'on y faffe attention.

3. *Nouvelles Oeuvres de Jean E-
douard du Monin, Poëte, Philofophe,
B. G. (Bourguignon Gyenois) contenant
Difcours, Hymnes, Odes, Amours,
Contramours, Eglogues, Elegies, Ana-
grammes, & Epigrammes. Paris. Jean
Parant, in-*12. pp. 278. Il n'y a point
de date, mais *du Verdier* & *la Croix-
du-Maine* en mettent l'Edition en
1582.

4. *L'Uranologie, ou difcours du
Ciel, contenant outre l'ordinaire doctrine de la fphere plufieurs beaux difcours.* Paris 1584. *in-*8°.

5. *Le Phœnix.* Paris 1585. *in-*8°.
Je ne fçai ce que s'eft que cet Ouvrage.

V. *Les Bibliotheques Françoifes de*

la Croix-du-Maine & de du Verdier.
Ses Epitaphes & Poësies funebres.

JEAN BUXTORF.

J. BUX-
TORF.

JEAN *Buxtorf* naquit le 25. Decembre 1564. à *Camen*, ville de
la Weſtphalie, de *Jean Buxtorf*, Miniſtre de ce lieu, & de *Marie Volmar*.

On l'envoya faire ſes premieres
études à *Ham*, petite ville du pays
dans le Comté de *la Mark* ſous *George Fabrice*, & enſuite à *Dortmund*,
autre ville du même Comté. La mort
de ſon pere l'ayant alors obligé de
faire un tour dans ſa patrie, il n'y
demeura qu'autant de temps qu'il en
fallut pour mettre ordre à ſes affaires domeſtiques.

Lorſque ſa preſence n'y fut plus
neceſſaire, il ſe rendit à *Marpourg*,
& enſuite à *Herborn*, pour y continuer ſes études. Ce fut dans cette
derniere ville qu'il s'appliqua à la
Théologie, & qu'il apprit la langue
Hebraïque de *Jean Piſcator*, qu'il
ſurpaſſa bientôt dans la connoiſſance de cette langue.

Il alla à *Heidelberg* en 1588. & ensuite à *Basle*, à *Zurich*, & à *Geneve*.
Jean Jacques Grynæus, sous lequel
il étudia quelque temps à *Basle*, lui
témoigna tant d'amitié, qu'il se determina, après avoir fini ses cour-
ses, à aller fixer sa demeure dans
cette ville, & qu'il accepta une place qu'il lui offrit auprès des enfans
de *Leon Curion*, fils du fameux *Cœ-
lius Secundus Curion*.

A peine fut-il dans la maison de
Curion, qu'on eut besoin à *Basle* d'un
Professeur en langue Hebraïque. On
jetta d'abord les yeux sur *Buxtorf*,
qui paroissoit le plus propre à remplir cette place; mais il eut de la
peine à l'accepter. Il doutoit de sa
capacité & de ses forces, & ce ne
fut qu'après avoir professé pendant
deux ans, sans aucun titre, qu'il
consentit enfin en 1591. d'être mis
au rang des Professeurs.

Il n'étoit pas cependant entierement determiné à demeurer toûjours à *Basle*; soit que l'amour de sa
patrie lui inspirât quelque desir d'y
retourner, soit pour quelque autre
motif, il fut deux ans sans vouloir

J. BUX-
TORF.

se marier, mais enfin ses amis lui
persuaderent de le faire, & il épousa en 1593. *Marguerite Curion*, fille
de *Leon*.

Ce mariage le fixa pour toûjours
à *Basle*, où il a été Professeur pendant l'espace de 38. ans ; sans avoir
jamais voulu accepter des postes plus
avantageux, qu'on lui offrit à *Saumur* en 1611. & à *Leyde* en 1625.
L'agrement qu'il avoit en cette ville, où il étoit estimé & honoré, &
l'augmentation de gages, que les
Magistrats crurent devoir accorder
à son attachement pour elle, lui ôte-
rent la pensée d'écouter toutes les
propositions qu'on pouvoit lui faire
ailleurs.

Il n'oublia rien pour se perfectionner dans la connoissance de la langue Hebraïque, & rien ne lui coû-
ta pour cela. Il amassa une Biblio-
theque nombreuse de livres Hebreux, & prit même plusieurs fois
chez lui des Juifs habiles, pour ap-
prendre d'eux les finesses de leur
langue, & tout ce qui concerne la
litterature Juive. Tout cela joint à
un travail assidu lui donna une si
grande

grande connoiſſance de la langue Sainte, qu'il en acquit le nom de *Maître des Rabbins.*

Il mourut à *Baſle* d'une maladie peſtilentielle le 13. Septembre 1629. dans ſa 65e. année, laiſſant ſept en- fans, deux fils & cinq filles. C'étoit le reſte de onze, dont trois étoient nés d'une même couche. Je parlerai plus bas de *Jean Buxtorf,* l'un de ſes fils; pour ſes filles, il en avoit ma- rié deux à des Miniſtres, une à *Theo- dore Zwinger,* & une autre à *Sa- muel Grynæus.*

Catalogue de ſes Ouvrages.

1. *Manuale Hebraïcum & Chal- daïcum; quo ſignificata omnium vocum, tam primarum, quàm derivatarum, quotquot in ſacris Bibliis, Hebræa & partim Chaldæa lingua ſcriptis, ex- tant, ſolide & ſuccincte explicantur. Baſileæ* 1602. 1613. 1631. *in-*12. It. *Editio ſexta caſtigatior, cura Joannis Buxtorfii filii. Baſileæ* 1658. *in-*12. Ce premier Ouvrage commença à lui faire honneur.

2. *Synagoga Judaïca, hoc eſt, ſcho- la Judæorum, in qua nativitas, inſti- tutio, Religio, vita, mors, ſepultura-*

Tome XXXI. S

J. Bux-
torf.

que *ipsorum è libris eorumdem à Joanne Buxtorfio graphice descripta est.
Addita est mox per eundem Judæi cum
Christiano disputatio de Messia nostro.
Quæ utraque Germanica, nunc Latinè
reddita sunt opera & studio M. Her-
manni Germbergii. Accessit Ludovici
Carreti Epistola, de conversione ejus
ad Christum, per eundem (Germber-
gium) ex Hebræo Latinè Conversa.
Hanoviæ 1604. in-12.* L'Ouvrage de
Buxtorf avoit paru en Allemand l'année precedente 1603. à *Basle in-8°*.
Il a été réimprimé depuis en Latin,
à *Joanne Buxtorfio filio revisa. Basileæ
1641. in-8°. It. quarta hac editione
revisa & à mendis expurgata à Joanne
Jacobo-Buxtorfio, Joannis Nepote. Basileæ 1682. in-8°.* On en a une traduction Flamande, qui a été imprimée à *Amsterdam* en 1650. & en 1694.
in-8°. Cette derniere édition est accompagnée de figures. On voit dans
l'Ouvrage de *Buxtorf* les dogmes &
les usages des Juifs; mais il y regne un
défaut, qui vient de la trop grande
prevention de l'Auteur à l'égard des
Rabbins. Il y rapporte mille bagatelles qu'il avoit prises d'eux, & qui

n'ont ſouvent de fondement que
dans leur imagination. Le petit abregé que *Leon de Modene* a fait ſur cette matiere, & qui a été traduit en
François par *Richard Simon*, eſt bien
meilleur & plus judicieux.

3. *Inſtitutio Epiſtolaris Hebraïca,*
& Epiſtolarum Hebraïcarum familia-
rium Centuria. Baſileæ 1603. 1610.
1629. *in*-8°.

4. *Epitome Grammaticæ Hebrææ,*
breviter ac Methodice ad publicum
ſcholarum uſum propoſita. Adjecta eſt
ſuccincta de mutatione punctorum Vo-
calium inſtructio, & Pſalmorum ali-
quot Hebraïcorum Latina interpreta-
tio. Baſileæ 1605. 1613. 1620. 1640.
1656. 1658. 1669. *in*-8°. It. *Editio*
nova cum notis Chr. Schotani. Amſte-
lod. 1652. in-8°. It. *Curante Joanne*
Leuſden 1673. *in*-12. It. *Ibid.* 1701.
in-12. It. *tertia Editio. Lugd. Bat.*
1707. *in*-12. *Leuſden* a dans ces trois
éditions qu'il a données de l'Ouvrage de *Buxtorf*, retranché les onze
Pſeaumes avec la traduction, qui
l'accompagnoient, parce que les
PſeautiersHebreux ſontdevenus plus
communs qu'ils n'étoient du temps
de *Buxtorf*.   S ij

5. *Epitome Radicum Hebraïcarum
& Chaldaïcarum. Basileæ 1607. in-8°.*

6. *Lexicon Hebraïcum & Chaldaïcum, complectens omnes voces, tam
primas, quàm derivatas, quæ in sacris Bibliis, Hebræa, & ex parte,
Chaldæa lingua scriptis, extant. Accessit Lexicon breve Rabbinico-Philo-
sophicum, communiora vocabula continens, quæ in commentariis passim oc-
currunt. Basileæ 1607. 1615. in-8°.*
It. *Editio tertia ab Autore recognita.
Basileæ 1621. in-8°. Editio quinta. Basileæ 1645. in-8°.* It. *Editio 8. de novo recognita & innumeris in locis aucta & emendata. Basileæ 1676. in-8°.*

7. *Thesaurus Grammaticus linguæ
Hebrææ. Adjecta est Prosodia Metrica,
sive Poëseos Hebræorum dilucida trac-
tatio, & Lectionis Hebræo-Germanicæ
usus & exercitatio. Basileæ 1609. 1615.
1620. 1629. 1651. 1663. in-8°.*

8. *De Abbreviaturis Hebraïcis liber; cui accesserunt Operis Thalmudi-
ci brevis recensio, & Bibliotheca Rabbinica nova, ordine Alphabetico disposita. Basileæ 1613. in-8°.* It. *Editio secunda. Ibid. 1640. in-8°.* Jean Buxtorf le fils, qui a donné cette secon-

de édition, l'a enrichie de plusieurs additions, tant de lui que de son pere, dans le corps de l'Ouvrage, & d'un Appendix à la *Bibliotheque Rabbinique.* It. *Franekera* 1696. *in-8°.* Mauvaise édition. It. *Editio nova castigatior. Herborna* 1708. *in-8°.* Il y a ici diverses additions aux *Abbreviations* & à la *Bibliotheque.*

9. *Grammaticæ Chaldäicæ & Syriacæ libri tres. Inserta passim est Dialectus Talmudica & Rabbinica. Basilea* 1615. *in-8°.*

10. *Biblia Hebræa Rabbinica ; editio quinta , juxta secundam anni* 1549. *concinnata, additis Commentariis Aben Esræ in Esaïam,* XII. *Prophetas Minores , & in Esram, & omisso Commentario Rabbi Mosis Kimhi in eundem Esram ,studio Joannis Buxtorfii , qui in Targumim puncta vocalia ex analogia linguæ Chaldäicæ immutavit , plurima errata Masoræ diversorum exemplarium, & concordantiarum subsidio castigavit. Basileæ. in-fol.* 4. *vol.* Les deux premiers en 1618. les deux autres en 1619. *Buxtorf* a été trop hardi, suivant *Richard Simon*, dans les Corrections qu'il a faites ici, &

il s'y est souvent trompé.

11. *Tiberias, sive Commentarius Masorethicus triplex, in quo quid Masora sit explicatur, historia Masoretharum excutitur, & specimen in primum caput Geneseos proponitur. Basileæ* 1620. *in-fol. & in-4°. It. auctus Commentario critico, seu castigationibus in Masoram à Joanne Buxtorfio filio. Basileæ* 1665. *in-4°.*

12. *Concordantiæ Bibliorum Hebraïca, nova & artificiosa methodo disposita, in locis innumeris depravatis emendata, deficientibus plurimis expleta, radicibus antea confusis distincta, & significatione vocum omnium Latina illustrata à Joanne Buxtorfio Patre. Accesserunt novæ Concordantiæ Chaldaïcæ vocum, quæ corpore Biblico Hebraïco continentur; cum Præfatione qua operis usus abunde declaratur, per Joannem Buxtorfium filium. Basileæ* 1632. *in-fol.* * On a donné un abregé de ce livre sous ce titre: *Fons Sion, sive Concordantiarum Hebraïcarum & Chaldaïcarum Joannis Buxtorfii Epitome ad instar Lexici. Autore Christiano Ravio. Francof. ad Oderam.* 1676. *in-8°. It. Berolini* 1677. *in-8°.*

* Se trouve à Paris chez Briasson.

13. On voit une lettre de lui à la tête du *Lexicon Chaldaïcum & Syriacum* de fon fils.

14. *Lexicon Chaldaïcum, Thalmudicum & Rabbinicum, per ordinem digeftum & obfervationibus locupletatum à Joanne Buxtorfio filio. Bafilea* 1639. *in-fol. Buxtorf* ayant laiffé cet Ouvrage imparfait, fon fils prit foin de l'achever & de le donner au Public.

V. *Oratio de vita & obitu Joannis Buxtorfii Senioris, quam in frequenti Theologorum Auditorio Bafilea die* 23. *Octobris anno* 1629. *publice recenfuit Daniel Toffanus. Bafilea* 1630. *in-*4°. It. Dans les *Memoria Philofophorum Henningi Witten, Decade* 3. *Pauli Freheri Theatrum virorum doctorum. p.* 1523. Ce qu'il en dit eft tiré de l'Oraifon funebre précedente. Dans la lifte qu'il a donné de fes Ouvrages, il a confondu ceux du Pere & du fils.

J. Buxᴣ
TORF.

JEAN BUXTORF, LE FILS.

J. Bux-TORF LE FILS. JEAN BUXTORF le fils, naquit à *Basle* le 13. Août 1599. de *Jean Buxtorf*, dont je viens de parler, & de *Marguerite Curion*.

Il fit voir dès son enfance des dispositions heureuses pour les sciences, & lorsqu'on l'envoya à l'école à l'âge de quatre ans, il sçavoit déja lire l'Allemand, le Latin, & l'Hebreu. A douze il commença ses études Academiques ; & à seize, il reçut le bonnet de Maître-ès-Arts des mains de son pere.

Il s'appliqua ensuite à la Théologie & aux Langues Orientales sous les Professeurs qui enseignoient à *Basle*. Il ne les quitta que pour se rendre à *Heidelberg*, où il frequenta pendant six mois les leçons de *Pareus*, de *Scultet*, & d'*Altingius*.

En 1619. il alla faire un tour à *Dordrecht*, à l'occasion du fameux Synode, qui s'y tenoit alors, & il y demeura jusqu'à sa conclusion. Il voulut voir, en retournant dans sa

patrie

sa Patrie, la Flandre, l'Angleterre
& la France, après quoi il alla reprendre à *Basle* ses études Philolo-
giques & Théologiques.

Il sortit de nouveau de cette ville au commencement de Juillet
1623. & se rendit à *Geneve*, où il
demeura une année, au bout de laquelle on lui offrit à *Lausanne* une
Chaire de Logique ; mais il la refusa, s'étant destiné au service de sa
patrie.

Dès qu'il y fut retourné en 1624.
il fut fait Diacre de l'Eglise de *Basle*, & trois ans après, c'est-à-dire,
en 1627. il fut attaché en cette qualité au service de l'Eglise particuliere de *S. Pierre*.

Son habileté dans la langue Hebraïque le fit choisir en 1630. pour
succeder à son pere mort l'année précedente, dans la Chaire de Professeur en cette langue. Il quitta alors
sa place de Diacre, que la delica-
tesse de son temperament ne lui permettoit pas de remplir avec celle de
Professeur.

En 1642. il se fit recevoir Docteur en Théologie, & il en reçut le
Tome XXXI. T

J. Bux-
TORF LE
FILS.

bonnet avec *Frederic Spanheim* le pere.

Cinq ans après, c'est-à-dire, en 1647. les Universités de *Groningue* & de *Leyde* voulurent en même temps l'attirer chez elles ; mais les Magistrats de *Basle* ne voulant pas perdre un sujet de son mérite, lui donnerent pour le retenir la troisiéme Chaire de Théologie. Il la conserva jusqu'en 1654. qu'il la changea contre celle de Professeur de l'Ancien Testament, qui lui convenoit davantage, & qu'il a conservé jusqu'à sa mort.

Il fut outre cela pendant quelques années Bibliothecaire de l'Academie.

Il fut trois fois Doyen de la Faculté de Philosophie, & sept fois de celle de Théologie; & on l'élût trois fois Recteur de l'Academie, en 1639. en 1652. & en 1662.

Après avoir été long-temps sujet à diverses infirmitez, il mourut le 16. Août 1664. âgé de 65. ans.

Il avoit été marié quatre fois. Il épousa sa premiere femme, nommée *Helene Werdenmann*, en 1628. & la

perdit en 1630. après en avoir eu J. Bux-
une fille, qui mourut dans l'enfan- TORF LE
ce. Six mois après la perte de celle- FILS.
ci, il se remaria à *Salome Werenfels*,
fille d'un Marchand de *Basle*, qui
mourut à sa premiere couche, & ne
laissa qu'une fille, qui la suivit peu
de temps après. Il épousa sa troisiéme femme, nommée *Judith Episco-
pia* à la fin de l'année 1634. Celle-ci
mourut en 1637. après lui avoir donné un fils, nommé *Jean*, qui lui sur-
vêcut, & une fille qui ne vêcut que
six ans. Après quatre années de veu-
vage, il se remaria en 1641. pour
la quatriéme fois à *Elizabeth Lutzel-
man*, qui mourut de même avant
lui en 1657. après avoir eu quatre
enfans, entre autres *Jean-Jacques Buxtorf*, qui fut le successeur de son pere dans sa Chaire de Professeur en
langue Hebraïque.

Catalogue de ses Ouvrages.

I. *Lexicon Chaldaïcum & Syriacum*, *quo voces omnes, tam primitivæ,
quam derivativæ, quotquot in sacrorum
Veteris Testamenti librorum Targumim
seu Paraphrasibus Chaldaïcis, Onkeli
in Mosen, Jonathanis in Prophetas,*

T ij

J. Bux-
TORF LE
FILS.

& aliorum Autorum in Hagiographa;
item in Targum Hierosolymitano, Jo-
nathane altero in legem, & Targum
secundo in librum Esther; denique in
Novi Testamenti translatione Syriaca
reperiuntur, accuratè & Methodicè
disposita, & fideliter explicata, copio-
sè absolutéque describuntur. Collectum
& editum à Joanne Buxtorfio Juniore,
Basileæ 1622. in-4°. On voit à la tête
de cet Ouvrage une lettre de *Bux-*
torf le pere, qui nous apprend que
son fils ayant composé cet Ouvrage
pendant son séjour dans les Academies étrangeres, il l'avoit jugé digne
de voir le jour, & l'avoit excité à le
mettre en état d'être donné au Public.

2. *Rabbi Mosis Majemonidis liber*
More Nebochim, Doctor Perplexorum:
ad dubia & obscuriora scripturæ loca
rectius intelligenda veluti clavem con-
tinens; primum ab Autore in lingua
Arabica ante 450. circiter annos in
Ægypto conscriptus: Deindè à R. Sa-
muele Aben Tybbon, Hispano, in lin-
guam Hebræam translatus; Nunc vero
in linguam Latinam conversus à Joanne
Buxtorfio, filio. Basileæ 1629. in-4°.

Le traducteur a mis à la tête une Préface, où il parle au long de l'Ouvrage & de ſon Auteur.

3. *Lexicon Chaldaïcum, Thalmudicum & Rabbinicum per ordinem digeſtum & obſervationibus locupletatum à Joanne Buxtorfio filio. Baſileæ* 1639. *in-fol.* Buxtorf le Pere travailla pendant 20. ans à cet Ouvrage; mais étant mort avant que de l'avoir fini, ſon fils employa dix autres années à l'augmenter, & à l'achever, & mit à la tête une ſçavante Préface ſur l'utilité de la langue Hebraïque & des livres des Rabbins.

4. *Exercitatio in Hiſtoriam inſtitutionis S. Cœnæ Dominicæ, & de primæ Cœnæ ritu & forma. Baſileæ* 1642. *in-*4°.

5. *Diſſertationes Philologico-Theologicæ.* 1°. *De linguæ Hebrææ origine, antiquitate, & ſanctitate.* 2°. *De ejus confuſione, & plurium linguarum Origine.* 3°. *De ejus conſervatione, propagatione, & duratione.* 4°. *De litterarum Hebraïcarum genuina antiquitate.* 5°. *De nominibus Dei Hebraïcis.* 6°. *De Decalogo.* 7°. *De Cœnæ Dominicæ prima ritibus & forma. Baſileæ*

T iij

**J. Bux-
TORF LE
FILS.**

1645. *in-4°. It. Adjecta octava de Lotione manuum Judaïca ante & post cibum. Accesserunt R. Isaaci Abarbanelis dissertationes octo ex Hebræo in Latinum versæ à Joanne Buxtorfio filio. Basileæ* 1662. *in-4°.* La 5e. des Dissertations de *Buxtorf* a été réimprimée dans un Recueil publié par *Adrien Réland*, sous le titre de *Decas Exercitationum Philologicarum de vera pronunciatione Nominis Jehova. Ultrajecti* 1707. *in-8°.* Pour la 7e. elle avoit déjà paru séparément en 1642. comme on a vû ci-dessus.

6. *Tractatus de Punctorum vocalium & Accentuum in libris veteris Testamenti Hebraïcis origine, antiquitate & autoritate. Basileæ* 1648. *in-4°.* Cet Ouvrage est contre l'*Arcanum punctuationis revelatum* de *Loüis Cappel.* On peut voir ce que j'en ai dit dans son Article tom. 22. de ces Mémoires. p. 394.

7. *Florilegium Hebraïcum, continens sententias, Proverbia, Apophtegmata, similitudines, ex Hebræorum scriptoribus. Basileæ* 1648. *in-8°.*

8. *Dissertatio de sponsalibus & divortiis. Accedit Isaaci Abarbanelis*

Diatriba de Excidii pæna. Basileæ 1652. *in-*4°.

9. *Anti-Critica, seu Vindiciæ veritatis Hebraicæ adversus Ludovi Cappelli Criticam Sacram ejusque defensionem. Basileæ* 1653. *in-*4°. On peut voir ce que j'ai dit de cet Ouvrage dans l'Article de *Loüis Cappel*, tom. 22. de ces Mémoires, p. 400.

10. *Vindiciæ Exercitationis suæ in Historiam institutionis S. Cœnæ Dominicæ, adversus Ludovicum Cappellum. Basileæ* 1646. *in-*4°. C'est une Réponse au livre de *Cappel*, intitulé : *Josephi Scaligeri Vindiciæ, sive ad D. Joh. Buxtorfii Exercitationem in historiam S. Cœnæ Dominicæ Animadversiones Amstelod.* 1645. *in-*12. V. L'Article de *Cappel*, tome 22. de ces Mémoires, p. 398.

11. *Exercitationes ad Historiam* 1°. *Arcæ fœderis.* 2°. *Ignis sacri & cœlestis.* 3°. *Urim & Thummim.* 4°. *Mannæ.* 5°. *Petræ in deserto.* 6°. *Serpentis ænei. Quibus sacra hæc Veteris Testamenti Mysteria, præcipue ex Hebræorum, quà Veterum, quà Recentium, monumentis enucleantur : variæ quæstiones Theologicæ & Philologicæ discus-*

J. Bux-
TORF LE
FILS.

tiuntur : simul etiam complura scripturæ loca explicantur, illustrantur, vindicantur. Basileæ 1659. in-4°.

12. *Liber Cosri, Continens colloquium, seu disputationem de Religione, habitam ante nongentos annos, inter Regem Cosareorum, & R. Isaacum Sangarum Judæum ; contra Philosophos præcipue è Gentilibus, & Karraitas è Judæis ; Synopsin simul exhibens Theologiæ, & Philosophiæ Judaïcæ, varia & recondita eruditione refertam. Eam collegit, in ordinem redegit, & in lingua Arabica ante quingentos annos descripsit R. Jehudah Levita, Hispanus; ex Arabica in linguam Hebræam, circa idem tempus, transtulit R. Jehudah Aben Tybbon, itidem natione Hispanus, Civitate Jerichuntinus. Nunc recensuit, Latina versione, & notis illustravit Johannes Buxtorfius, filius. Accesserunt, Præfatio, in qua Cosareorum Historia, & totius operis ratio & usus exponitur, Dissertationes aliquot Rabbinicæ, & Indices. Basileæ 1660. in-4°.*

13. *Disputatio de raptu Eliæ. Basilea 1660. in-4°.*

14. Il a donné une nouvelle édi-

tion du *Manuale Hebraïcum & Chal-* J. Bux-
daïcum de fon pere, à *Bafle* en 1658. TORF LE
*in-*8°. FILS.

15. Il en donna une de la *Synago-*
ga Judaïca du même, en 1641. Comme je l'ai marqué ci-deffus dans l'article de fon pere.

16. Il en publia une autre du livre
de Abbreviaturis Hebraïcis en 1640.

17. Celle qu'il donna du *Tiberias*
five Commentarius Maforethicus a été
augmentée par lui d'un Commentaire Critique fur la Mafore. *Bafle*
1665. *in-*4°.

18. Ce fut lui qui publia les *Con-*
cordantiæ Bibliorum Hebraicæ de fon
pere, & y ajouta une Préface. *Bafi-*
lea 1632. *in-fol.*

V. *Oratio parentalis* Joannis *Bux-*
torfii Junioris Memoriæ dicata à Luca
Gernlero. Bafileæ 1665. *in-*4°. *Pauli*
Freheri Theatrum Virorum Doctorum,
p. 644. Ce qu'il en dit, eft extrait
de l'Oraifon funebre de *Gernler.*

MICHEL DE L'HOSPITAL.

MICHEL *de l'Hospital* naquit à *Aigueperse* en Auvergne, de *Jean de l'Hospital*, premier Médecin de *Charles*, Duc de *Bourbon*, Connetable de France, dont il suivit toûjours le parti, & l'un des principaux de son Conseil.

Il ignoroit lui-même la date precise de sa naissance; & il marque dans son Testament, que les amis de son pere lui avoient entendu dire, tantôt qu'il étoit né devant la guerre émuë contre les Genois, c'est-à-dire, avant l'an 1506. & tantôt que ce fut lorsqu'elle eut été finie, c'est-à-dire, en 1507.

Charles de Bourbon étant sorti de France en 1523. pour passer au service de l'Empereur, *Jean de l'Hospital* l'accompagna, & laissa dans ce Royaume tous ses enfans, que leur bas âge ne lui permettoit pas de transporter ailleurs.

Michel, son fils, étudioit alors à *Toulouse*, & comme il dit qu'il

étoit alors âgé de 18. ans, il paroit M. DE
qu'il a crû que la premiere des deux L'HOSPI-
dates que je viens de rapporter, étoit TAL.
la veritable, & qu'il étoit né en
1505. où 1506.

La sortie du Pere hors du Royaume n'eut pas été plûtôt sçûe, qu'on
arrêta le fils, & qu'on le mît en pri-
son, quoiqu'il n'en eût été partici-
pant en aucune maniere. Aussi n'eut-
on point de peine à reconnoître son
innocence, & il fut relâché quelque temps après par ordre exprès du
Roi.

En 1526. il alla en Italie trouver
son pere, qui étoit avec le Duc de
Bourbon au siege de *Milan* ; mais son
pere voyant que ce siege trainoit en
longueur, le fit sortir de cette ville
en habit de Muletier, & l'envoya à
Padouë, où il étudia en Droit pendant six années.

Il passa ensuite à *Boulogne*, & de
là à *Rome*. Il fut honoré dans cette
derniere ville d'une place d'Audi-
teur de Rote, qu'il ne conserva pas
long-temps ; car il s'en defit quelque
temps après à la persuasion de son
pere, qui comptoit sur les promes-

ses que le Cardinal de *Grammont* avoit faites de l'avancer en France. Mais il eut le chagrin de perdre ce Cardinal, qui mourut le 24. Mars 1534. & de se trouver sans employ.

Cette disgrace le determina à suivre le Barreau : ce qu'il fit pendant trois ans, au bout desquels, c'est-à-dire, en 1537. il épousa *Marie Morin*, fille de *Jean Morin*, Lieutenant Criminel du Châtelet de *Paris*, qui lui apporta en dot une charge de Conseiller au Parlement de cette ville.

Il en fut pourvû, à la place de *Lazare de Bayf*, par des Lettres données à *Fontainebleau* le 14. Juin de cette année 1537. & prêta serment le 8e. Août suivant. La même année son pere, qui après la mort du Connetable de *Bourbon*, arrivée le 6. Mai 1527. avoit suivi quelque temps la Cour de l'Empereur *Charles-Quint*, & s'étoit ensuite attaché au service de la sœur de son premier Maître, *Renée de Bourbon*, femme d'*Antoine* Duc de Lorraine, auquel il passa le reste de sa vie; & qui avoit obtenu le 2. Septembre 1533. une declaration du Roi pour joüir du benefice du Traité de *Cambray*, donna à *Michel* ſon fils en faveur de ſon Mariage la Terre de *la Roche*, proche *Aigueperſe*, dont il fit hommage au Duc de Montpenſier le 22. Août 1543. & qu'il tranſporta depuis au mois d'Octobre 1546. à *Pierre de l'Hoſpital* ſon frere.

Après avoir exercé pendant neuf ans ſa charge de Conſeiller au Parlement, il fut envoyé à *Boulogne* par le Roi *Henri II.* en qualité de ſon Ambaſſadeur, pour aſſiſter au Concile General, qui de *Trente* avoit été transferé dans cette ville ; & il y demeura pendant ſeize mois.

A ſon retour la Princeſſe *Marguerite*, ſœur du Roi *Henri II.* à qui le Berry avoit été donné en Appanage, le choiſit pour ſon Chancelier, & lui procura la charge de Premier Preſident de la Chambre des Comptes de *Paris*, dont les lettres lui furent données le 6. Février 1554. Charge à laquelle on ajouta auſſitôt après la mort du Roi *Henri II.* arrivée le 10. Juillet 1559. celle de Conſeiller d'Etat.

M. DE L'HOSPITAL.

Il fut choisi pour conduire en Piemont la Princesse *Marguerite*, qui avoit épousé *Emmanuel Philibert* Duc de Savoye, & il étoit encore auprès d'elle, lorsque le Roy *François II.* l'éleva à la dignité de Chancelier de France. Les lettres en furent expediées le 30. Juin 1560. & verifiées le 2. Juillet suivant.

Il se conduisit avec beaucoup de prudence dans des temps aussi difficiles qu'ils l'étoient alors; mais quoiqu'il se fût toûjours proposé pour regles le bien du Royaume, & les interets du Roi, son caractere porté à la douceur & à la moderation déplut à quelques personnes : on le soupçonna d'être de la nouvelle Religion, & le Roi prevenu contre lui, lui envoya demander les sceaux en 1568. Il en obtint lettres de decharge le 6. Février de cette année, avec reserve des titres, honneurs, & émolumens sa vie durant, & cela fut enregistré au Parlement le 11. Mars suivant. *Bayle* a fait une faute, en mettant la reddition des sceaux, après sa retraite. –

Michel de l'Hospital se retira après

cela en fa Maifon de *Vignay*, qu'il M. DE
avoit fait bâtir dans le voifinage L'HOSPI-
d'*Etampes* ; & paffa le refte de fa vie TAL.
dans ce lieu. Il y mourut le 13. Mars
1573. âgé d'environ 68. ans. Son
corps fut enterré dans l'Eglife de fa
Terre de *Chamoteux*, près de *Fontainebleau*, où l'on voit fa fepulture.

Il ne laiffa qu'une fille, nommée
Madeleine, qui époufa *Robert Hu-
rault*, Seigneur de *Belesbat*, Maître
des Requeftes, & dont les enfans
ajouterent au nom de leur pere celui
de *l'Hofpital*, pour fe conformer à
la volonté de leur grand-pere, qui
l'avoit ainfi ordonné dans fon teftament.

Son courage & fon intrepidité fur
tous les évenemens lui avoient fait
prendre cette devife. *Si fractus illa-
batur orbis, impavidum ferient ruinæ.*

Catalogue de fes Ouvrages.

1. *De poftrema Gallorum in Galliam
expeditione, Carmen fcriptum anno*
1557. *in-8°.*

2. *In Francifci Delphini, & Mariæ Scotorum Reginæ Nuptias, Carmen*
1558. *in-4°.*

3. *Ad Margaritam Regis Sororem*

Epiſtola. 1558. *in*-4°.

4. *De Caleti & Guinæ expugnatione Carmen, & Epiſtola ad Franciſcum Guiſiæ Ducem.* Pariſ. 1558. *in*-8°.

5. *De Theavilla capta Carmen.* Pariſ. 1558. *in*-4°.

6. *Ad Carolum Cardinalem Lotharingium de Pace Carmen.* 1558. *in*-4°.

7. *De Sàcra Franciſci II. initiatione, Regnique ipſius adminiſtratione ſermo.* Pariſ. 1560. *in*-4°. C'eſt une piece de vers, qui a été traduite en vers François par *Joachim du Bellay,* ſous le titre de *Diſcours au Roi, contenant une brieve & ſalutaire inſtruction, pour bien & heureuſement regner.* Paris 1560. *in*-4°. Et dans les œuvres de *du Bellay.*

8. *Variorum Poëmatum ſilva.* Baſilea 1568. *in*-8°. Avec les Poëſies de *Buchanan.*

9. *Epiſtolarum, ſeu Sermonum libri ſex.* Pariſ. 1585. *in-fol.* C'eſt un Recueil de ſes Poëmes Latins, tant imprimés que Manuſcrits, qui ont été raſſemblés par les ſoins de MM. *De Pibrac, de Thou, & Scevole de Sainte-Marthe.* Cette édition eſt fort belle. *It. Lugduni* (c'eſt-à-dire, *Geneva*) 1592.

1592. *in-8°.* It. ſous le titre de *Car-*   M. DE
mina. Editio à prioribus diverſa, &   L'HOSPI-
auctior. Amſtelodami 1732. *in-8°.* Pier-   TAL.
re *Vlaming,* qui a donné cette der-
niere édition, y a joint pluſieurs
Poëſies anecdotes de *Michel de l'Hô-*
pital; c'eſt pour cela qu'au lieu de
ſix livres *Epiſtolarum* & *Sermonum,*
il en a mis ſept, dont le dernier contient en partie les *Tumuli.* A la ſuite
eſt *Mantiſſa Carminum Miſcellaneo-*
rum, dont pluſieurs ſont pleins de
Lacunes. Le talent de *l'Hoſpital* pour
la Poëſie, a été fort celebré par M.
de *Sainte-Marthe,* & M. *de Thou;*
mais on ne peut nier qu'il n'y ait un
peu de flaterie & de prevention dans
les loüanges exceſſives qu'ils lui ont
données ſur ce ſujet. Il faut cependant
que ſes pieces ayent quelque goût
de l'antiquité, pour avoir ſçu im-
poſer à un auſſi bon connoiſſeur que
Boxhornius, qui ayant vû ſa piece *de*
Lite, ou *Litium execratio,* la prit
pour une piece ancienne, & la fit
entrer comme telle avec des notes de
ſa façon, dans ſes *Poëtæ Satyrici Mi-*
nores, cum Commentariis. Lugd. Bat.
1632. *in-8°. Vlaming* a ajouté ces no-
    Tome XXXI.   V

M. DE L'HOSPI- TAL.

tes de *Boxhornius* à la fin de son édition. *Nicolas Rapin* a pris la peine de mettre en vers François *Discours de M. le Chancelier de l'Hôpital à ses amis traduit du Latin.* Poitiers 1601. *in*-4°. It. Dans le Recueil de ses Oeuvres.

10. *Harangue contenant la Remontrance faite devant la Majesté du Roi très-Chrétien Charles IX. tenant ses grands Etats en sa ville d'Orleans, mise depuis par écrit.* Blois 1561. *in*-4°.

11. *Discours des raisons & persuasions de la paix en* 1568. Il se trouve à la p. 172. d'un *Recueil de pieces servant à l'Histoire.* Paris 1623. *in*-4°.

12. *Testament de Michel de l'Hospital.* Il se trouve à la p. 199. du Recueil dont je viens de parler; dans la *Bibliotheque Choisie de Colomiés* à la p. 818. du 3e. tome de la *Bibliotheque du Droit François par Laurent Bouchel.* Paris 1667. *in-fol.* dans le Chapitre 8e. du livre 2. des Additions aux *Mémoires de Castelnau*; & dans les *Capitaines François de Brantome*, tome 2e. Article du Connetable de *Montmorenci.* Ce Testament

est daté du 12. Mars 1573. c'est-à-
dire, de la veille de sa mort.

Un endroit de ce Testament, où
il dit : *Quant à mes funerailles & se-*
pulture (que les Chrétiens n'ont pas en
grande estime) je laisse à ma femme &
Domestiques d'en faire ce qu'ils vou-
dront; a excité la bile de *Genebrard*,
qui l'a relevé rudement dans son O-
raison funebre de *Pierre Danes.* Mais
il auroit été facile à un homme moins
prevenu & moins emporté que lui, de
l'entendre d'une maniere raisonna-
ble & Chrétienne.

13. *Mémoires du Chancelier de l'Hô-*
pital, contenant plusieurs Traités de
Paix, Appanages, Mariages, Neu-
tralités, Reconnoissances, Foy & Hom-
mages & autres droits de Souveraineté.
Cologne 1572. *in*-12. On ne voit ici
qu'un simple catalogue de ces Actes,
faits depuis l'an 1551. jusqu'en 1556.

V. *Le Testament.* C'est où l'on
trouve le plus de particularités. *L'Hi-*
stoire des Grands Officiers de la Couron-
ne du P. Anselme. C'est de là que j'ai
tiré la plûpart des dates. *Theodori*
Bezæ Icones. Ce ne sont que des choses generales qui n'apprennent rien.

V ij

On y a relevé ce que d'autres ont relevé auſſi, qu'il reſſembloit aux portraits qui nous reſtent d'*Ariſtote* dans
les Medailles. *Sanmarthani Elogia.*
Bayle, *Dictionnaire.*

LUC HOLSTENIUS.

LUC *Holſtenius* naquit à *Ham-*
bourg en 1596.

Après avoir fait ſes études dans
ſa patrie avec beaucoup de ſuccès, il
vint voyager en France, où il s'acquit une grande reputation par ſon
merite & ſa capacité, & il demeura
quelque temps à *Paris* chez le Preſident *de Meſmes.*

Il paſſa enſuite à *Rome*, où il s'attacha au Cardinal *François Barberin.*
On lit dans le *Menagiana* tom. 1. p.
373. qu'ayant un jour dans un diſcours public traité ce Cardinal d'*E-*
minentiſſime, tous les Cardinaux voulurent depuis être traités de même.
Ce qui donna lieu au Decret par lequel *Urbain VIII.* ordonna le dix
Juin 1630. que les titres d'*Eminen-*
ce, & d'*Eminentiſſime* fuſſent attri-

bués aux Cardinaux.

Le même Pape donna à *Holstenius*
un Canonicat de *S. Pierre* , & *Inno-*
cent X. le nomma Garde de la Bibliotheque du Vatican.

Alexandre VII. l'envoya en 1655.
au devant de la Reine *Christine* de
Suede , & il reçut sa Profession de
foy à *Inspruck.*

Tout le reste de sa vie a été rempli par l'étude & le travail.

Il mourut à *Rome* le 2. Février
1661. âgé de 65. ans. Le Cardinal
Barberin , qu'il fit son heritier , lui
fit dresser un tombeau de Marbre
dans l'Eglise de *Sainte Marie dell'*
Anima , de la Nation Allemande ,
sur lequel on grava cet Epitaphe.

D. O. M.

Luca Holstenio , Saxoni , Hambur-
gensi , qui clarus in Galliis , Romæ
clarior , Gentium omnium ætatumque
historias & Ecclesiæ res mente complec-
tens , diversis regionibus peragratis ,
diversos earum fines & nomina probe
tenuit , varias quoque linguas , præter
Græcam Latinamque , quarum scripto-

*ribus plurimum lucis attulit : antiquam
Philosophiam calluit : ab Urbano VIII.
Canonicatu Basilicæ Vaticanæ , ab Innocentio X. Præfectura Bibliothecæ or-
natus , ab Alexandro VII. sapienter
unus electus , ut occurreret Suecorum
Gothorumque Reginæ incomparabili ,
quæ miram in tanto viro summi ingenii,
summæque modestiæ conjunctionem su-
spexit & prædicavit : vita denique lau-
datissima & illustrium operum cursu in-
terrupto , eximius patriæ Germaniæ amator , propugnatorque religionis Catho-
licæ, Obiit IV. Nonas Februarii anno
1661. ætatis 65.*

*Franciscus Barberinus , Cardinalis
S. R. E. V. C. Hæres ex asse amico
optimo posuit.*

Holstenius étoit très-sçavant dans
l'Antiquité Ecclesiastique & Profa-
ne , avoit un jugement fin & une
critique exacte, & écrivoit avec beaucoup de pureté & de netteté. Il n'a
pas composé de grands Ouvrages ;
mais il a fait des notes & des Dissertations exactes & judicieuses , dont
la plûpart ont été données après sa
mort, ou inserées par ses amis dans
leurs Ouvrages. Il étoit fort habile

dans la Géographie & très-verſé dans la Philoſophie de *Platon.*

Il étoit né dans la Religion Lutherienne ; mais il embraſſa depuis
la Catholique, & ce fut le P. *Sirmond,* Jeſuite, qui le convertit.

On trouve dans le *Menagiana* tom.
1. p. 222. un de ſes bons mots, qui
fait connoître ſon érudition & ſa
preſence d'eſprit, & qu'il faut rapporter ici. ∞ Diſputant un jour con-
∞ tre deux ou trois ſçavans à la table
∞ du Cardinal *François Barberin,* il
∞ lui échappa dans la chaleur de la
∞ diſpute un vent poſterieur haut &
∞ clair. Le Cardinal en ſoûrit, & les
» convives à qui *Holſtenius* adreſſoit
» la parole, en rirent avec éclat.
∞ Pour lui, ſans ſe deconcerter : Je
∞ puis, dit-il, ſe tournant vers le
∞ Cardinal, appliquer fort bien en
∞ mon nom ce paſſage de *Virgile* à
∞ votre Eminence;

∞ —— *Tu das epulis accumbere Di-
vum.*

∞ Mais non pas le vers ſuivant.

∞ *Ventorumque facis tempeſtatumque
potentem.*

∞ Cela fut trouvé fort juſte, parce

L. Hol- » que le Cardinal ni les autres ne se
STENIUS. » souvinrent pas que dans ce dernier
» vers, qui est le 80e. du 1er. livre
» de l'Eneide, il y a *Nimborumque*,
» & non point *Ventorumque.*

Catalogue de ses Ouvrages.

1. *Endecasyllabi in nuptias Thaddæi Barberini & Annæ Columnæ. Roma* 1627. *in-*4°. & 1629. *in-*8°.

2. *Emendationes in Eusebii librum contra Hieroclem.* Ces Corrections, qu'il a faites sur un Manuscrit de la Bibliotheque du Roi, se trouvent dans une édition de l'Ouvrage d'*Eusebe* & de sa *Preparation Evangelique*, faite à *Paris* en 1628. *in-fol.* *Holstenius* ne s'est pas contenté de corriger le texte Grec, il a fait aussi plusieurs changemens dans la version Latine de *Zenobe Acciaioli*, qui est fort peu exacte.

3. *Porphyrii liber de Vita Pythagoræ; nec non sententiæ ad intelligibilia ducentes, & de Antro Nympharum in Odyssea descripto, Gracè & Latinè, Interprete & notatore Luca Holstenio, qui dissertationem de Porphyrii vita & scriptis adjecit. Romæ* 1630. *in-*8°. It. *Cantabrigiæ* 1655. *in-*8°. *Holstenius* n'a
con-

conduit ses notes que jusqu'à la 17e. L. HoL-
page de la vie de *Pythagore* ; un long STENIUS.
voyage, qu'il fit alors aux extremi-
tés de la Sarmatie, l'ayant empêché
de les pousser plus loin. Elles ont été
inserées avec la vie de *Pythagore* par
Porphyre, dans une édition que *Lu-*
dolf Kuster en a donnée à la suite de
la vie du même *Pythagore* par *Jam-*
blique en 1707. à *Amsterdam in-4°.*
Mais il n'y a point fait entrer la dissertation d'*Holstenius* sur la vie & les
Ecrits de *Porphyre.*

4. On trouve deux Lettres d'*Hol-*
stenius dans le premier volume de
celles de *Fortunio Liceti*, publiées
sous ce titre : *De Quæsitis per Episto-*
las à Claris Viris Responsa F. Liceti.
Bononiæ 1640. in-4°. Ce sont les deux
premieres du livre, l'une est datée
du 25e. Août 1635. & l'autre l'est
du 30. Mars 1638.

5. *Demophili, Democratis, & Se-*
cundi sententiæ Morales, Gracè & La-
tinè, Holstenio Interprete, cum notis.
Romæ 1638. in-12. It. *Lugd. Bat.*
1639. in-12. It. dans les *Opuscula*
Mythologica Ethica & Physica imprimés par les soins de *Thomas Gale* à
Tome XXXI. X

Cambrige l'an 1670. *in-*8°. & à *Amsterdam* 1688. *in-*8°. On a retranché
mal à propos dans cette derniere édition les Préfaces d'*Holstenius.*

6. *Notæ in Sallustium Philosophum
de Diis & Mundo.* Dans l'Edition
donnée par *Leon Allatius. Roma* 1638.
*in-*8°. It. Avec l'Ouvrage précedent
dans toutes ses éditions.

7. *Notæ in Apollonii Argonautica.*
Dans une édition de cet Ouvrage,
faite avec la version & les Notes de
Jeremie Hoeltzlin. Lugd. Bat. 1641.
*in-*8°. Les Notes d'*Holstenius* sont
courtes, mais judicieuses & sçavantes.

8. *Arrianus de Venatione liber, Græcè & Latine, Interprete Luca Holstenio. Paris.* 1644. *in-*4°.

9. *Christiani Ranzovii ad Georgium
Calixtum Epistola, qua sui ad Ecclesiam Catholicam accessus rationes ex-
ponit. Roma* 1651. *in-*8°. *Holstenius*
est l'éditeur, ou peut-être même
l'Auteur de cette Lettre.

10. *Lucæ Holstenii Testimonium adversus Gersenistas pro Thoma à Kem-
pis.* Publié par *Gabriel Naudé* dans
son *Testimonium adversus Gersenistas
triplex. Paris.* 1652. *in-*8°.

11. *De Abaſſinorum Communione ſub unica ſpecie.* Dans le 2e. livre des *Symmicta* d'*Allatius.* Coloniæ. 1653. in-8°. p. 436.

12. *De Sabbatho flumine.* Dans le même livre. p. 439.

13. *Codex Regularum, quas ſancti Patres Monachis & Virginibus Sanctimonialibus ſervandas præſcripſere, collectus olim à S. Benedicto, Ananienſi Abbate, Lucas Holſtenius in tres partes digeſtum auctumque edidit, cum Appendice, in quâ SS. Patrum exhortationes ad Monachos & Virgines de obſervantiâ vitæ Religioſæ. Romæ 1661. in-4°. It. Prodit nunc primum in Galliis. Pariſ. 1663. in-4°.* L'Editeur étant mort avant l'impreſſion de cet Ouvrage, n'a pû y ajouter les notes, les Préfaces, & le ſçavant gloſſaire qu'il y deſtinoit. Ainſi l'on s'eſt contenté de mettre à la tête ce qu'on a trouvé dans ſes papiers ſur cette matiere, & à la fin une explication abregée des mots les plus difficiles à entendre.

14. *Collectio Romana bipartita veterum aliquot Hiſtoriæ Eccleſiaſticæ Monumentorum, edi cœpta à Lucâ Hol-*

X ij

L. HOL-STENIUS.

L. HOL-*stenio*, *absoluta post ejus mortem; notis*
STENIUS. *ipsius Posthumis adjunctis.* Romæ 1662.
in-8°.

15. *Passio SS. Perpetuæ & Felicita-*
tis, & Bonifacii Romani; nec non Acta
SS. Tarachi, Probi, & Andronici;
cum notis L. Holstenii, & ejus ad Ba-
ronii Martyrologium Romanum ani-
madversis. Romæ 1663. *in-8°.* It. *Pa-*
ris. 1664. *in-8°.*

16. *Lucæ Holstenii Annotationes in*
Geographiam sacram Caroli à S. Pau-
lo; Italiam antiquam Cluverii; & The-
saurum Geographicum Ortelii: quibus
Accedit Dissertatio duplex de Sacra-
mento Confirmationis apud Græcos. Romæ 1666. *in-8°.* Les Remarques sur
la *Geographia Sacra Caroli à S. Pau-*
lo, ont été réimprimées avec cet Ouvrage à *Amsterdam* en 1704. *in-fol.*
Les deux dissertations *de Ministro &*
forma Sacramenti Confirmationis l'ont
été à la suite des *Opera Posthuma*
Joannis Morini. Paris. 1703. *in-4°.*

17. *Theodoti Ancyrani expositio in*
Symbolum Nicænum adversus Nesto-
rium, primum edita. Græcè & Latinè,
Holstenio Interprete. Romæ 1669. *in-*
8°.

18. *Sententia de editione Concilii Ba-* L. Hol-
sileensis. Dans le 13. volume des Con-stenius.
ciles du P. *Labbe. Paris.* 1672. *in-fol.*
P. 1656.

19. *Dissertationes tres , duæ de Epi-*
stola Synodica Alexandri , Episcopi
Alexandrini , tertia de Episcopatu Sy-
nesii. Dans l'Edition de l'Histoire
Ecclesiastique de *Theodoret* & d'*Eva-*
gre, donnée par *Henri de Valois. Pa-*
ris 1673. *in-fol.*

20. *Dissertationes Epistolicæ.* Dans
la Collection de Lettres , que *Ri-*
chard Simon a donnée avec la vie du
P. *Morin,* sous le titre d'*Antiquitates*
Ecclesiæ Orientalis. Londini 1682. *in-*
12.

21. *Notæ & Castigationes posthumæ*
in Stephani Byzantini Εθνικὰ *, sive de*
Vrbibus , editæ à Theodoro Ryckio.
Lugd. Bat. 1684. *in-fol.* L'Editeur à
joint aux Notes d'*Holstenius, Scymni*
Chii, Geographi veteris fragmenta græ-
ca, ab Holstenio latine reddita , qui
n'avoient point encore paru , & les
quatre Opuscules suivans.

22. *Commentariolus in veterem pic-*
turam Nymphæum referentem. Disserta-
tio de Pila Staffilari. De *Milliario au-*

X iij

L. HoL- *reo error popularis. Laus Boreæ. Romæ*
STENIUS. 1676. *in-fol.* Les trois premiers opuſcules ont été inſerés dans le quatriè-
me volume des *Antiquités Romaines*
de *Grævius*. Le dernier eſt un diſcours
à la loüange du vent *Borée*, qu'il
prononça dans le palais du Mont
Quirinal en preſence du Gouverneur de *Rome*, & de pluſieurs Cardinaux. Il y a de l'eſprit & de l'érudition, mais il paroît plus digne
d'un jeune écolier, que d'un homme grave, qui parloit devant des
Prelats.

23. *Epiſtola ad Franciſcum Cardinalem Barberinum de fulcris, ſeu ve-
rubus ſimulacri Dianæ Epheſiæ.* A la
ſuite de l'Ouvrage intitulé: *Symbo-
lica Dianæ Epheſiæ ſtatua, à Cl. Me-
netreio expoſita. Roma* 1688. *in-fol.* &
dans le 7e. volume des *Antiquités
Grecques* de *Gronovius*.

24. *Lucæ Holſtenii Epiſtolæ* XXII.
*ad Petrum Lambecium ſcriptæ, ob na-
tivam ſtili elegantiam, prudentiſſima
monita, & præcepta, ac variarum rerum eruditarum notitiam, nunc primum
ſeorſim editæ cura Henrici Chriſtiani
Crugeri Luneburgenſis. Jenæ* 1708. *in-*

8°. pp. 88. Ces Lettres avoient déja L. Hol-
paru dans le 6e. livre des Commen- STENIUS.
taires de *Lambecius* sur la Bibliotheque Imperiale, imprimés en 1674.
Elles sont toutes écrites à *Lambecius*, dont *Holstenius* étoit l'oncle
maternel, & à l'éducation duquel il
s'interessoit extrêmement ; & s'éten-
dent depuis l'année 1640. jusqu'à
l'an 1650.

25. Dans l'Edition des Oeuvres
de *S. Athanase*, publiée à *Paris*, en
1627. *in-fol.* deux vol. il y a sept
nouvelles Homelies, attribuées à ce
Saint, mais qui ne sont point de lui ;
dont la Version Latine est d'*Holstenius*. Elles ont été conservées dans
les éditions suivantes.

26. *Lucæ Holstenii de libris optimis
& maximam partem ineditis Bibliothecæ Mediceæ Judicium, cum esset Florentiæ anno* 1640. Inseré à la p. 91.
& suivantes du premier tome des
Selecta Historica & Litteraria de *Michel Lilienthal. Regiomonti* 1715. *in-*
8°.

V. *Albatii Apes Urbanæ.* Bibliotheque des Auteurs *Ecclesiastiques* de *M.
du Pin.*

X iiij

OTHON MENCKE.

OTHON
MENCKE.

OTHON *Mencke* naquit le 22. Mars 1644. à *Oldenbourg*, ville de la Westphalie, de *Jean Mencke*, Marchand & Senateur de cette ville, & d'*Anne Sophie Spiesmacher*.

Il fit ses premieres études dans sa ville natale, & passa à l'âge de 17. ans à *Breme*, où il s'appliqua à la Philosophie. Après une année de séjour en ce lieu, il se rendit à *Leipsic* en 1662. & il y fut reçu Maître-ès-Arts en 1664. Il alla ensuite visiter d'autres Academies, *Jene*, *Wittemberg*, *Groningue*, *Franequer*, *Utrecht*, *Leyde*, & *Kiel*.

Jean Burchard Mencke, son fils, rapporte dans son second discours de la Charlatanerie des Sçavans, un trait, qu'il ne faut pas oublier ici. Il y dit que son pere revenu de la forte prevention, où il avoit été autrefois pour les bagatelles Metaphysiques, qu'on enseignoit dans les Ecoles, gemissoit toutes les fois qu'il pensoit au temps qu'elles lui avoient fait perdre, & qu'il auroit pû employer à des choses plus solides. Etant, ajoute-t'il, à *Jene* pendant sa jeunesse, il y proposa des Theses: *De Precisione inter creata realiter identificata, num objectiva sit, an vero tantum formalis?* Son entreprise parut hardie & temeraire. On s'étonna qu'un jeune homme eût choisi une matiere si fort embroüillée, & si peu connuë, & qu'il osât se commettre avec des gens aguerris à la dispute. Personne ne doutoit de sa defaite, & l'on entendoit entre autres un Adjoint de l'Université menacer de le terrasser sans peine. Cet homme, qui passoit pour un disputeur redoutable, l'attaqua en effet avec beaucoup de vivacité, & employa toute son habileté pour le vaincre; mais il ne put y réussir, le Répondant repoussa avec vigueur toutes ses attaques, & demeura victorieux. L'Adjoint piqué de cet affront resolut de s'en vanger, en rendant son nouveau concurrent l'objet de l'envie & de l'aversion des Ecoliers. Pour cet effet il fit afficher le lendemain aux portes de l'Aca-

OTHON
MENCKE.

demie, qu'il alloit faire des leçons publiques, où il montreroit que dans les Disputes, les Tenans & le President même doivent se comporter d'une maniere qui ne choque point les regles de la bienséance & de la modestie. Ce que *Mencke* n'eut pas plûtôt appris, qu'il fit afficher au même endroit, qu'il se proposoit d'enseigner quelles sont precisement ces regles de prudence & de modestie, que le President, le Soutenant, & en particulier l'Attaquant doivent observer : ce qui lui réussit si bien, que tous les Etudians vinrent en foule à ses leçons.

Othon Mencke de retour à *Leipsic*, se donna pendant quelque temps à la Théologie & à la Jurisprudence.

En 1668. il fut fait Professeur en Morale dans cette Université, & prit trois ans après, c'est-à-dire, en 1671. le degré de Licence en Théologie.

Il se maria le 24. Septembre 1672. & épousa *Magdelaine Sibylle Berlich*, dont il eut entre autres *Jean Burchard*, dont je parlerai plus bas, & *Anne Sophie*, qui fut mariée à *Jean*

Chriſtophe Wichmanshauſen, Profeſ- OTHON
ſeur de Poëſie, & enſuite des lan- MENCKE.
gues Orientales à *Wittemberg*.

Il remplit ſa Chaire de Morale
juſqu'à la fin de ſa vie avec beaucoup
de reputation ; & fut cinq fois Recteur de l'Univerſité de *Leipſic* , &
ſept fois Doyen de la faculté de Philoſophie.

Differentes attaques d'apoplexie
& de paralyſie le conduiſirent au
tombeau, & il mourut le 29. Janvier 1707. dans ſa 63e. année.

Catalogue de ſes Ouvrages.

1. Il a fait réimprimer à *Leipſic*
l'an 1677. *in-fol.* l'*Hiſtoire Pelagien-
ne* du Cardinal *Noris*. L'Edition du
Canon Chromicus de *Marsham* , qui
a paru dans la même ville *in-4°.* a
été auſſi faite par ſes ſoins. Il a procuré encore une nouvelle édition
des Annales de la Reine *Elizabeth*
par *Camden* , & de quelques autres
Ouvrages.

2. Il a publié de nouveau l'*Hiſtoria univerſalis ſacra & profana* de
Marc Zuerius Boxhornius , & y a
joint une continuation de dix années. Son édition a été faite à *Leip-*

OTHON *sic* en 1675. *in*-4°.

MENCKE.   3. *Georgii Hornii Orbis Politicus,*
cum animadversionibus Ottonis Menc-
kenii. Lugd. Bat. 1668. *in*-12.

4. L'Ouvrage le plus important
qu'on ait de lui, & qui suffit seul
pour l'immortaliser, est le Journal
de *Leipsic*, dont il a été le premier
Auteur, & auquel il a travaillé jusqu'à la fin de sa vie. Lorsqu'il en eut
formé le dessein, il commença par
se faire des liaisons avec les Sçavans
de tous les Pays, pour être mieux
instruit ce qui s'y passeroit par rapport aux Lettres ; il fit même dans
cette vûe un voyage en Hollande
& en Angleterre. Il s'associa ensuite
plusieurs personnes de merite pour
l'aider dans son travail, & prit toutes les mesures necessaires pour le
rendre durable. L'Electeur de Saxe
voulut bien contribuer par ses liberalités au succès de cette entreprise,
& l'on vit paroître le commencement de l'Ouvrage avec l'année
1682. sous le titre d'*Acta Erudito-*
rum. Othon Mencke continua jusqu'à
sa mort à en donner avec ses Asso-
ciés tous les ans un volume *in*-4°.

OTHON
MENCKE.

avec des ſupplemens de temps en temps, & des *Index* tous les dix ans ; ce qui faiſoit déja trente volumes, lorſqu'il mourut. Il fit promettre au lit de la mort à ſon fils *Jean Burchard*, qu'il continueroit toûjours cet Ouvrage, qu'il avoit fort à cœur, & ſon fils à executé ponctuellement cette promeſſe.

5. *Micropolitia, ſeu Reſpublica in Microcoſmo conſpicua. Lipſia* 1666. *in-*4°.

6. *Jus Majeſtatis circa Venationem. Lipſia* 1674. *in-*4°.

7. *De juſtitia auxiliorum contra Fœderatos. Lipſia* 1685. *in-*4°.

8. *Programma de origine Domus Hohenzollerianæ. Lipſia* 1703. *in-*4°.

9. *Programma : an recentiores Logici, quos ab ideis non male, parum licet Latine, ideales dixeris, ſemet aliis artis ratiocinativæ magiſtris jure merisoque præferant. Lipſia* 1704. *in-*4°.

V. *Nova Litteraria Germaniæ, anni* 1707. *p.* 92.

JEAN BURCHARD MENCKE.

J. B.
MENCKE.

JEAN *Burchard Mencke* naquit à *Leipsic* le 8. Avril 1674. d'*Othon Mencke*, dont je viens de parler, & de *Magdelaine Sibylle Berlich*.

Après ses études d'Humanités, il passa à la Philosophie qu'il apprit en partie de son pere, & fut reçu Maître-ès-Arts en 1694.

Il donna ensuite quelque temps à l'étude de la Théologie ; après quoi il voyagea en Hollande & en Angleterre. La reputation de son pere, & son merite particulier lui procurerent un accès favorable chez tous les sçavans des lieux où il passa, & il s'empressa de profiter de leur conversation.

Son voyage dura un an ; & à peine fut il de retour à *Leipsic* en 1699. qu'on le nomma Professeur en Histoire, à la place d'*Adam Rechenberg*, qui avoit quitté depuis peu cet emploi.

Son premier dessein étoit de se fixer à la Théologie ; mais il l'aban-

donna bientôt après par le conſeil
de ſes amis, pour ſe tourner du côté de la Juriſprudence. L'application, qu'il donna à cette derniere
ſcience, eut tant de ſuccès, qu'il
s'y fit recevoir Docteur à *Hall* en
1701.

J. B.
Mencke.

Orné de ce titre il retourna à *Leipſic* continuer ſes leçons d'Hiſtoire,
par leſquelles il ſe fit beaucoup
d'honneur & de reputation.

Frederic Auguſte, Roi de Pologne, & Electeur de Saxe, conçut
tant d'eſtime pour lui, qu'il le choiſit en 1708. pour ſon Hiſtoriographe, à la place de *Guillaume Erneſt
Tentzel*, qui étoit mort le 24. Novembre de l'année précedente; qualité à laquelle il ajouta en 1709. celle
de ſon Conſeiller, & en 1723. celle
de Conſeiller Aulique.

Ces marques de bienveillance de
la part de ſon ſouverain lui acqui-
rent un grand credit dans l'Univerſité de *Leipſic*, dont il remplit pluſieurs fois les principales dignités.

Il avoit épouſé *Catherine Marguerite Gleditſch*, fille d'un Libraire de
Leipſic, avec laquelle il a vêcu tren-

te ans, & dont il a eu deux fils, *Frederic Othon*, & *Charles Othon*.

Sa santé s'altera de bonne heure, & il mourut le 1. Avril 1732. âgé seulement de 58. ans.

Il avoit été reçu en 1700. dans la Société Royale de *Londres*, & quelque temps après dans celle de *Berlin*.

Catalogue de ses Ouvrages.

1. De *Augustorum Augustarumque consecratione è Nummis dissertatio. Lipsiæ* 1694. *in-*4°.

2. De *eo quod decorum est. Lipsiæ* 1695. *in-*4°.

3. De *Monogrammate Christi. Lipsiæ* 1696. *in-*4°.

4. De *eo quod placet. Lipsiæ* 1697. *in-*4°.

5. De *Viris Toga & Sago illustribus. Lipsiæ* 1699. *in-*4°.

6. De *Causis bellorum inter Eruditòs Oratio. Lipsiæ* 1699. *in-*4°.

7. De *eo quod justum est circa testimonia Historicorum. Halæ* 1701. *in-*4°. C'est la dispute qu'il soutint, lorsqu'il se fit recevoir Docteur en Droit.

8. De *Græcarum Latinarumque Litterarum*

*terarum inſtauratoribus in Miſnia. Lip-
ſiæ* 1701. *in-*4°.

9. *Sigiſmundi Auguſti, Poloniarum
Regis, Epiſtolæ, Legationes & Re-
ſponſa. Necnon Stephani Batorii, Regis Poloniæ, Epiſtolarum decas & oratio ad Ordines Poloniæ; è Muſæo H.
de Huyſſen. Acceſſerunt Opuſcula duo
alia, ad electionem Regis Sigiſmundi
III. ſpectantia. Omnia recenſuit Joannes Burchardus Menkenius. Lipſiæ*
1703. *in-*8°. *pp.* 712. Toutes les
piéces de ce Recueil ſont curieu-
ſes.

10. *Poëſies Galantes de Philander
von der Linde.* (en Allemand) *Lipſic*
1705. *in-*8°. *Mencke* a toûjours beaucoup cultivé ſa langue, & s'eſt amu-
ſé dans ſa jeuneſſe à compoſer quelques Poëſies Galantes, ou à traduire
en vers Allemands pluſieurs piéces
des Poëtes Erotiques tant Grecs &
Latins, que François, Italiens & Anglois. Il les fit imprimer depuis à la
priere de ſes amis; mais il jugea à
propos de ne les pas publier ſous
ſon nom, mais ſous le nom ſuppo-
ſé de *Philander von der Linde.* Ce fut
ainſi qu'il en uſa encore, lorſqu'il

Tome XXXI. Y

J. B.
MENCKE.

mit au jour ses autres Poësies Alle-
mandes, qui toutes ensemble font
quatre volumes.

11. *Poësies badines & serieuses de
Philander von der Linde.* (en Allemand) *Leipsic* 1706. *in-8°.* deux vol.
La plûpart des pieces de ce Recueil
font des traductions.

12. *Mélange de Poësies de Philander von der Linde.* (en Allemand)
Leipsic 1710. *in-8°.* Ce font les pieces d'une plus grande étenduë que
les précedentes. Elles ont toutes été
imprimées pour la seconde fois à
Leipsic en 1713. avec un Dialogue
de l'Auteur sur la Poësie Allemande, & sur ses differentes Especes.

13. *Programma de Mindelhemio,
Sueviæ urbe ac Dynastia, in Principa-
tum Imperii nuper erecta. Lipsiæ* 1706.
in-4°.

14. *Dissertatio Politico-Historica de
Nævis politicis Caroli V. Imperatoris.
Lipsiæ* 1706. *in-4°.*

15. *M. Antonii Campani, Episcopi Aprusini, Epistola & Poëmata, unâ
cum vita Autoris. Recensuit Jo. Buro.
Menckenius. Lipsiæ* 1707. *in-12.* La
vie, qui est à la tête, est un abregé

de celle que *Michel Ferno* avoit mi-
ſe à la tête de ſon édition des œuvres de *Campani*. *Mencke* a joint aux
Ouvrages de ce dernier, un diſcours
qu'il avoit prononcé à *Leipſic* en
1701. ſur l'averſion que cet Auteur
témoigne pour les Allemands.

16. *Petri Alcyonii Medices Lega-*
tus, ſive de Exilio libri duo. Acceſſe-
re Joan. Pierius Valerianus & Corne-
lius Tollius de Infelicitate Litterato-
rum, ut & Joſephus Barberius de Mi-
ſeria Poëtarum Græcorum ; cum Præfa-
tione Joan. Burch. Menckenii. Lipſiæ
1707. *in-12.* Tous ces Ouvrages meritoient d'être réimprimés, à l'exception de celui de *Barberius*, qui
n'eſt qu'une miſerable rapſodie.

17. *De Feimeris, veteris Weſtpha-*
lorum Judicii Scabinis. Lipſiæ 1707.
in-4°.

18. *Oratio de Angliæ & Scotiæ U-*
nione. Lipſiæ 1707. *in-4°.*

19. *La vie & les actions de l'Em-*
pereur Leopold I. (en Allemand)
Leipſic 1707. *in-4°.*

20. *Diſſertatio Hiſtorico-Litteraria*
de Viris Militia æque ac ſcriptis illu-
ſtribus. Lipſiæ 1708. *in-4°.* Le verita-

Y ij

J. B.
MENCKE.

ble Auteur de cette dissertation est *Jean Chrétien Biel*, qui l'a défendue sous *Mencke* : celui-ci l'a seulement retouchée & y a fait quelques additions.

21. *Schediasma de Commentariis Historicis quos Galli* Mémoires *vocant. Lipsiæ* 1708. *in-4°.* Ce sont des observations sur les Mémoires Historiques, qui ont paru en divers temps.

22. *Dissertatio Juris Publici de Electoratu Saxonico, Friderico Bellicoso jure meritoque collato. Lipsiæ* 1709. *in-4°.*

23. *Méthode pour étudier l'Histoire ; avec un Catalogue des principaux Historiens. Nouvelle édition revue & augmentée de plusieurs livres & remarques par J. B. Mencke. Lipsic* 1714. *in-8°.* deux tom. *Mencke* a fait beaucoup d'additions & de corrections à l'Ouvrage de l'Abbé *Lenglet*, principalement par rapport aux Historiens d'Allemagne.

24. *De Charlataneria Eruditorum declamationes duæ. Lipsiæ* 1715. *in-8°.* It. *Cum notis Variorum. Accessit Epistola Sebastiani Stadelii ad Janum*

*Philomusum de circumforanea Litera-
torum vanitate. Editio tertia. Amstelodami.* (ou plûtôt à *Lipsic*) 1716. in-
8°. * Cet Ouvrage a été traduit en
François : *De la Charlatanerie des
Sçavans, par M. Mencken ; avec des
remarques critiques de differens Auteurs. La Haye* 1721. in-8°. * On en a
fait aussi deux traductions Alleman-
des, l'une publiée à *Hall*, qui n'est
pas exacte, & une autre meilleure
imprimée à *Leipsic*, l'une & l'autre
est accompagnée de remarques. Ces
remarques ne sont pas les mêmes
dans ces differentes éditions & traductions ; chaque éditeur ou traducteur a joint à l'Ouvrage celles qu'il
a jugé à propos. Plusieurs de celles
qui accompagnent la traduction
Françoise sont pueriles, & ne ser-
vent gueres qu'à grossir le volume. Le
dessein de *Mencke* a été de découvrir
les ruses & les artifices que les faux
sçavans employent pour se faire un
nom ; mais comme il a nommé ou
designé visiblement certaines personnes, il a excité la bile de quelques-uns, qui ont fait confisquer
son livre ; ce qui n'a pas empêché

J. M.
MENCKE.

* Se trou-
ve à Paris
chez Brias-
son.

* Se trou-
ve à Paris
chez Brias-
son.

J. B.
MENCKE.

qu'il ne se soit repandu par tout, &
qu'on n'en ait multiplié les éditions.

25. Il a eu part au *Dictionnaire des
Sçavans* publié à *Lipsic* en *Allemand*
l'an 1715. *in-fol.* C'est lui qui en a
formé le plan, qui a fourni aux sçavans, qui y ont travaillé, les principaux materiaux, & qui a fait les
articles des Italiens & des Anglois.

26. *Bibliotheca Menckeniana, quæ
Autores, præcipue veteres Græcos & Latinos, Historiæ item Litterariæ, Ecclesiasticæ & Civilis, Antiquitatum ac
Rei Nummariæ scriptores, Philologos,
Oratores, Poëtas & Codices MSS.
complectitur, ab Ottone, & Joan. Burc.
Menckeniis, patre & filio, multorum
annorum spatio studiose collecta, nunc
justo ordine disposita, & in usus publi-
cos aperta à Jo. Burc. Menckenio. Lipsiæ* 1723. *in-*8°. It. *Longe auctior.
Ibid.* 1727. *in-*8°. C'est *Mencke* lui
même qui a pris soin de dresser ce
Catalogue, qui est disposé dans un
ordre fort commode, dans le dessein de rendre sa Bibliotheque publique. Elle l'a été en effet jusqu'à
l'an 1728. qu'il prit le parti de la

vendre , & publia pour cela des ca- J. B.
talogues où étoient les prix qu'il Mencke.
mettoit à chaque livre.

27. Il a continué le Journal de
Lipſic après la mort de ſon pere,
pendant l'eſpace de 25. ans , & en a
publié trente-trois volumes , en y
comprenant les ſupplemens & les Index. *Frederic Othon Mencke* , ſon fils
ainé , lui a ſuccedé dans ce travail ,
& s'eſt propoſé de ſoutenir la reputation d'un Journal , qu'il regarde
avec raiſon , comme ſon Patrimoine,
puiſqu'il a pris naiſſance dans ſa famille , & qu'il y eſt demeuré ſans
interruption juſqu'à preſent.

28. *De Viris Eruditis , qui Lipſiam
doctrina & ſcriptis illuſtrem reddide-
runt, Oratio. Lipſiæ* 1709. *in*-4°.

29. *Scriptores Rerum Germanicarum, præcipue Saxonicarum , in quibus ſcripta & Monimenta illuſtria,
pleraque hactenus inedita , tum ad Hiſtoriam Germaniæ generatim , tum ſpe-
ciatim Saxoniæ ſuperioris , Miſniæ,
Thuringiæ &c. ſpectantia , continentur. Ex ſua Bibliotheca aliiſque edidit
Joannes Burchardus Menckenius. Lipſiæ. in-fol.* trois vol. Les deux pre-

miers en 1728. & le troisiéme en 1730.

V. *Son Eloge dans les Actes de Leipsic de l'an* 1732. *p.* 233.

JEAN SALMON MACRIN.

J. SAL-
MON MA-
CRIN.

JEAN *Salmon Macrin* naquit à *Loudun* l'an 1490. d'une famille honnête, mais pauvre.

Ceux qui ont crû que le nom de *Salmon*, pour *Salomon*, étoit un de ses noms de batême, se sont trompés. C'étoit son nom de famille; car on a une piece de vers de sa façon, qui a pour titre: *Ad Pacificum Salmonium, fratris filium.*

Il prit d'abord le surnom de *Maternus*; & c'est celui qu'il porte à la tête d'une piece de vers, qui se trouve parmi les œuvres de *Jean François Quintianus Stoa*, imprimées à *Paris* l'an 1514. *in-fol.* & qui a pour titre: *Joannis Salmonii Materni Lodunatis in Quintiani Parthenoeleam Exasticon.*

Deux ans après, signant des Hen-decasyllabes, qu'il fit pour le Poë-

me

me de *Valerandus Varanus*, Docteur de Sorbonne, *de Geſtis Joannæ Virginis. Pariſ.* 1516. *in-*4°. il changea, *Maternus* en *Macrinus* ; & il a conſervé toûjours depuis ce dernier ſurnom.

On ignore les raiſons de l'un & de l'autre. M. l'Abbé *le Clerc* croit qu'il peut ſe faire, qu'ils marquent le lieu de ſa naiſſance, & qu'ainſi *Maternus Lodunus*, fait alluſion à quelque petit lieu, qui n'étoit pas loin de *Loudun* ; mais c'eſt une pure conjecture haſardée, comme il le reconnoît.

Depuis, *Salmon* quitta entierement ſon nom de baptême, *Jean* ; & prit ſimplement ceux de *Salmon Macrin*.

Du Verdier a fait deux fautes dans le peu qu'il dit de cet Auteur p. 754. de ſa *Bibliotheque Françoiſe.* » Ayant, » dit-il, laiſſé le nom propre (de » *Jean*) qui par adventure lui fâchoit » à cauſe de ſa femme, il print pour » nom propre *Salmon*, & *Macrin* » pour ſurnom, pour autant que » le grand Roi *François* l'appelloit » *Macrinus*, de ce qu'il étoit maigre. Car premierement il eſt faux que

Tome XXXI. Z

J. SAL-MON MA-CRIN. ç'ait été le Roi *François I.* qui lui ait donné le surnom de *Macrin*, puisqu'il le portoit déja en 1516, comme on l'a vû ci-dessus, c'est-à-dire, quatre ans avant qu'il allât à la Cour, & qu'il fût connu du Roi, Secondement ce ne peut-être à cause de sa femme, qu'il ait quitté son nom de *Jean*; car il ne le prenoit plus huit ou dix ans avant son mariage.

Baillet n'a pas pris garde à ceci, quand enchérissant sur *du Verdier* qu'il n'a pas compris, il a dit dans les *Jugemens des Sçavans*, que *Salmon* voyant que son nom de *Jean* ne plaisoit pas à sa femme, s'en défit; mais l'un est aussi faux que l'autre.

Salmon ayant perdu son pere de bonne heure, demeura sous la tutelle de sa mere, qui prit soin de son éducation, & ne negligea rien pour cultiver les heureuses dispositions qu'il faisoit paroître.

Malgré la mediocrité de ses biens, elle l'envoya à *Paris*, où il fit une partie de ses études. Il y étudia entre autres sous *Jacques le Fevre d'Estaples*, qui y enseignoit alors. M.

l'Abbé *le Clerc* veut qu'il y ait lieu de douter de ce fait, parce qu'il n'en eſt rien dit dans l'Eloge funebre, que *Salmon* a faite de ce Docteur. Mais cet Eloge prétendu n'eſt qu'une fort petite piece de vers ſur ſa mort, où il n'a pas eu occaſion d'en parler, & d'ailleurs le fait eſt atteſté par M. de *Sainte-Marthe*, & M. de *Thou.*

Salmon porté par ſon genie particulier à la Poëſie Latine, s'y donna avec beaucoup d'ardeur, & compoſa dans ſa premiere jeuneſſe des pieces qui lui firent beaucoup d'honneur & de reputation.

Antoine Bohier, Archevêque de *Bourges* & Cardinal, touché de ſon merite, le prit auprès de lui; & lui fournit les moyens de cultiver les Muſes ſans inquietude. Mais il ne conſerva pas long-temps ce protecteur, qui mourut en 1519.

Il en trouva auſſitôt après un autre dans la perſonne de *René de Savoye*, Comte de *Tende*, Grand-Maître de France, qui le prit pour être Precepteur de ſes fils, *Claude* & *Honorat*, & qui le fit en même temps

Z ij

agréer au Roi *François I.* pour être du nombre de ses Valets de Chambre. On a une lettre de *Guillaume Budé*, qui le felicite du poste qu'il avoit auprès du Comte *de Tende*, & cette Lettre est du jour des Cendres de l'an 1520. Ce qui fait voir que cette année est celle de son entrée à la Cour, qu'il suivit toûjours depuis.

Il se maria en 1528. & épousa une fille de *Loudun*, nommée *Guillonne Boursault*, pour laquelle il conserva toûjours une tendresse extraordinaire; une bonne partie de ses vers roule sur ses loüanges, & lorsqu'elle fut morte, il immortalisa la douleur que lui causa sa perte, par un volume entier de Poësies. Comme il aimoit à donner un tour Grec à tous les noms, il lui donna celui de *Gelonis*; comme qui diroit *riante*, & c'est sous ce nom qu'elle paroît dans tous ses Ouvrages.

Il vécut avec elle pendant près de 22. ans, & en eut douze enfans, dont six seulement survécurent à leur mere. Il eut le chagrin de la perdre le 14. Juin 1550. dans sa 41. année.

Sainte-Marthe s'est trompé, quand il a avancé que *Salmon* se retira de la Cour après son Mariage ; on voit le contraire par ses Poësies.

J. SAL-
MON MA-
CRIN.

Dans une de ses pieces adressée au Roi *François I.* qui paroît être de l'an 1537. où elle fut imprimée, ou du moins de la précedente, il represente à ce Prince, qu'il y a près de 20. ans qu'il est a son service, & qu'il n'en est pas plus riche ; lui rappelle les gratifications qu'il faisoit aux gens des Lettres, & ausquelles il n'a-voit eu encore aucune part ; & le supplie enfin de le mettre au nombre de ses Poëtes, & de lui en donner la pension. On voit par les pieces suivantes qu'il obtint ce qu'il souhaitoit, & qu'il reçut une grace à peu près semblable de la Princesse *Marguerite*, fille du même Roi.

Il avoit en effet de bons protecteurs à la Cour en la personne du Cardinal *Jean du Bellay*, & de ses freres, par l'entremise desquels il parvint apparemment à ce qu'il desiroit.

Varillas dit dans son *Histoire de l'heresie* tom. 5. liv. 21. avoir appris de M. *Boulliaud*, qui étoit de *Lon-*

Z iij

J. SAL-
MON MA-
CRIN.

dun, auſſi bien que *Salmon*, un fait qui ne peut paſſer que pour un conte mal imaginé. » Son grand ami de » *Loudun*, dit-il après avoir parlé de » *Marot*, qui avoit changé ſon nom » de *Mitron*, en celui de *Macrin*, valet » de Chambre du Roy, Poëte Latin, » & grand imitateur de *Catulle* comme lui, ne fut pas plus heureux. » On l'accuſa devant le Roi d'être » de la nouvelle Religion, & Sa Ma- » jeſté le menaça de le faire pendre, » s'il en étoit convaincu. On ne ſçait » s'il étoit coupable, & tout ce que » l'on en peut dire, eſt que preſque » tous les beaux eſprits panchoient » alors vers le Calviniſme. La me- » nace de Sa Majeſté intimida *Ma-* » *crin* juſques-là, que ſortant du » *Louvre*, voyant de loin un pou- » lain, inſtrument dont les Tonne- » liers ſe ſervent pour deſcendre le » vin dans les Caves, il le prit pour » une potence, & en perdit l'eſprit ; » de ſorte qu'il ſe jetta & ſe noya dans » le premier puits qu'il rencontra.

Une Anecdote auſſi ſinguliere n'auroit point échappé à M. de *Sainte-Marthe*, qui étoit auſſi de

Loudun, & plus voifin du temps de *Macrin*, fi elle étoit veritable. Mais elle eft vifiblement fauffe : Car le fait auroit dû arriver au plus tard en 1547. puifque *François I.* mourut cette année ; or il eft fur que *Salmon Macrin* vêcut encore une dixaine d'années après lui. Il faut donc mettre ceci au nombre des imaginations de *Varillas.*

Salmon, qui parle fouvent dans fes Poëfies de l'envie qu'il avoit de fe retirer de la Cour, pour paffer le refte de fes jours dans le repos & dans la tranquillité, prit enfin ce parti ; mais on ignore l'année de fa retraite.

Il mourut à *Loudun* l'an 1557. âgé de 67. ans.

Il a fait un nombre prodigieux de vers Latins, qui lui ont acquis de fon temps une grande reputation. Il réuffiffoit fur tout dans les Odes : Cependant celles qu'il a faites dans fa jeuneffe, font beaucoup meilleures que celles qu'il a compofées dans un âge déja avancé.

Un de fes fils, appellé *Charles,* nom qu'il avoit changé en celui de

Z iiij

J. SALMON MACRIN.

J. SAL-
MON MA-
RIN.

Charilaus, fut auffi bon Poëte Latin que lui, mais le furpaſſa dans la connoiſſance de la langue Grecque. Il fut tué dans le maſſacre de la S. Barthelémi en 1572. étant Precepteur de la Princeſſe *Catherine de Bourbon*, ſœur d'*Henri IV*.

Catalogue de ſes Ouvrages.

1. *Elegia de Chriſti morte*, & de B. *Virgine Hymni aliquot*. Pariſ. 1515. in-4°.

2. *Elegiarum Triumphalium liber*. Pariſ. in-4°.

3. *Carminum libellus*. Pariſ. 1528. in-8°. Il y a à la fin de ce Recueil un court Epithalame *Salmonis* & *Gillonoes*. Ils furent en effet mariés cette année.

4. *Carminum libri* IV. Pariſ. 1530. in-8°.

5. *Lyricorum libri duo*, & *Epithalamiorum unus*. Pariſ. 1531. in-8°.

6. *Hymnorum libri ſex*, ad *Joannem Bellaium Cardinalem*. Pariſ. *Robertus Stephanus* 1537. in-8°.

7. *Odarum libri ſex ad Franciſcum Regem*. Lugduni 1537. in-8°.

8. *Septem Pſalmi in Lyricos numeros verſi* & *Pæanum libri quatuor*. Pict

tavis 1538. *in-8°.* It. *Iidem Psalmi cum Eobani Hessi & aliorum Paraphrasibus Poëticis in Psalmos.* 1556. *in-4°.*

J. SAL-
MON MA-
CRIN.

9. *Hymnorum Selectorum libri tres.* Paris. 1540. *in-8°.*

10. *De rebus in Gallia Belgica nuper gestis Carmen.* Paris. 1545. *in-8°.*

11. *Odarum libri tres, & Joannis Bellaii Cardinalis Poëmata aliquot ad Petrum Castellanum.* Paris. 1546. *in-8°.*

12. *Epigrammatum libri duo.* Pictavis 1548. *in-8°.*

13. *Epitome vitæ Jesu-Christi.* Paris. 1549. *in-8°.*

14. *Salmonii Macrini, Juliodunensis, Cubicularii Regii, Næniarum libri tres de Gelonide Borsola, uxore charissima, quæ annos* 40. *Menses* 2. *dies* 15. *nata, Obiit* 14. *Junii, anno D.* 1550. Paris. 1550. *in-8°.* pp. 144. Les Poësies de *Salmon* finissent ici à la p. 96. les suivantes sont de divers Poëtes du temps, & roulent sur le même sujet. On apprend dans ce Recueil diverses particularités sur notre Auteur, qu'on ne trouve point ailleurs. On voit à la p. 136. que le veritable nom de sa femme étoit

J. SAL-
MON MA-
CRIN.

Guillonne Boursault ; à la p. 55. que *Macrin* avoit 60. ans en 1550. lorsque cette femme mourut, & qu'ainsi il étoit né en 1490. p. 61. qu'ils avoient vêcu ensemble près de 22. ans. p. 62. que de douze enfans qu'ils avoient eus, il n'y en avoit plus alors que six de vivans, dont une fille nommée *Susanne*, avoit été mariée près de dix mois auparavant à *Adrien Drusus*.

V. *Scævolæ Samarthani Elogiorum liber 1. les Eloges de M. de Thou & les additions de Teissier.* Tout cela est fort court, on en apprend davantage par la lecture de ses Poësies.

RENE' DESCARTES.

R. DES-
CARTES.

RENE' *Descartes* naquit le 31. Mars 1596. à *la Haye*, petite ville de la Touraine, de *Joachim Descartes*, Conseiller au Parlement de Bretagne, & de *Jeanne Brochard*, fille du Lieutenant Général de *Poitiers*. On lui donna le surnom de *Du Perron*, qui étoit une petite Seigneurie située dans le Poitou, qui appar-

tenoit à ſes parens, & qui entra enſuite dans ſon partage.

La delicateſſe de ſon temperament,
& les infirmités frequentes qu'il eut
à ſoutenir pendant ſon enfance, firent apprehender qu'il n'eût le ſort
de ſa mere, qui étoit morte peu de
temps après être accouchée de lui;
mais il les ſurmonta, & vit ſa ſanté
ſe fortifier à meſure qu'il avança en
âge.

Lorſqu'il eut huit ans, ſon pere
lui trouvant des diſpoſitions heu-
reuſes pour l'étude, & une forte
paſſion pour apprendre, l'envoya
au College de la Fleche, où les Jeſuites avoient été inſtallés la même
année 1604.

Il s'y appliqua pendant cinq ans
& demi aux Humanités, & durant
ce temps il fit de grands progrès
dans la connoiſſance des langues
Grecque & Latine, & acquit un goût
pour la Poëſie, qu'il a conſervé juſqu'à la fin de ſa vie.

Il paſſa enſuite à la Philoſophie,
à laquelle il donna toute ſon atten-
tention, mais qui étoit alors dans
un état trop imparfait pour pouvoir

R. Des-
cartes.

lui plaire. Les Mathematiques, aufquelles il confacra la derniere année
de fon féjour à *la Fleche*, le dedom-
magerent des dégoûts que lui avoit
caufés la Philofophie. Elles eurent
pour lui des charmes particuliers, &
il profita avec empreffement des
moyens qu'on lui fournit pour s'en-
foncer dans cette étude auffi profon-
dément qu'il pouvoit le fouhaiter.
Le Recteur du College lui avoit permis de demeurer long-temps au lit
les matins, tant à caufe de la delicateffe de fa fanté, que parce qu'il
remarquoit en lui un efprit porté
naturellement à la Meditation. *Def-*
cartes, qui à fon reveil trouvoit toutes les forces de fon efprit recueillies, & tous fes fens raffis par le repos de la nuit, profitoit de ces con-
jonctures favorables pour mediter.
Cette pratique lui tourna tellement
en habitude, qu'il s'en fit une maniere d'étudier pour toute fa vie; &
l'on peut dire que c'eft aux matinées
de fon lit, que nous fommes rede-
vables de ce que fon efprit a produit
de plus important dans la Philofophie & dans les Mathematiques.

Ayant fini le cours de ſes études
au mois d'Août de l'an 1612. il quitta le College de *la Fleche*, & s'en
retourna chez ſon pere. Ceux qui
ont écrit que dès auparavant il avoit
paſſé de *la Fleche* à *Paris* pour achever ſes études dans le College de
Clermont, ſe ſont ſûrement trompés,
ne faiſant pas d'attention, que ce
College ne fut ouvert qu'en 1618.

Deſcartes paſſa à *Rennes* la fin de
l'année 1612. & le commencement
de la ſuivante 1613. & s'occupa pendant ce temps à revoir ſa famille,
& à apprendre à monter à cheval, à
faire des armes, & tous les autres
exercices convenables à ſa condition.

Son pere, qui avoit fait prendre
à ſon aîné le parti de la Robe, ſem-
bloit le deſtiner à celui de l'Epée;
Mais ſa grande jeuneſſe, & la foi-
bleſſe de ſa complexion ne lui permettant pas de l'expoſer ſi tôt aux
travaux de la guerre, il voulut auparavant l'envoyer à *Paris*, pour lui
faire voir le grand monde.

Le jeune *Deſcartes* s'y livra d'abord
aux plaiſirs, & conçut une paſſion
d'autant plus forte pour le jeu, qu'il

R. Des-
CARTES.
y étoit heureux. Mais il se desabusa
bientôt de tout cela, tant par les
bons avis du P. *Mersenne*, qu'il avoit
connu à *la Fleche*, que par ses propres reflexions. Il songea alors à se
remettre à l'étude, qu'il avoit aban-
donnée depuis sa sortie du College,
& se retirant pour cela de toutes les
compagnies, il se confina dans une
maison écartée du Faubourg *S. Ger-*
main, sans avertir ses amis du lieu
de sa retraite. Il y demeura une partie de l'année 1614. & les deux suivantes 1615. & 1616. presque entieres, sans en sortir, & sans voir
personne.

Etant ainsi rentré dans le goût de
l'étude, il s'enfonça dans celle des
Mathematiques, ausquelles il voulut donner ce grand loisir qu'il s'é-
toit procuré; & il cultiva particulierement la Géometrie & l'Analyse
des Anciens, qu'il avoit déja recherchée dès le College.

Lorsqu'il se vit âgé de 21. ans, il
crut qu'il étoit temps de songer à se
mettre dans le service; il se rendit
pour cela en Hollande, afin d'y porter les Armes sous le Prince *Mauri-*

ce. Quoiqu'il choisit cette école, qui
étoit la plus fameuse qu'il y eût alors,
il n'avoit pas dessein de devenir
grand guerrier ; il ne vouloit être
que spectateur des Rolles qui se
joüent sur ce grand théâtre, & étudier seulement les mœurs des hommes qui y paroissent. Ce fut pour
cette raison qu'il ne voulut point
d'employ, & qu'il s'entretint toûjours à ses depens, quoique pour
garder la forme, il eût reçu une fois
la paye.

R. Des-
CARTES.

Borel avance dans sa vie de *Des-*
cartes, que ce Philosophe se trouva
par deux fois au siege de *Breda* ;
mais c'est une chose visiblement
fausse, puisque cette ville ne souffrit
aucun siege pendant les deux ans
que *Descartes* porta les armes en
Hollande. Comme on joüissoit alors
de la Treve, *Descartes* passa tout ce
temps en garnison dans cette ville
de *Breda* : mais il n'y demeura pas
oisif. Un problême qu'il y resolut
avec beaucoup de facilité, le fit connoître à *Isaac Beeckman*, Principal
du College de *Dordrecht*, qui se
trouvoit à *Breda*, & par son moyen

à plusieurs sçavans du pays.

Il y travailla aussi à plusieurs Ouvrages, dont le seul qui ait été imprimé, est son Traité *de la Musique.*
Il le composa en Latin suivant l'habitude qu'il avoit de concevoir &
d'écrire en cette langue, ce qui lui
venoit dans la pensée.

Après deux années de séjour à *Breda,* il quitta la Hollande sous pretexte du peu d'exercice qu'il y avoit
à cause de la Treve, & dans le dessein d'aller servir en Allemagne. Il
partit de *Breda* au mois de Juillet
1619. & se rendit à *Francfort,* où il
assista au Couronnement de l'Empereur *Ferdinand II.* qui se fit le 9. Septembre de cette année.

Il prit ensuite parti dans les troupes du Duc de Baviere, en qualité
de simple volontaire. Il demeura
quelque temps avec elles dans la
Suabe ; mais le Duc de Baviere les
en ayant retirées, pour les mener
dans la haute Autriche au service de
l'Empereur, *Descartes* voulut rester
à *Ulm* pendant quelques mois, pour
étudier plus à loisir le pays & les
habitans.

Sur

Sur la fin de Septembre 1620. il
prit le chemin de la Baviere pour
paſſer en Autriche, & alla enſuite
rejoindre les troupes du Duc de Baviere, qui étoient en Boheme. Il y
arriva aſſez à temps pour ſe trouver
à la bataille de *Prague*, qui ſe donna
le 8. Novembre de cette année, &
dans laquelle le Duc de Baviere rem-
porta la Victoire ſur l'Electeur Palatin.

Il demeura à *Prague* juſqu'au milieu du mois de Decembre, & prit
enſuite ſon quartier d'hyver, pendant lequel il ſe remit à ſes meditations ordinaires ſur la Nature.

L'année ſuivante il quitta le ſer-
vice du Duc de Baviere, & alla vers
la fin de Mars en Moravie ſe mettre
à celui du Comte *de Bucquoy*, toûjours en qualité de volontaire. Il
commença alors à ſe degoûter du
metier de la guerre, & y renonça
avant la fin de la Campagne de cette
année.

Les troubles de France, & les maladies contagieuſes qui y regnoient
ne lui permettant pas de retourner
dans ſa patrie, il paſſa quelque temps

Tome XXXI. A a

R. Des-
CARTES.

à voyager dans les pays du Nord, qu'il n'avoit point encore vûs, & se rendit sur la fin de l'année en Hollande, où il demeura une partie de l'hyver.

Il en sortit vers le commencement du mois de Février 1622. & après avoir visité les Pays-Bas Espagnols, il retourna à *Rennes* auprès de son pere vers le milieu du mois de Mars.

Il avoit alors 26. ans, & son pere prit occasion de sa Majorité, pour le mettre en possession du bien de sa mere. Ce bien étoit situé en Poitou, & il alla passer dans ce pays une partie de l'année.

Le peu d'occupation qu'il trouvoit dans la maison paternelle, lui fit naître le desir de faire un tour à *Paris* vers le commencement du Carême de l'année suivante 1623. Il y passa deux mois, avec ses anciens amis, incertain sur le genre de vie qu'il devoit embrasser, pour repondre aux desseins qu'il avoit conçus touchant la recherche de la verité.

De retour à *Rennes*, il passa dans le Poitou, & y vendit sa terre du *Perron*, dont il retint cependant tou-

jours le nom dans sa famille, &
quelques autres biens.

Le Jubilé de l'année 1625. lui fournit une occasion de satisfaire l'envie
qu'il avoit depuis long-temps de
voir l'Italie. Il partit pour ce voyage
au mois de Septembre 1623. & passa
d'abord par la Suisse, & par le Pays
des Grisons, parmi lesquels les mouvemens de la Valteline le retinrent
quelque temps. Il visita ensuite l'Etat
de *Venise*, & une partie de l'Italie,
& se rendit à *Rome* au mois de Novembre de l'an 1624.

Après avoir contenté sa curiosité,
il partit de cette ville au commencement du Printemps de l'année
1625. & parcourut les principales
villes de la Toscane. Il visitoit par
tout avec soin les Sçavans qui se
trouvoient dans les lieux où il passoit, & il est étonnant qu'il n'ait point
vû à *Florence* le fameux *Galilée*, qui
étoit alors au plus haut point de sa
reputation; comme il l'assure lui-
même dans une de ses lettres, où il
paroît même n'avoir pas trop connu
les Ouvrages de ce grand homme.

Il fut present à la prise de *Gavi*,

R. Des-
cartes.

ville de l'Etat de *Gennes*, qui se rendit au Duc de Savoye le 30. Avril, &
passa ensuite à *Turin*, & de là en
France.

Il avoit remis à la fin de ses voyages à se determiner sur le choix d'une
profession stable pour le reste de ses
jours ; mais toutes reflexions faites,
il jugea qu'il étoit plus à propos pour
lui de ne s'assujettir à aucun emploi,
& de demeurer Maître de lui-même.

De retour à *Paris*, il y demeura
trois ans, & y contracta des liaisons avec plusieurs Sçavans, sur tout
avec ceux qu'il croyoit avoir les mêmes inclinations & le même goût
que lui. Son séjour en cette ville
fut cependant interrompu par differens voyages en Bretagne, & en Poitou. Il voulut même aller au siege
de *la Rochelle* & y servir en qualité
de volontaire, & il y étoit, lorsque cette ville se rendit au mois
d'Octobre 1628.

Les instances que lui firent ses
amis de communiquer au Public le
fruit des Meditations, qui l'avoient
occupé jusques-là, le determinerent
à sortir du grand monde, à quitter

toutes ses habitudes & ses connois- R. Des-
sances, & à se retirer dans un lieu, CARTES.
où il fût entierement à lui-même.

La Hollande fut celui qu'il choisit, & il s'y rendit au commencement de l'année 1620. Il alla d'a-
bord à *Amsterdam* ; mais comme il
étoit resolu à n'habiter que dans des
lieux écartés, où il ne fût point ex-
posé aux distractions qui sont inevi-
tables dans les grandes villes, il
passa quelque temps après en Frise,
& alla demeurer dans le voisinage
de *Franeker.* Ce fut en ce lieu qu'il
commença ses *Meditations* sur l'existence de Dieu & sur celle de nos
ames. Après y avoir habité cinq ou
six mois, il retourna à *Amsterdam*
vers le commencement du mois
d'Octobre de la même année 1629,
& s'y appliqua particulierement à
l'étude de l'Anatomie & de la Chi-
mie, qu'il crut necessaires aux vûes
qu'il s'étoit proposées.

Il est sûr qu'il a fait un voyage
en Angleterre ; mais on en ignore
le temps precis, quoiqu'on puisse le
placer commodement en l'année
1631.

R. Des-
CARTES.

On ignore aussi la durée de son séjour à *Amsterdam*, & le lieu où il demeura jusqu'au Printemps de l'année 1633. qu'il alla s'établir à *Deventer*. Il s'appliqua beaucoup en cette derniere ville à l'Astronomie, mais sans esperance d'y réussir beaucoup ; il y composa aussi un Traité du Monde, que la disgrace arrivée à *Galilée* pour avoir donné du mouvement à la terre, lui fit supprimer.

Il se plaisoit beaucoup en ce lieu, parce que sa solitude y étoit entiere & tranquille ; mais il ne pouvoit pas y entretenir commodément avec la France le commerce de lettres, qui lui étoit necessaire pour ses étu-des. Cela lui fit prendre le parti de retourner à *Amsterdam* l'année suivante 1634. Il fit quelque temps après un voyage en Dannemarc, qui fut assez court.

Les visites qu'il fut obligé de recevoir à *Amsterdam*, & que sa reputation lui attira, lui faisant oublier les incommodités que le commerce de ses correspondans avoit reçues de sa solitude de *Deventer*, il retourna dans cette ville au mois de Mai

1635. Après cinq ou six mois de re- R. Des
traite & d'étude en cé lieu , il passa CARTES.
en Frise vers la fin de l'Automne
& se retira à *Leuwarden* , où il passa
l'hyver.

Il ne pouvoit demeurer long-
temps en un même endroit , & il
falloit qu'il passât souvent d'un lieu
à un autre.

Il retourna à *Amsterdam* au commencement de l'année 1636. & y
demeura quelques mois , après lesquels il alla à *Leyde* , apparemment
pour avoir l'œil à l'Edition de sa
methode qu'il y fit faire alors. Il
alla ensuite demeurer près d'*Utrecht*,
& fut de là s'habituer sur la fin de
l'an 1637. à *Egmond de Binnen* , beau
village dans le territoire d'*Alcmaer*.

Il y fit sa demeure jusqu'au mois
de Novembre 1639. qu'il le quitta,
pour aller à *Harderwick* , d'où il
passa peu après dans une Maison de
Campagne près d'*Utrecht*.

Il se retira à *Leyde* vers le commencement de l'année suivante 1640.
& six mois après il alla s'établir à
Amersfort, ville de la Seigneurie d'U-
trecht.

R. Des-
CARTES.

Il perdit en ce lieu une fille na-
turelle, nommée *Francine*, qui eſt
la ſeule qu'il ait eue, & qu'il aimoit
tendrement. Elle étoit née à *Deventer* le 19. Juillet 1635. & mourut
le 7. Septembre 1640. âgée ſeulement de cinq ans.

Trois ſemaines après il delogea
d'*Amerford*, pour aller reprendre ſa
demeure à *Leyde* ; d'où après un ſéjour de quelques mois, il ſe retira
dans le village d'*Eyndegeeſt* à une de-
mi-lieue de *Leyde*.

Il étoit encore dans cette derniere ville, lorſqu'il perdit ſon pere,
qui mourut au mois d'Octobre de
cette année 1640. âgé de 78. ans,
étant Doyen du Parlement de Bretagne depuis 17. ans.

Il quitta le voiſinage de *Leyde* au
mois de Mai 1643. & ſe retira à
Egmond de Hoef près d'*Alcmaer*, où
il demeura une année, au bout de
laquelle il retourna à *Leyde*, & vint
enſuite faire un voyage en France :
il y ſéjourna depuis le mois de Juin
juſqu'à celui de Novembre tant à
Paris, qu'en Poitou & en Bretagne.

De retour en Hollande, il s'éta-
blit

blit si bien à *Egmond de Binnen*, qu'il n'en sortit plus pour s'aller habi-tuer ailleurs, mais seulement pour faire quelques voyages.

Il en fit un second en France en 1647. & celui-ci lui fut avantageux: Car ses amis lui procurerent à son insçu une pension du Roi de trois mille livres, dont les Lettres paten-tes furent expediées le 6. Septembre de cette année, & dont il fut payé exactement jusqu'à son voyage de Suede.

Il en fit un troisiéme l'année sui-vante 1648. dans le même Royau-me, où l'on vouloit l'engager par de grandes promesses à se fixer. Mais les troubles firent oublier ces pro-messes, qui n'eurent aucun effet.

La Reine *Christine* de Suede, à qui il avoit envoyé son *Traité des Passions*, lui fit faire au commence-ment de l'année 1649. de grandes instances pour l'engager à se rendre à sa Cour. Quelque repugnance qu'il se sentît pour ce nouveau voyage, il ne put s'empecher de se rendre aux desirs de cette Princesse, & il partit sur un vaisseau qu'elle lui avoit

Tome XXXI. B b

R. Des-
CARTES.
envoyé, le 5. Septembre de cette année. Il arriva à *Stockholm* au commencement du mois suivant, & fut loger dans l'Hôtel de M. *Chanut*, Ambaſſadeur de France, ſon ami, qui étoit alors abſent.

La Reine, qu'il alla ſaluer le lendemain, le reçut avec une diſtinction, qui fut remarquée par toute la Cour, & qui contribua peut-être à augmenter la jalouſie de quelques Sçavans, à qui ſa venue avoit paru redoutable. Elle prit dans une ſeconde viſite des meſures avec lui pour apprendre ſa Philoſophie de ſa propre bouche, & jugeant qu'elle auroit beſoin de tout ſon eſprit & de toute ſon application pour y réuſſir, elle choiſit la premiere heure d'après ſon lever pour cette étude, comme le temps le plus tranquille, & le plus libre de la journée, où elle avoit le ſens plus raſſis, & la tête plus degagée des embarras des affaires.

Deſcartes s'aſſujétit à la venir trouver dans ſa Bibliotheque tous les matins à cinq heures, ſans s'excuſer ſur le derangement que cela devoit caufer dans fa maniere de vivre, ni fur la rigueur du froid, qui eft plus vif en Suede, que par tout où il avoit vêcu jufques-là. La Reine en recompenfe lui accorda la grace qu'il lui avoit fait demander, d'ê-tre difpenfé de tout le Ceremonial de la Cour, & de n'y aller qu'aux heures qu'elle lui donneroit pour l'entretenir. Mais avant que de com-mencer leurs exercices du matin, elle voulut qu'il prît un mois ou fix femaines pour fe reconnoître, fe fa-miliarifer avec le genie du pays, & faire des habitudes, qui puffent le retenir auprès d'elle pour le refte de fes jours.

Defcartes dreffa au commence-ment de l'année 1650. des Statuts ou Reglemens d'une Academie, que la Reine vouloit établir à *Stockholm*, & il les lui porta le premier jour de Février, qui fut le dernier qu'il eut l'honneur de la voir.

Il fentit à fon retour du Palais des preffentimens de la maladie, qui devoit terminer fes jours; & fut at-taqué dès le lendemain d'une fievre continue avec une inflammation de

poumon. M. *Chanut*, qui fortoit
d'une maladie fémblable, voulut
le faire traiter comme lui; mais fa
tête étoit fi embarraffée, qu'on ne
put lui faire entendre raifon, & qu'il
refufa opiniatrément la faignée, di-
fant, lorfqu'on en parloit : *Meffieurs,
épargnés le fang François.* Il confentit
cependant à la fin qu'elle fe fît; mais
il étoit trop tard, & le mal augmen-
tant fenfiblement, il mourut le 11e.
Février 1650. dans fa 54e. année.

La Reine avoit deffein de le faire
enterrer auprès des Rois de Suede
avec une pompe convenable, & de
lui dreffer un maufolée de marbre :
mais M. *Chanut* obtint d'elle qu'il
fût enterré avec plus de fimplicité
dans le Cimetiere de l'Hôpital des
Orphelins, fuivant l'ufage des Catholiques.

Son corps demeura à *Stockholm*
jufqu'à l'année 1666. qu'il en fut
enlevé par les foins de M. d'*Alibert*, Tréforier de France, pour être
apporté à *Paris*, où il arriva l'année
fuivante. Il fut enfeveli de nouveau
en grande pompe le 24. Juin 1667.
dans l'Eglife de *Sainte-Genevieve du
Mont.*

M. d'*Alibert* fit mettre au même endroit ſon buſte en marbre, avec cette inſcription.

Deſcartes, dont tu vois ici la Se-
pulture,
A deſſilé les yeux des aveugles mor-
tels.
Et gardant le reſpect que l'on doit
aux Autels,
Leur a du Monde entier démontré la
ſtructure.
Son nom par mille Ecrits ſe rendit
glorieux,
Son eſprit meſurant & la terre & les
Cieux,
En penetra l'abîme, en perça les
nuages :
Cependant comme un autre, il cede
aux loix du ſort,
Lui qui vivrôit autant que ſes di-
vins Ouvrages,
Si le ſage pouvoit s'affranchir de la
mort.

D. O. M.

Vir ſupra titulos omnium retro Phi-
loſophorum, Nobilis genere, Armori-
cus gente, Turonicus origine. In Gal-

**R. DES-
CARTES.**

lia *Flexiæ studuit; in Pannonia miles
meruit, in Batavia Philosophus deli-
tuit; in Suecia vocatus occubuit. Tan-
ti viri preciosas reliquias Galliarum
percelebris tunc Legatus Petrus Chanut Christinæ sapientissimæ Reginæ sa-
pientium amatrici invidere non potuit,
nec vindicare patriæ, sed quibus licuit
cumulatas honoribus peregrinæ terræ
mandavit invitus Anno Domini* 1650.
mense Februario, ætatis 54.

Tandem post XVII. *annos in gratiam Christianissimi Regis Ludovici*
XIV. *virorum insignium cultoris &
remuneratoris, procurante Petro d'A-
libert, Sepulchri pio & amico viola-
tore, patriæ reddita sunt, & in isto
Urbis & Artium culmine posita. Ut
qui vivus apud exteros otium & fa-
mam quæsierat, mortuus apud suos cum
laude quiesceret, suis & exteris in
exemplum & documentum futurus.*

*I nunc, Viator, & Divinitatis im-
mortalitatisque Animæ maximum &
clarum assertorem, aut jam crede feli-
cem, aut precibus redde.*

Cette Epitaphe Latine est de M.
Clerselier disciple de *Descartes.*

Catalogue de ſes Ouvrages.   R. DES-
1. *Compendium Muſicæ. Ultrajecti* CARTES.
1650. *in-*4°. It. *Amſtelod.* 1656. *in-*
4°. Il s'eſt fait une traduction Angloiſe de cet Ouvrage, qui a été imprimée à *Londres* en 1653. Le P.
Poiſſon de l'Oratoire l'a auſſi mis en
François ; & ſa traduction a été imprimée avec les éclairciſſemens né-
ceſſaires, à la ſuite de celle de *la*
Mechanique du même *Deſcartes* à
Paris l'an 1668. *in-*4°. *Deſcartes* compoſa ce Traité en 1618. pendant ſon
ſéjour à *Breda*, n'ayant encore que
22. ans ; mais il ne voulut jamais le
donner au Public, le regardant
comme une piece imparfaite. Ce ne
fut qu'après ſa mort qu'on le fit imprimer.

2. *Diſcours de la Methode pour bien*
conduire ſa raiſon, & chercher la ve-
rité dans les Sciences. Plus la Dioptri-
que, les Meteores, & la Géometrie.
Leyde 1637. *in-*4°. Ces quatre traités, qui ſont les Eſſais de la Philoſophie de *Deſcartes*, parurent d'abord
ſans nom d'Auteur, ce Philoſophe
ayant été bien aiſe d'être inconnu,
pour écouter plus librement ce
B b iiij

R. Des- qu'on diroit de son Ouvrage. *Etien-*
CARTES. *ne de Courcelles*, fameux Ministre
Arminien, traduisit quelques années après les trois premiers traités
en Latin, sans toucher à la Géometrie, soit qu'il la jugeât au-dessus
de sa portée, soit qu'il sçût qu'un
autre y travailloit. *Descartes* revit sa
traduction, & se servit de cette occasion, pour faire quelques changemens à son premier Ouvrage ;
après quoi elle parut sous ce titre :
Renati Descartes specimina Philoso-
phiæ, seu Dissertatio de Methodo recte
regendæ rationis, Dioptrice & Meteo-
ra, ex Gallico Latine versa, & ab
Autore emendata. Amstelodami 1644.
*in-*4°. It. Ibid. 1656. *in-*4°. Depuis
François van Schooten, ancien Professeur de Mathematiques à *Leyde*,
traduisit la Géometrie en Latin, &
y joignit des Commentaires de sa
façon avec les excellentes notes de
M. *de Beaune*, Conseiller au Presidial de *Blois*, qui avoient couru
long-temps manuscrites parmi les
Mathematiciens. *Renati Descartes*
Geometria, cum Florimondi de Beaune
notis, ex Gallico Latine, Interprete &

Commentatore Francifco à Schooten. R. Des-
Lugd. Bat. 1649. *in-*4°. It. *Accedit* CARTES.
Compendium Muficæ. Francof. ad Mœ-
num 1695. *in-*4°.

3. *Traité de la Mecanique,* compofé *par M. Defcartes. De plus l'Abregé*
de la Mufique du même Auteur, mis
en *François avec les éclairciffemens ne-*
ceffaires, par N. P. P. D. L. (*Nicolas*
Poiffon, Prêtre de l'Oratoire) *Paris*
1668. *in-*4°. Le traité de la Mecanique, qu'on voit ici, n'eft qu'une
petite partie d'un Ouvrage plus éten-
du & plus regulier, qu'il avoit eu
deffein de compofer, mais qui n'a
point été fait. On l'a en Latin dans
les *Opera Pofthuma.*

4. *Meditationes de prima Philofo-*
phia, ubi de Dei exiftentia & Anima
immortalitate. Parif. 1641. *in-*8°. On
trouve à la fuite de cet Ouvrage les
objections qu'on avoit faites à *Def-*
cartes fur ce qui y eft contenu, &
qu'il avoit follicitées avec empreffement, auffi bien que fes reponfes.
Les premieres font d'un Docteur de
Louvain, natif d'*Anvers,* nommé
Caterus, qui ne voulut point que
fon nom parût à la tête. Les fecon-

R. DES-
CARTES.

des furent faites par divers Théologiens & Philosophes de *Paris*, & recueillies par le P. *Mersenne*: la réponse que *Descartes* fit à celles-ci, est accompagnée d'un Ecrit de sa façon, contenant les raisons, qui prouvent l'existence de Dieu, & la distinction qui est entre l'esprit & le corps humain, disposées d'une maniere Géometrique. Les troisiémes objections sont de *Thomas Hobbes*, fameux Philosophe Anglois. Les quatriémes viennent de M. *Antoine Arnauld*. Les cinquiémes avoient été faites par M. *Gassendi*. Les sixiémes furent faites par divers Théologiens, Philosophes & Géometres, comme porte le titre que leur donna le P. *Mersenne*, qui fut l'Editeur du livre.

La seconde édition Latine des *Meditations* de *Descartes* se fit à *Amsterdam* chez *Elzevir* l'an 1642. *in-*12. & l'Auteur y fit corriger le titre de l'Edition de *Paris*, & substituer le terme de *distinction de l'Ame d'avec le corps* à la place de celui de *l'immortalité de l'Ame*, qui n'y convenoit pas si bien. Il y ajouta des septiémes objections qui lui avoient été proposées par le P. *Pierre Bourdin* Jesuite, avec ses réponses, une Lettre au P. *Dinet*, de la même Societé, sur sa dispute avec ce Pere, & une Addition à la fin des quatriémes Objections touchant la Transubstantiation, que le P. *Mersenne* avoit jugé à propos de retrancher de l'édition de *Paris*. Une nouvelle Edition porte ce titre : *Meditationes de prima Philosophia, in quibus adjectæ sunt in hac ultima editione utilissima quædam animadversiones ex variis doctissimisque Autoribus collectæ; cum Autoris vita breviter ac concinne conscripta. Amstelodami.* (c'est-à-dire, *Neapoli*) 1719. *in-8°.* Cette édition a paru par les soins de *Giovacchino Poëta.* Cet Ouvrage a été traduit en François sous ce titre.

Les Meditations Metaphysiques de René Descartes touchant la premiere Philosophie, dans lesquelles l'existence de Dieu & la distinction réelle entre l'Ame & le Corps de l'Homme, sont démonstrées. Traduites du Latin de l'Auteur par M. le D. D. L. N. S. (c'est-à-dire, M. le Duc *de Luines*)

R. DESCARTES.

R. Des-
CARTES.

Et les objections faites contre ces Me-
ditations par diverses personnes tres-
doctes, avec les Réponses de l'Auteur,
traduites par Mr. C. L. R. (c'est-a-
dire *Clerselier*) *Paris* 1647. *in-*4°.
Descartes, qui a revu ces traductions,
s'est donné la liberté de s'y corriger lui-même, & d'y éclaircir quelques endroits, dont le sens n'étoit
pas assez net dans le Latin, sans cependant toucher au stile : ce qui
fait qu'elles vallent mieux que l'O-
riginal Latin. Il s'en est fait une seconde édition à *Paris* l'an 1661. *in-*
4°. mais la meilleure est la troisiéme, qui parut *divisée par articles*
avec des sommaires par R. F. (c'est-a-
dire, *René Fedé,* Docteur en Medecine de la Faculté d'*Angers*) *Paris*
1673. *in-*4°.

ʃ. *Epistola Renati Descartes ad ce-*
leberrimum V. Gisbertum Voëtium, in
qua examinantur duo libri nuper pro
Voëtio Ultrajecti simul editi; unus de
Confraternitate Mariana, alter de
Philosophia Cartesiana. Amstelodami.
Elzevir 1643. *in-*12. It. Dans le Re-
cueil de ses Lettres tom. 2. p. 541.
Gisbert Voëtius avoit toûjours été

l'ennemi declaré des sentimens de
Descartes, & n'avoit rien oublié
pour les faire proscrire des Provinces
uniès; n'ayant pû y réuſſir, il ſe van-
gea de *Descartes*, & d'*Henri Regius*,
qui enſeignoit ſa Philoſophie, par
des libelles publiés ſous le nom de
ſes Ecoliers. Celui que *Descartes*
entreprend de refuter ici, fut publié par *Martin Schoockius*, avec
une longue Préface de *Voëtius*, ſous
ce titre : *Philoſophia Carteſiana, ſive
admiranda Methodus novæ Philoſophiæ
Renati Deſcartes. Ultrajecti* 1643. *in*-
12. Il y joignit auſſi la refutation
d'un livre de *Voëtius* ſur la Confrai-
rie de *Bois-le-Duc*, dont on a vû
l'hiſtoire dans l'article de *Samuel-
des-Marets*, tom. 28. de ces Mémoires p. 62. Mais il ne ſe contenta
pas de repondre à *Schoockius*, il le
prit encore à partie, & le fit aſſigner
pour reparation des injures dont
ſon livre étoit rempli. Après pluſieurs procedures l'Univerſité de *Groningue*, à qui cette affaire fut ren-
voyée, rendit ſa ſentence le 10.
Avril 1645. & ordonna que *Deſcartes* ſe contenteroit des declarations,

R. Des-
CARTES.

que *Schoockius* avoit faites. 1°. Qu'il
n'avoit écrit qu'à l'inftigation de
Voëtius, & que c'étoit lui qui lui
avoit fourni des mémoires fur ce
qu'il y avoit de perfonnel à fon
égard, & entre autres, fur ce qui
regardoit fon Athéifme pretendu,
& le long & odieux parallele, qu'il
en avoit fait avec *Vanini*. 2°. Que
ceux qui avoient fait imprimer fon
Ouvrage, y avoient ajouté fans fa
participation la plûpart des chofes,
dont *Defcartes* fe plaignoit. 3°. Qu'il
reconnoiffoit *Defcartes* pour un homme de probité & d'honneur, qui
n'étoit nullement Athée, comme
on le lui avoit fait dire mal-à-pro-
pos.

6. *Principia Philofophia. Amftelod.*
Elzevir 1644. *in-*4°. It. traduits en
François: *Les Principes de la Philofo-*
phie, *écrits en Latin par René Def-*
cartes, & traduits en François par un
de fes amis. Paris 1647. 1651. 1658.
*in-*4°. M. l'Abbé *Picot* eft l'Auteur
de cette traduction, qui fut revûe
par *Defcartes*. Il s'en eft fait auffi une
traduction Angloife, qui a été imprimée avec quelques Remarques

fur l'Ouvrage à *Londres* l'an 1653.
in-4°. *Defcartes* dedia fes Principes à
la Princeffe *Elizabeth*, fille de *Frederic* Roi de Boheme , & Electeur Palatin, qui avoit beaucoup de goût
pour fa Philofophie , qu'elle avoit
apprife de lui.

7. *Notæ in Programma quoddam anno 1647. in Belgio editum cum hoc ti-
tulo :* Explicatio Mentis Humanæ ,
five Animæ rationalis , ubi explicatur quid fit, & quid effe poffit. *Am-
ftelodami* 1647. *in*-4°. Le Program-
me , que *Defcartes* veut refuter ici ,
étoit d'*Henri Regius* , qui d'abord
avoit été fon difciple , mais qui fe
declara depuis contre lui.

8. *Traité des Paffions de l'Ame.
Amfterdam. Elzevir* 1650. *in*-12. It.
Rouen 1651. *in*-12. It. *Parif.* 1664.
1679. *in*-12. On a une traduction Latine de ce Traité, qui a été imprimée à *Amfterdam* en 1656. & 1664.
in-4°. avec quelques autres Ouvrages du même Auteur. *Defcartes*
avoit compofé ce traité dès l'an
1646. pour l'ufage particulier de la
Princeffe *Elizabeth*, & l'avoit envoyé en Manufcrit à la Reine de

R. Des-
cartes.

Suede fur la fin de l'année fuivante
1647. Il le revit depuis à la priere de
fes amis, & l'augmenta d'un tiers,
& c'eft dans ce dernier état qu'il a
été donné au Public.

9. *L'Homme de René Defcartes,
avec les Remarques de Loüis de la Forge, & un Traité de la formation du
Fœtus par le même Defcartes. Paris
1664. in-4°. It. Avec le Monde, ou
Traité de la lumiere de Defcartes. Paris 1677. in-4°.* Ces deux opufcules,
que l'Auteur n'avoit pas jugés dignes
de l'impreffion, ne parurent point
tels à M. *Clerfelier*, entre les mains
de qui ils tomberent après la mort
de *Defcartes*; il les tira du defordre
où ils étoient, par le fecours de M.
de la Forge, Docteur en Medecine à
Saumur, l'un des plus habiles Car-
tefiens de fon temps pour la Phyfique, qui outre les figures ajouta de
fçavantes remarques fur le traité de
l'Homme en particulier, & de *Ge-
rard Gutfchowen*, Profeffeur des Mathematiques & d'Anatomie dans l'U-
niverfité de *Louvain*, qui étoit l'homme le plus propre à tirer la penfée
de *Defcartes* des endroits de fes écrits
les

les plus embroüillés, ayant été plu- R. Des=
sieurs années sous lui occupé à co- CARTES.
pier, & à le servir pour les experiences. Le premier de ces Sçavans
se signala depuis par le bel Ouvrage
qu'il composa & publia sous ce titre : *Traité de l'Esprit de l'Homme, de*
ses facultés & fonctions, suivant les
Principes de René Descartes; par Louis
de la Forge. Paris 1666. in-4°. Ouvrage, où l'on peut dire que le disciple a passé le Maître par sa propre
industrie; car outre qu'il y a ramassé
ce que *Descartes* avoit dit de plus
beau & de meilleur en divers endroits de ses Ecrits, il y a expliqué
encore en detail, & d'une maniere
très-claire & très-naturelle, plusieurs choses que *Descartes* n'avoit
touchées qu'en passant & confusé-
ment.

Deux ans avant l'Edition Françoise du Traité de l'Homme de *Des-*
cartes, il en avoit paru une traduction Latine sous ce titre : *Renatus*
Descartes de Homine, figuris & La-
tinitate donatus à Florentio Schuyl,
inclytæ urbis Sylvæ-Ducis Senatore, &
ibidem Philosophiæ Professore. Lugdunii
Tome XXXI.   C c

R. DES-CARTES.

Bat. 1662. & 1664. *in-*4°. Quoique les figures, qui accompagnent cette traduction, soient assez belles, elles ne sont pas pourtant si propres à faire entendre le texte de *Descartes*, que celles de MM. *de la Forge & Gutschowen.* D'ailleurs *Schuyl* n'ayant pas été assez heureux pour travailler sur une bonne copie de l'Original, n'a pû faire une excellente traduction. Mais il l'a enrichie d'une préface, qui peut passer pour une piece achevée en son genre, & elle a paru si belle à M. *Clerselier*, qu'il n'a pû s'empêcher de la transporter à la fin de son édition Françoise, pour la rendre plus parfaite.

10. *Le Monde de Descartes, ou le Traité de la Lumiere & des autres principaux objets des sens. Avec un discours du mouvement local & un autre des Fievres, composés selon les principes de cet Auteur. Paris* 1664. *in-*8°. Le Traité, qu'on voit ici, n'est qu'un fort petit abregé d'un grand Ouvrage, que *Descartes* avoit supprimé. Cette premiere édition est fort defectueuse; M. *Clerselier* en corrigea depuis les fautes sur l'Ori-

ginal de l'Auteur , & le fit imprimer fort correctement à *Paris* l'an
1677. *in-4°.* à la fuite du *Traité de
l'Homme.* On l'a en Latin dans les
Opufcula Pofthuma.

11. *Jean Daniel Major* ayant trouvé un Fragment MS. de *Defcartes ,*
intitulé : *Explication des Engins* le
traduifit en Latin , & le fit imprimer à *Kiel* , l'an 1672. Il s'y donna
la liberté qu'il jugea à propos , mais
dans le fond on reconnoit fans peine que ce petit Ouvrage n'eft gueres
different de la Mechanique de *Defcartes* , dont j'ai parlé au N°. 3.

12. *Lettres de René Defcartes* , où
*font traitées les plus belles queftions tou-
chant la Morale , la Phyfique , la Medecine & les Mathematiques , données
au Public par le fieur Clerfelier.* Paris 1667. *in-4°.* trois volumes. It.
Ex Gallico Latine. Lugduni Bat. Elzevir 1668. *in-4°.* Ces Lettres renferment bien des chofes curieufes
fur les difputes que *Defcartes* a eues
avec plufieurs Sçavans de fon temps.
M. *Clerfelier* les a publiées fur les
minutes de *Defcartes* , qui peuvent
ne pas refembler en tout aux Origi-

R. Des-
Cartes,
naux qu'il envoyoit, parce qu'en
les tranfcrivant il y changeoit fouvent quelque chofe.

13. *Renati Defcartes Opuſcula Poft-*
huma, Phyſica & Mathematica. Am-
ſteladami 1701. *in-*4°. On a recueilli
dans ce volume quelques petits Ouvrages, ou fragmens d'Ouvrages de
Defcartes, qui n'avoient point encore paru, ou qui n'avoient été donnés au Public qu'en Hollandois, auf-
quels pour groffir le volume on en a
joint trois qui avoient déja été imprimés en Latin ou en François. Les
pieces qu'on voit ici font. 1°. *Mun-*
dus, ſeu diſſertatio de Lumine, ut & aliis
ſenſuum objectis primariis. C'eſt une
traduction de l'Ouvrage François
marqué au N°. 10. faite mal à propos ſur la premiere édition, qui eſt
pleine de fautes. 2°. *Tractatus de*
Mechanica, unà cum elucidationibus
N. Poiſſonii è Gallico Sermone in La-
tinum tranſlatus. 3°. *N. Poiſſonii Elu-*
cidationes Phyſica in Carteſii Muſi-
cam. Elles avoient déja paru en François. 4°. *Regulæ ad directionem inge-*
nii, ut & inquiſitionem veritatis. Ce
traité, qui eſt imparfait, renferme

des regles très-utiles. 5°. *Inquisitio* R. Des-
veritatis per lumen Naturæ. Celui-ci, cartes.
qui est une suite du précedent, est
encore plus imparfait ; car on n'en
a que le commencement. 6°. *Prima*
Cogitationes circa generationem Ani-
malium. 7°. *De Saporibus.* C'est un
petit fragment, qui ne tient que
deux pages. 8°. *Excerpta ex MSS.*
Renati Descartes, quæ Algebram spec-
tant. Ce sont quelques Problemes.

On a donné à *Paris* une nouvelle
édition Françoise des œuvres de
Descartes en 13. vol. *in-*12. dont il
faut dire quelque chose. Voici ce
qu'elle contient.

Lettres de M. Descartes, où l'on a
joint le Latin de plusieurs Lettres, qui
n'avoient été imprimées qu'en François,
avec une traduction Françoise de celles
qui n'avoient jusqu'à present paru qu'en
Latin 1724. six volumes.

Les Meditations Metaphysiques tou-
chant la premiere Philosophie. 1724.
deux vol.

Discours de la Methode, pour bien
conduire sa Raison, & chercher la ve-
rité dans les sciences. Plus la Dioptri-
que, les Meteores, la Mechanique &

la Musique. 1724. deux volumes.

Les Principes de la Philosophie.
1724. un vol.

*Les Passions de l'Ame. Le Monde
ou Traité de la Lumiere. Edition augmentée d'un discours sur le mouvement
local & sur la Fievre, sur les principes du même Auteur.* 1728. un vol.

*L'Homme de René Descartes, & la
formation du fœtus; avec les remarques de Loüis de la Forge.* 1729. un
vol.

On a fait à l'occasion de *Descartes* quelques Ouvrages, dont il faut
dire ici quelque chose.

*Petri Danielis Huetii Censura Phi-
losophiæ Cartesianæ. Parif.* 1689. *in-*
12. V. Le premier tome de ces Mémoires. p. 63.

*Réponse au livre qui a pour titre:
P. Danielis Huetii Censura Philoso-
phiæ Cartesianæ. Par Pierre Silvain
Regis. Paris* 1691. *in-*12.

*Gerardi de Vries Prof. Philos. Ul-
traj. de Renati Cartesii Meditationibus
à Petro Gassendo impugnatis Disserta-
tiuncula Historico-Philosophica. Ultrajecti* 1691. *in-*8°. De *Vries* mon-
tre, au jugement de M. *de Bauval*,

dans toute cette differtation une hai-
ne ingenieufe contre *Defcartes.*

*Hiftoire de la conjuration faite à
Stockholm contre M. Defcartes.* Paris
1695. *in*-12. Cette hiftoire prétendue eft un badinage. Les qualités,
les accidens, & les formes fubftan-
tielles, que *Defcartes* avoit rejettées
de fa Philofophie, font les terribles
ennemis qui avoient conjuré fa perte. Quand il eut été refolu entre
eux, & qu'il eut été folemnelle-
ment declaré Novateur, & comme
tel condamné a être retranché de la
Societé des Sçavans, la chaleur fe
chargea de l'exécution, & agit avec
tant de violence dans le corps de ce
Philofophe, qu'elle y excita une
fievre avec un tranfport au cerveau,
qui ruinerent en peu de jours fa fanté, fans que toutes les connoiffances qu'il avoit acquifes lui serviffent
à la conferver.

*Danielis Lipftorpii Specimina Phi-
lofophiæ Cartefianæ. Lugd. Bat.* 1653.
in-4°. On trouve dans cet Ouvrage
une vie de *Defcartes*, compofée des
particularités, que l'Auteur en avoit
apprifes, tant de M. *Schooten* l'an-

R. Des-
CARTES.

cien, que de M. *Raey*, Docteur en
Medecine. Il y a bien des fautes,
mais elle renferme plusieurs choses
singulieres.

*Renati Cartesii Vita à Petro Borello
conscripta.* Elle se trouve à la suite
d'un livre de *Borel* intitulé : *Histo-
riarum & Observationum Medico-
Physicarum Centuria IV. Castris* 1653,
in-12. It. *Paris.* 1656. *in*-8°. It. *Francofurti* 1670. & 1676. *in*-8°. It. à la
p. 580. du premier tome des *Memoriæ Philosophorum Henningi Witten.* Il paroît que l'Auteur de cette
vie abregée n'a écrit que sur ce qu'il
pouvoit avoir appris de M. *de Ville-
Bressieux*, qui avoit demeuré pendant quelque temps avec *Descartes.*
Ainsi il ne semble pas qu'il y ait
trop de sûreté à le croire, si ce n'est
dans quelques faits genereux. Il ne
s'est pas fort embarrassé des circon-
stances particulieres qui pouvoient
servir à verifier ses faits. Il ne s'est
assujetti à aucun ordre ni pour les
temps, ni pour les choses. Il n'a
donné à son écrit ni stile ni forme;
& la maniere dont il a confondu
toutes choses, peut nous faire juger
qu'il

qu'il n'y a dans fon abregé rien de
plus remarquable, que l'adreffe qu'il
a euë de ramaffer tant de fautes dans
un fi petit efpace.

*Joannis Tepelii Hiftoria Philofophiæ
Carteſianæ. Norimbergæ* 1674. *in-*12.
C'eſt un Ouvrage de quatre feuil-
les, diviſé en 6. Chapitres, dont
le premier regarde la vie de *Defcartes.* Il eſt rempli de fautes, & très-
fuperficiel.

*Voyage du Monde de Defcartes.
Paris* 1691. *in-*12. Cet Ouvrage du
P. Daniel, Jeſuite, eſt une critique
ingenieufe des fentimens de *Defcartes.*

*Nouvelles difficultés propofées par
un Peripateticien à l'Auteur du Voyage
du Monde de Defcartes, touchant la
connoiffance des bêtes. Avec la réfutation de deux défenfes du fyfteme general
de Defcartes. Paris* 1693. *in-*12. Cet
Ouvrage eſt encore du *P. Daniel.*

*Recueil de quelques pieces curieufes,
concernant la Philofophie de M. Defcartes. Amfterdam* 1684. *in-*12.

*Nouveaux Mémoires pour fervir à
l'Hiftoire du Cartefianifme, par M.
G. de l'A. Utrecht* 1693. *in-*12. Cet

Tome XXXI. D d

R. DES-
CARTES.

Ouvrage est de M. *Huet.* V. Son article tom. 1. de ces Mémoires. p.
64.

La Vie de M. Descartes. Paris 1691.
in-4°. deux vol. Cette vie, qui est
de M. *Baillet*, est faite avec beaucoup de soin, & renferme tout ce
qui peut avoir rapport à *Descartes*;
mais il y a bien des inutilités & des
minuties. C'est ce qui lui a attiré la
Critique suivante.

*Reflexions d'un Academicien sur la
vie de M. Descartes, envoyées à un
de ses Amis en Hollande. La Haye*
1692. *in-12.* Cet Ouvrage est attribué au P. *le Tellier*, Jesuite.

*La vie de M. Descartes reduite en
abregé. Paris* 1693. *in-12.* Cet abregé
est de M. *Baillet.*

FRANÇOIS MACEDO.

F. MA-
CEDO.

FRANÇOIS *Macedo* naquit à
Conimbre ville du Portugal l'an
1596.

Après avoir fait ses études d'Humanités, il entra en 1610. chez les
Jesuites, étant alors âgé de 14. ans.

Lorfqu'il y eut achevé le cours ordinaire des études, il enfeigna la Rhetorique pendant plufieurs années, la
Philofophie pendant un an, & la
Chronologie affez long-temps.

Enfin il fit profeffion des quatre
vœux en 1630. Il quitta cependant
quelque temps après la Societé, fans
qu'on en fçache les raifons: mais s'il
la quitta, il conferva toûjours de
l'affection pour elle, & n'oublia rien
pour travailler à la gloire de S. Igna-
ce, fon fondateur.

On ignore l'année de fon changement: On voit feulement par la date
de fes Ouvrages, qu'il étoit encore
Jefuite en 1633. & qu'il étoit Cordelier en 1641. Il prit en entrant
dans ce dernier Ordre le nom de
François de S. Auguftin qu'il a toûjours porté depuis.

La revolution de Portugal, qui
mit en 1640. *Jean IV.* Duc de *Bra-
gance* fur le thrône, donna occafion
à *Macedo*, d'exercer fon efprit vif
& intriguant; non content de compofer divers Ouvrages pour foutenir
les droits de ce Prince, contre les
prétenfions des Efpagnols, il accom-

D d ij

F. MA-
CEDO.

pagna en *France* & en *Angleterre* les Deputés qu'il y envoya, pour engager ces Cours à prendre ses interêts.

Il alla ensuite demeurer à *Rome*, où il fut chargé de professer la Théologie Polemique dans le College *de Propaganda fide*, & ensuite l'Histoire Ecclesiastique dans le College de la Sapience, & de faire outre cela la fonction de Censeur du S. Office.

Comme il cherchoit à se faire un nom, il soutint en 1658. à *Rome* pendant trois jours entiers des Theses *de omni scibili*, & l'on prétend qu'il s'en tira d'une maniere qui lui fit honneur.

Il alla plusieurs années après faire la même chose à *Venise*, & remplit toute cette ville d'admiration. Si l'on s'en rapporte au P. *Archange de Parme*, qui a pris sa defense contre le P. *Noris*, ou plûtôt à lui même, puisque ce Pere n'est qu'un Masque sous lequel il s'est caché, il termina cette action, dans laquelle il parla avec une presence d'esprit extraordinaire, de toutes les matieres imaginables, par plus de deux mille vers qu'il composa sur le champ, & par

une Epigramme sur la ville de *Veni-*
se, qui ne le cedoit point à la fameuse de *Sannasar.* Tout cela sent
fort le Charlatan; en effet quelque
bonne opinion que *Macedo* eût de
sa Poësie, & de sa capacité, personne ne s'est jamais avisé de le mettre
au rang des Poëtes, & tout ce qu'il
a fait en ce genre est tombé absolument dans l'oubli.

Il obtint quelque temps après une
chaire de Philosophie Morale à *Pa-*
douë; ce qui l'engagea à aller demeurer dans cette ville vers l'an
1668.

Tout le fruit de ses travaux se termina là. Il s'en plaint dans la Préface
de son premier tome des *Collationes*
Doctrinæ S. Thomæ & Scoti, & s'ap-
plique, en changeant quelques mots,
ces vers d'*Enée* à son fils *Ascagne* dans
le 12e. livre de l'Eneïde de *Virgile.*

Disce, legens, doctrinam ex me ve-
    rumque laborem,
Fortunam ex aliis: nam te mea Pen-
    na Minerva
Addictum dabit, & nulla inter præ-
    mia ducet.

F. MA-
CEDO.

F. MA-CEDO.

On ignore les particularités du re-ste de sa vie, qui fut fort longue; puisqu'il ne mourut qu'en 1681. étant alors âgé de 85. ans.

Il a composé un nombre prodi-gieux d'Ouvrages, & quoiqu'il y en ait beaucoup d'imprimés, il doit en être resté beaucoup en Manuscrit, si ce qu'il nous apprend à la fin de son *Myrothecium Morale*, publié en 1675. est vrai; qu'il avoit composé alors 53. Panegyriques, 60. discours La-tins, 32. Oraisons funebres, 123. Elegies, 115. Epitaphes, 212. Epi-tres dedicatoires, 700. Epitres fami-liaires, 2600. Poëmes Epiques, dont il avoit recité 48. en public, 500. Elegies, 110. Odes, 3000. Epigram-mes ou pieces differentes de vers, 4. Comedies Latines, 2. Tragedies, une Satyre en Espagnol; & en tout cent cinquante mille vers; sans par-ler d'un grand nombre de consulta-tions sur la Théologie, sur le Droit, & sur d'autres matieres.

Tout ce detail auroit pû entrer dans la Charlatanerie des *Sçavans* de *Mencken*, s'il l'avoit sçu; & il y au-roit fort bien figuré.

On ne peut nier que *Macedo* n'eût F. MA- de l'érudition, & qu'ayant une me- CEDO. moire heureuse & ayant beaucoup lû, il ne fût en état d'en imposer aux demi-sçavans & aux ignorans. Mais il est facile de reconnoître qu'il n'y a dans tout ce qu'il dit que du verbiage, & que tous ses Ouvrages ne lui ont presque couté que la peine de les écrire. Cependant la prevention favorable où il étoit à son égard, la rendu assez temeraire pour vouloir attaquer les plus grands hommes de son temps, & entre autres le Pere *Noris*, qui fut depuis Cardinal; auquel il étoit fort inferieur en toute maniere. On verra plus bas les extravagances qu'il fit dans la dispute qu'il eut avec ce sçavant homme.

Catalogue de ses Ouvrages.

1. *Apotheosis S. Francisci Xaverii, Epico Carmine : Libri tres.* Olissipone 1620. *in-8°.*

2. *Apotheosis S. Elizabethæ Reginæ Lusitaniæ, Epico Carmine; liber unicus. Conimbricæ* 1625. *in-4°.*

3. *Elegiæ septem in mortem P. Francisci de Mendoza, Soc. Jesu.* Ces

D d iiij

F. MA-
CEDO.

Poësies se trouvent à la fin du *Viri-darium sacræ & profanæ eruditionis* de *Mendoza*, imprimé à *Lyon* l'an 1632. *in-fol.* *Sotwel* a aussi inseré l'Epitaphe de ce Pere, qui mourut le 3. Juin 1626. faite par *Macedo*, dans l'article qu'il en a donné dans la Bibliotheque des Jesuites.

4. *Theses Rhetoricæ in unum volumen conjectæ. Madriti* 1628. Les titres de ces Theses que *Macedo* fit soutenir à *Madrit*, sont les suivans. *Thesaurus Eruditionis pro sole Zodiacum percurrente. Parnassi Nemus Poëticis arboribus consitum. Viridarium Eloquentiæ Rhetoricis floribus distinctum.*

5. *La Vida de D. Luis de Ataide Virey de la India. Madrit* 1629. *in-4°.*

6. *Historia recentium Martyrum Japonensium.* (en Espagnol) *Madrit* 1632. *in-4°.* Cet Ouvrage omis par *Sotwel*, & par *Nicolas Antonio*, se trouve marqué ainsi dans le Catalogue qu'il a donné de ses Ouvrages.

7. *Epitome Chronologico desde il principio del Mondo, hasta la Venida de Christo. Madrit* 1633. *in-4°.* Ce sont là tous les Ouvrages qu'il a faits étant Jesuite.

8. *Panegyris Apologetica pro Luſi-* F. MA-
tania vindicata à fervitute & tyranni- CEDO.
de immani Caſtellæ. Pariſ. 1641. in-
4°. Cet Ouvrage eſt Anonyme, mais
Macedo le met au nombre des ſiens,
dans la liſte qu'il en a donnée.

9. *Jus ſuccedendi in Luſitaniæ Reg-*
num , Catharinæ Regis Emmanuelis ex
Eduardo filio neptis , Doctorum ſub
Henrico Rege ultimo Conimbricenſium
ſententiis confirmatum ; ab Anonymo
Luſitano Latinitate donatum. Addita
appendice de actu poſſidendi & jure
poſtliminii Regis Joannis IV. Pariſ.
1641. *in-fol.*

10. *Elogia Gallorum. Aquis Sextiis*
1641. *in-*4°.

11. *Deſcriptio Villæ Juquii, & Sanc-*
tæ Baumes, id eſt, ſpeluncæ S. Magda-
lenæ. Aquis Sextiis 1641. *in-*8°. Cet
Ouvrage , qui eſt en vers, eſt ainſi
marqué dans le Catalogue de ſes
œuvres.

12. *Elogium Eminentiſſimi Michaë-*
lis Mazzarini , Ordinis Fratrum Præ-
dicatorum , S. R. E. Cardinalis. Pa-
riſ. J'ignore la date de cet Ouvrage,
qui eſt mis par *Nicolas Antonio* parmi les Ouvrages compoſés entre

F. MA-
ΦEDO.
1641. & 1642. Mais il ne peut-être de cette année, puisque *Michel Mazzarin* ne fut Cardinal qu'en 1647.

13. *Panegyricus Urbano VIII. Apes Barberinæ. Lyra Barberina. Roma vetus & Nova; carmine heroïco. Romæ* 1642. *in-*4°. Ce font differentes pieces de Poëſie, reunies ici.

14. *Honor Vindicatus. Rupellæ* 1642. *in-*8°.

15. *Filipica Portugueſa. Lisboa* 1644. *in-fol.*

16. *Propugnaculum Luſitano-Gallicum, contra Calumnias Hiſpano-Belgicas, in quo ferme omnia utriuſque Regni, tùm domi, tùm foris præclare geſta continentur. Pariſ.* 1647. *in-fol.* C'eſt dans cet Ouvrage qu'il a fait la bevuë que *La Mothe le Vayer* lui reproche dans ſon *Exameron Ruſtique.* Les freres de *Sainte-Marthe* ayant, dit-il, rapporté quelque choſe de la Layette de Champagne cottée F. le P. *Macedo* cite cela, & fait un homme d'un tiroir, *Franciſcus Layette Campanus.*

17. *Laurus Harcurtia. Pariſ.* 1648. *in-*4°.

18. *Cortina D. Auguſtini de Præ-deſtinatione & Gratia. Pariſ. 1648. in-4°. It. Monaſterii 1649. in-4°.*

19. *Panegyris Soterica ob propulſa-tum ſacræ Euchariſtiæ ope imminens periculum. Pariſ. 1648. in-4°.*

20. *Elogia nonnulla, & deſcriptio Coronationis Ser. Chriſtinæ Suecorum Reginæ, Oratione ſoluta & ligata. Hol-miæ 1650.*

21. *Teſſera Romana Autoritatis Pon-tificiæ adverſus Buccinam Thomæ An-gli, & Claſſicum Heterodoxorum. Lon-dini 1653. in-4°.*

22. *Controverſia Eccleſiaſtica inter Fratres Minores. Londini 1653. in-4°.*

23. *Lituus Luſitanus Buccinæ An-glicanæ Thomæ Angli canenti occinens. Londini 1654. in-4°.*

24. *Mens divinitus inſpirata ſum-mo Pontifici Innocentio X. ſuper quin-que propoſitiones Janſenii. Londini 1654. in-4°.*

25. *Scrinium D. Auguſtini, ſive D. Auguſtini mens illuſtrata de duplici ad-jutorio Gratiæ, ſine quo non, & quo. Londini 1654. in-4°.*

26. *Domus Sadica, Regiis lineis firmata, Romanis columnis nixa, Sa-*

Mém. pour servir à l'Hist.

dicis Heroïcis illustrata. Londini 1654. *in-fol.* C'est l'Eloge d'une famille de Portugal.

27. *Sylvæ Pontificiæ Rosæ Alexandrinæ, Alexandro VII. recens Creato,* Roma 1655. *in-*4°. Ce sont differentes sortes de Poësies à la loüange du Pape *Alexandre VII.*

28. *Christiana Pallas Togata Alexandri VII. auspiciis triumphatrix.* Roma 1656. *in-*4°. Cette piece roule sur la conversion de la Reine *Christine* de Suede.

29. *Encyclopædia in Agonem litteratorum producta.* Roma 1657. *in-fol.*

30. *Vitæ SS. Joannis de Matha & Felicis de Valois, fondatorum Ordinis S. Trinitatis, Redemptionis Captivorum.* Roma 1660. *in-*8°.

31. *De Clavibus Petri Opus in quatuor libros divisum.* 1°. *De Clavi Papalis dignitatis, Potestatis, Jurisdictionis.* 2°. *De Clavi intelligentia & interpretationis S. Scripturæ.* 3°. *De Clavi fidei dogmatica & practica.* 4°. *De Clavi Sacramentorum. Additis tribus controversiis.* 1°. *De Hæresi & Schismate.* 2°. *De Sacerdotio Christi.* 3°. *De peccato originali.* Roma 1660. *in-fol.*

32. *Archigymnasii Romanæ sapien-* F. MA-
tiæ ab Alexandro VII. Pont. Max. CEDO.
perfecti, lustrati, consecrati postridie
idus Novembris descriptio. Romæ 1661.
in-8°. A la fin de ce livre on lit ces
mots : *Scribebat uno post mense quàm*
dedicata est ab Alexandro sapientia
ejusdem anni 1660. *Franc. Macedo.*

33. *Theatrum Meteorologicum. Ro-*
mæ 1661. *in-8°.*

34. *Diatriba de adventu S. Jacobi*
in Hispaniam. Romæ 1662. *in-4°.*

35. *Controversiæ Selectæ. Romæ* 1663.
in-12.

36. *R. P. Abbatis D. Hilarionis*
Rancati in ejus exequiis, præsente cor-
pore, ad S. Crucis in Jerusalem habi-
ta laudatio. Romæ 1663. *in-4°.*

37. *Funebris in Cardinalem Julium*
Sacchellum Oratio. Romæ 1663. *in-8°.*

38. *Schola Theologiæ positivæ ad*
doctrinam Catholicorum & refutatio-
nem Hæreticorum aperta. Romæ 1664.
in-fol.

39. *Assertor Romanus, sive vindiciæ*
Romani Pontificis & Pontificatus. Ro-
mæ 1666. *in-fol.* Cet Ouvrage repa-
rut quelques années après, avec un
nouveau frontispice & une nouvelle

F. MA-
CEDO.

Epitre dedicatoire, fous ce titre :
Medulla Hiftoriæ Ecclefiafticæ emacu-
lata, emdullata, vindicata. Patavii
1671. in-fol. Malgré ces différences,
c'eft la même édition.

40. *Vita Terefiæ Reginæ Legionis, &*
Sanciæ Dominæ Jerabricæ Sororum Lu-
fitanarum, Sanctimonialium Ciftercien-
fium S. Bernardi inftituti, quæ vulgò
Sanctæ Reginæ appellantur. Romæ 1667.
in-8°.

41. *Litteræ officiofæ reciproca Mar-*
ci ad Petrum, & Petri ad Marcum,
fuper acceptis à S. D. N. Clemente
IX. Papa in Cretenfi obfidione auxi-
liis. Auctore Franc. à S. Auguftino
Macedo. Venetiis 1668. *in-4°.* Cet
Ouvrage eft en vers Latins, & ne
tient qu'une feuille.

42. *Concentus Euchologicus Sanctæ*
Matris Ecclefiæ in Breviario, & S.
Auguftini in libris. Adjuncta harmo-
nia Exercitiorum S. Ignatii. Soc. Jefu
fundatoris, & Operum S. Auguftini,
Ecclefiæ Doctoris. Venetiis 1668. *in-*
fol. Il prend dans cet Ouvrage la
qualité de Profeffeur en Philofophie
morale à *Padoue* ; & c'est apparemment cette année, qu'il a commen-

ce à avoir ce titre.

43. *Vita Venerabilis Toribii Alf. Mogrovegii Archiepiſcopi Limenſis. Patavii* 1668. *in-*4°.

44. *Pictura Venetæ Urbis ejuſque partium in Tabulis Latinis, coloribus oratoriis expreſſa, & pigmentis Poëti-cis colorata, Penicillo Franc. à S. Auguſtino Macedo. Venetiis* 1670. *in-*4°.

45. *Phœnix Creticus, Catharinus Cornelius, Venetus heros, incendiarii pulveris opera extinctus, tribus Franciſci Macedo operibus, Epigrammate, Elogio, Laudatione redivivus. Venetiis* 1669. *in-*4°. C'eſt une petite bro-chure.

46. *Panegyricus S. D. N. Clementi Papæ IX. Patavii dictus. Patavii* 1669. *in-*8°.

47. *Collationes Doctrinæ S. Thomæ, & Scoti, cum differentiis inter utrum-que; textibus utriuſque fideliter pro-ductis, ſententiis ſubtiliter examinatis, Commentariis Interpretum, Cajetani inprimis, & Lycheti diligenter excuſ-ſis, & aliarum pene omnium Schola-rum, præcipue Jeſuitica Suario, & Vaſquio Autoribus Controverſiis apte prolatis. Patavii* 1671. *in-fol.* deux

F. MA-
CEDO.

tomes, sur les deux premiers livres des sentences.

48. *Ser. Cosmi III. Magni Ducis Etruriæ Sacellum. Florentiæ 1673. in-*4°. Ce sont des vers sur la chapelle de S. Laurent.

49. *Rev. Patris Fr. Joannis Bona, Abbatis Generalis Cisterciensis ex Congregatione Fulliensium Doctrina de usu Fermentati in Sacrificio Missæ per mille & amplius annos à Latina Ecclesia observato, dum esset Abbas, antequam R. E. Cardinalis (qualis nunc est) crearetur, examinata, expensa, refutata à P. Francisco à S. Augustino Macedo. Ingolstadii. in-*8°. *Macedo* n'épargne gueres dans cet Ouvrage, qui a été imprimé à *Venise,* quoique le titre porte *Ingolstad,* le Cardinal *Bona.* Ce fut pour cette raison qu'on le defendit à *Rome,* jusqu'à ce qu'il fût corrigé. Cette défense engagea *Macedo,* à en ôter tout ce qu'il y avoit de choquant, & à le faire réimprimer sous un titre plus honorable qu'il n'étoit d'abord. *Em. ac Rev. D. Cardinalis Bona doctrina de usu Fermentati in Sacrificio Missæ per mille & amplius annos à Latina Eccle-*

Ecclesia observato , in suo libro Rerum F. MA-
Liturgicarum cap. 23. *examinata &* CEDO.
expensa à P. Fr. Macedo. Veronæ
1673. *in-*8°. Quelques-uns pretendent que *Macedo* n'attaqua le Cardinal *Bona* , que parce que ce Cardinal
ne l'avoit jamais cité dans ses Ouvrages , & qu'étant fier & querel-
leux , il profita de l'occasion pour
lui faire une querelle. D'autres veu-
lent qu'il ait été poussé à écrire contre lui , par quelques personnes , à
qui son sentiment ne plaisoit pas. La
hauteur & la vivacité avec lesquelles *Macedo* agit contre lui , rendent
le sentiment des premiers plus probable, & autorisent la pensée de *Bay-*
le , qui dit que la Republique des
Lettres à ses Breteurs , & que *Mace-*
do en étoit un.

50. *Disquisitio Theologica de ritu*
Azymi & Fermentati , Sanctissimo P.
D. N. Clementi Papæ X. dicata : Au-
tore P. Francisco à S. Augustino Ma-
cedo , Min. Observ. Lusuano , Magi-
stro Conimbricensi , Lectore sui Ordi-
nis Jubilato , Professore publico Pata-
vino , Exlectore Regio Madriti , Pon-
tificio Romæ in Collegio de Propagandâ

Tome XXXI. Ee

F. MA-
CEDO.

Fide , & in alma sapientia ; Ex qualificatore S. Officii Romani , Concionatore & Consiliario Regis Christianissimi , & Ser. Lusitaniæ Regis Historico Latino , Veneto Cive. Verona 1673. in-4°. Macedo a affecté ici de mettre toutes ses qualités , pour faire voir au Cardinal *Bona* , qu'il n'avoit pas affaire à un simple Moine , & pour les opposer aux termes peu obligeans , avec lesquels on lui avoit fait accroire que ce Cardinal avoit parlé de lui. Au reste cet Ouvrage est different du précedent , qui n'est proprement qu'une réfutation , au lieu que celui-ci est un Ouvrage dogmatique. L'Epitre dédicatoire est un Panegyrique du Pape *Clement X.*

51. *Commentationes duæ Ecclesiasticæ Polemicæ. Altera pro S. Vincentio Lirinensi , & S. Hilario Arelatensi, & Monasterio Lirinensi. Altera pro Sancto Augustino , & Aurelio , & Patribus Africanis. Verona 1674. in-4°.* Des deux pieces contenues dans ce volume , la premiere est contre le P. *Noris* , & la seconde contre le P. *Lupus.* Celle qui est contre le P. *Noris* a été inserée à la suite de *Brunonis Neusse-*

ri *Prodromus Velitaris pro Auguftino,* contra *Henricum de Noris. Moguntiæ* 1676. *in-fol.* Macedo a mis à la tête de fon livre une Préface, où il mal-traite fort le P. *Noris,* fans le nom-mer. Ce Pere lui repondit par un petit Ouvrage, qu'il intitula : *Ad-ventoria Ven. P. Macedo, in Patavi-na Academiæ Ethices Interpreti, in qua de infcriptione libri S. Auguftini de Gratia Chrifti Albinæ, Pinianæ & Melaniæ differitur. Florentiæ* 1674. *in-*4°. *Macedo,* qui n'étoit pas d'hu-meur à demeurer en refte, publia auffitôt une Replique fous le nom d'un de fes difciples, & fous ce ti-tre.

52. *Fratris Archangeli à Parma, Socii Patris Macedo Epiftola obvia adventoriæ Fr. Noris fuper Quæftione Grammatica. Romæ* 1674. *in-*4°. Il ne fut qu'un jour à compofer cette Re-plique, & on l'imprima en trois jours, comme on le marque au com-mencement. Le ftile en eft fort vif, & le P. *Noris* n'auroit pas manqué de lui repondre fur le même ton, fi la Sacrée Congregation ne leur avoit défendu à tous les deux d'écrire da-

F. MA- vantage sur cette matiere. Cette dé-
CEDO. fense excita la bile de *Macedo*, qui
s'avisa alors de faire un défi en forme
au P. *Noris*, & lui envoya le Cartel
suivant, que je rapporterai ici pour
la singularité.

53. *Libellus Provocationis ad Cer-
tamen Literarium in causa Gratiæ &
Augustini, missus à Patre Fr. Francisco
Sancti Augustini Macedo, Observan-
te, ad Patrem Fr. Henricum Noris,
Eremitam Augustinianum.*

Causa Duelli.

*Studium defendendæ doctrinæ Gra-
tiæ Christianæ, & Augustinianæ, ab
erroribus & calumniis : quod est anti-
quissimum Macedo.*

Occasio.

*Dictum Noris de Macedo in Vindic.
Augustianis cap. 3. v. 2. pag. 26.* Pater Macedo mihi autor fuit ut tum
Historiam Pelagianam tum hasce
vindicias evulgarem. *Non potuit Macedo suasor esse operis in quo cùm plurima sunt à veritate aliena, tùm nonnulla adversa Gratiæ & Augustino.*

Jus.

*Quando non licet per superiores quid-
quam mandare typis, reliquum est ut
certamine decernatur.*

Materia.

*Tredecim Propoſitiones Noris, pug-
nantes cum doctrina Gratiæ & Auguſtini. Errores tres inde pullulantes. Decem injuriæ illatæ Auguſtino.*

Modus.

*Propoſitiones ſuis, uti ſunt in libro
Noris, conceptæ verbis perſpicue affe-
rentur. Errores fideliter adducentur;
Auguſtini injuriæ manifeſte exponen-
tur; obſignatis libellis, productis teſti-
moniis, ut negari nequeant.*

Finis.

Veritas & honor Auguſtini.

Eventus.

*Noris prævaricator, & deſertor Gra-
tiæ & Auguſtini.*

*Macedo utriuſque defenſor, & vin-
dex apparebit.*

Lex.

*Noris quibuſcumque Armis & So-
ciis velit uti licitum eſto.*

*Macedo, cum vel minimo provocet,
in uno Auguſtino omnia ſunto.*

Ero Bononiæ.

Ce Cartel fut imprimé alors en
une fëuille *in-*4°. & *Leti* l'a inſeré
dans le 4ᵉ. volume de ſon *Italia
Regnante.* p. 502.

Macedo se rendit en effet à *Boulogne*, pour soutenir son défi, & y
attendit quelques jours le P. *Noris*.
Mais le Grand Duc ne permit pas à
ce dernier d'y aller, & rendit par-là
inutile la rodomontade de *Macedo*.

54. *Responsio ad Notas nobilis Cri-
tici Anonymi in Apologiam Fr. Thomæ
Mazzæ pro Joanne Annio Viterbiensi.
Veronæ* 1675. *in*-4°. J'ai rapporté
dans l'article d'*Annius* tom. 11 de
ces Mémoires, p. 10. ce qui a donné occasion à cet Ouvrage, où *Macedo* a fait connoître son peu de
goût & de critique, en prenant la
defense d'un Auteur tel qu'*Annius*.

55. *Myrothecium Morale documen-
torum tredecim : quæ sunt totidem lec-
tiones super textum Aristotelis lib.* 8.
*Ethicorum de Amicitia. Cùm duplici
pia Appendicula, & Indice Librorum.
Patavii* 1675. *in*-4°. Les deux pieces
de l'Appendix sont, *Lamentationes
Jeremiæ Elegis reddita*, & *Psalmus*
50. *Davidis ad Elegiam redactus.* Le
P. *le Long* n'a point fait mention de
ces Poësies dans sa Bibliotheque Sacrée. Le Catalogue des Ouvrages de
Macedo, qui se trouve ici, a été in-

feré par *Greg. Leti* dans le 4ᵉ. tome F. MA-
de fon *Italia Regnante.* p. 491. Ils y CEDO..
font rangez par ordre des temps, mais
il y a bien des fautes d'impreffion
dans les dates. On y en voit feulement 46. parce que *Macedo* n'y a
pas fait entrer les petites brochures, qui ne meritoient pas le nom
de livres.

56. *Panegyrico fagro del Serafico*
Padre fan Francefco per recitarfi nel
giorno feftivo de' fuoi Natalitii, nel
Convento dell' Illuft. Madri di fan Lo-
renzo di Venetia. In Padoua 1675. *in-*
fol.

57. *Schema Sacræ Congregationis S.*
Officii Romani, cùm Elogiis Emin.
Principum Cardinalium; & Corolla-
rium de infallibili autoritate fummi
Pontificis in Myfteriis fidei proponen-
dis, & ejufdem controverfiis deciden-
dis. Patavii 1676. *in-*4°. Il met la
premiere inftitution de l'Inquifition
dans le Paradis terreftre, & pretend
que Dieu commença à y faire la
fonction d'Inquifiteur, qu'il continua d'exercer hors du Paradis contre *Caïn*, & contre ceux qui bâti-
rent la Tour de *Babel.* Il ajoute que

F. MA-
CEDO.

S. *Pierre* proceda en la même qualité contre *Ananie* & *Saphire*, & qu'il
la tranfmit aux Papes, qui en inve-
ftirent S. *Dominique*, & fes fuccef-
feurs.

58. *Difcorfo Accademico : Qual go-
da con piu diletto la Rappresentatione
Comica, ò Tragica ò mifta di un Pal-
co ; fe un Cieco che Senta, ò un fordo
che veda.* In *Padoua* 1676. in-4°. On
voit par les qualités que *Macedo*
prend ici, qu'il étoit de l'Academie
des *Umorifti* de *Rome*, & de celle des
Ricovrati de *Padouë.*

59. *Responfiones P. Macedo adverfus Propofitiones parallelas Fr. Joannis
à Guidicciolo, collecta ab Annibale
Riccio, Veneto. Venetiis* 1676. *in-4°.*
On peut voir fur cet Ouvrage, qui
eft contre le Cardinal *Noris*, l'article de ce Sçavant tom. 3e. de ces
Mémoires, p. 253.

60. *Genethliacum Augufti Principis
Jofephi, Cafaris Augufti Leopoldi Imperatoris filii, trilingue, Latinum,
Italicum, Hifpanicum. Venetiis* 1679.
in-fol.

61. *In Nuptiis Ser. Principum, Vic-
toris Amadei Ducis Sabaudia, & Elizabethæ*

*zabethæ Mariæ Francifcæ Princip. Lu-
fitaniæ Epithalamium. in-fol.* Cet Epithalame a été imprimé à *Padouë* en
1679.

62. *Elogia Poëtica in Rempublicam
Venetam ejufque Senatum, Tribuna-
lia, Pontifices & Duces. Cum Iconibus. Patavii* 1680. *in-fol.*

63. *De Incarnationis Myfterio.* C'eft
le dernier Ouvrage de *Macedo*, qui
l'a publié à la fin de l'année 1680.
ou au commencement de la fuivante 1681. Il y a joint un *Itinerarium
S. Auguftini*, dans lequel il raconte
divers voyages qu'il pretendoit que
S. Auguftin avoit faits depuis fon
baptême; & où il dit qu'il avoit
tant d'amour pour ce faint Docteur,
que fouvent il rêvoit à fon fujet en
dormant. Ces rêves & la qualité de
50e. Ouvrage que *Macedo* a donné
à celui-ci, ont engagé le P. *Noris* en
le refutant à intituler ainfi fa refutation. *Somnia quinquaginta Fr. Macedo in Itinerario S. Auguftini poft Bap-
tifmum Mediolano Romam: excutie-
bat levi brachio P. Fulgentius Fosseus
Auguftinianus. Lugd. Bat.* (1681.) *in-
4°.*

Tome XXXI. F f

F. MA-
CEDO.

63. *Cinelli* nous apprend dans la 13e. partie de *Bibliotheca volante*, qu'*Antoine Macedo*, Jesuite, son frere, publia après sa mort en 1683. un Recueil de ses Poësies Latines à *Lisbonne in-8°*.

64. *Panegyricus Christinæ Reginæ. in-4°*. sans date. C'est apparemment une piece differente de celles dont j'ai parlé plus haut.

65. *Officium S. Joannis Evangeli-stæ. Olissipone. Nicolas Antonio* est le seul qui marque cet Ouvrage, dont il ne donne point la date.

66. *Descrizzione della Veneria del Duca di Savoia. in-8°*. sans date. Cette description est en vers.

67. *Protesta del P. Francisco Ma-cedo. in-fol.* sans date. *Cinelli*, qui rapporte le titre de cette piece dans la 2e. partie de sa *Bibliotheca volante*, dit qu'il y fait voir, 1°. qu'il ne lui a jamais été defendu d'écrire contre le P. *Noris*. 2°. qu'il n'a point écrit contre lui par jalousie, mais seulement par amour pour la verité. Le premier de ces points contredit ce qu'il a dit sur cela dans son Car-tel.

68. *Clavis Auguftiniana liberi Ar-*   F. MA-
bitrii à Servitute neceffitatis Concu-   CEDO.
pifcentiæ Vindicati. in-fol. En une
demi-feüille fans date ; cet Ouvrage,
qui eft contre le P. *Noris*, paffe
pour être de *Macedo*, fuivant *Ci-*
nelli.

69. *Refponfa P. Francifci Macedo*
adverfus Gerras Germanas Germani-
tatum Cornelii Janfenii, & Henrici
Noris, collecta ab Annibale Riccio
Veneto. Venetiis 1677. *in-fol.* On eft
perfuadé qu'*Annibal Ricci* eft un
mafque dont *Macedo* s'eft couvert.

V. *Sotwel, Bibliotheca Scriptorum*
Societatis Jefu. Nicolai Antonii Bi-
bliotheca Hifpana Nova. Leti, Italia
Regnante tom. 3. & 4. *Bayle, Diction-*
naire.

CONRAD LYCOSTHENES.

CONRAD *Lycofthenes* naquit le   C. LYCO-
8. Août 1518. à *Ruffach*, vil-   STHENES,
le d'Alface, de *Theobald Wolffhart*,
Conful de ce lieu, dont il changea
le nom en celui de *Lycofthenes*, qui
fignifie en Grec la même chofe, que

C. LYCO-
STHENES.

celui-là en Allemand, & d'*Eliza-beth Pellican*, sœur de *Conrad*.

On l'envoya à l'âge de 17. ans à *Heidelberg*, où il fut reçu Maître-ès-Arts en 1539. Il s'y appliqua ensuite à la Théologie, & y contracta amitié avec *Henri Stolon*, Ministre de cette ville, qui le mena en 1541. à *Ratisbone* à l'assemblée des Théologiens, qui s'y fit alors.

De retour à *Heidelberg*, il y continua ses études de Théologie, ausquelles il joignit celles d'histoire, jusqu'à l'année suivante 1542. qu'il alla à *Basle* avec *Henri Pantaleon*, son compagnon d'étude.

Il y fut fait Professeur à son arrivée, & il y enseigna la Grammaire & la Dialectique pendant trois ans, au bout desquels, c'est-à-dire, en 1545. il fut nommé Diacre de l'Eglise de *S. Leonard* dans cette ville; poste qu'il a conservé jusqu'à la fin de sa vie.

En 1554. il eut une attaque de Paralysie, qui lui saisit tout le côté droit & la langue; mais elle ne dura que quelques jours. Il en perdit cependant entierement la main droite,

au défaut de laquelle il s'accoûtuma
à écrire de la gauche.

Il vêcut encore sept ans depuis en
assez bonne santé ; mais une violente attaque d'Apoplexie l'enleva le
25. Mars 1561. dans sa 43ᵉ année.

Il fut enterré dans l'Eglise de *S.*
Leonard avec cette Epitaphe, qui est
assez embroüillée.

Sisto gradum Viator : si bonus es,
morose victurus ; sin malus, vive mo-
riturus. Hocce Conradus ego Lycosthe-
nes Rubeacensis, Philosophiæ perennis
compendium, æterni luminum datoris
benig. per 42. valetudinariæ ætatis an-
nos. M. 7. D. 7. serio seduloque com-
mentatus, 8. Kal. Aprilis non impro-
viso apoplexiæ turbine ad certam im-
mortalitatem anno ejusdem Repar. 1561.
præter votum metumque abreptus, sor-
tis literariæ multam saltem, si non mag-
nam, reliqui usuram posteris. Qui po-
tes meliora, debes ; atque ut præstes, in
rem tuam abi.

Catalogue de ses Ouvrages.

1. *C. Plinii secundi liber de Viris*
illustribus, emendatus & Commentario
illustratus. Basileæ 1547. *in-8°. It.*
Ibid. 1552. *in-fol. Lycosthenes* a attri-

C. LYCO-
STHENES.

bué mal à propos à *Pline* cet Ouvrage, qui est d'*Aurelius Victor.*

2. *Elenchus scriptorum omnium,
veterum scilicet ac recentiorum, extantium & non extantium, publicato-
rum, atque hinc inde in Bibliothecis
latitantium, qui ab exordio Mundi
usque ad nostra tempora in diversis linguis, artibus, ac facultatibus clarue-
runt, ac etiamnum hodie vivunt: ante
annos aliquot à Cl. Viro D. Conrado
Gesnero, Medico Tigurino, editus,
nunc vero primum in Reip. Litterariæ
gratiam in compendium redactus, &
auctorum haud pœnitenda accessione
auctus, per Conradum Lycosthenem. Basileæ 1551. in-4°.* Josias *Simler* a donné une nouvelle édition fort augmentée de cet Abregé de *Gesner* sous
ce titre : *Epitome Bibliothecæ Conradi
Gesneri, conscripta primum à Conrado
Lycosthene, nunc denuo recognita ad
plus quam bis mille Autorum accessione locupletata per Josiam Simlerum. Tiguri 1555. in-fol.* Cette édition a été
suivie d'une seconde de *Simler* encore plus ample, qui a paru à *Zurich*
en 1574. *in-fol.* & d'une autre qui a
effacé toutes les précedentes, don-

née par Jacques Frisius en 1583. avec
ses additions.

3. *Apophthegmatum, sive responsorum memorabilium, ex probatissimis quibusque tam Græcis, quàm Latinis Autoribus, priscis pariter, atque recentioribus, collectorum, Loci Communes, ad ordinem Alphabeticum redacti.* Basileæ. 1555. *in-fol.* Lycosthenes dit avoir tiré cet Ouvrage de 130. Auteurs, dont il donne la liste. It. Avec l'Ouvrage suivant. *Lugduni* 1614, *in-8°.*

4. *Parabolæ, sive similitudines, ex Aristotele, Plutarcho, Seneca & aliis Autoribus ab Erasmo collecta, nunc in locos communes redacta per Conradum Lycosthenem. Bernæ* 1557. *in-4°.* It. sous ce titre : *Similium loci Communes ex omnium scriptorum genere selecti.* Basileæ 1575. *in-8°.* It. *Ibid.* 1602. *in-8°.* It. Avec l'Ouvrage précedent sous ce titre : *Apophthegmata ex probatis Græcæ & Latinæ linguæ scriptoribus, à Conrado Lycosthene, Authore damnato, collecta, & per locos Communes, juxta Alphabeti seriem digesta, sed olim prohibita : nunc vero superiorum jussu postrema hac editione accura-*

F f iiij

C. LYCO- *te recognita, ab omni obscœnitate &*
STHENES, *impietate purgata, plurimisque Centu-*
riis, quæ stellulis notata sunt, locu-
pletata. Accesserunt Parabolæ, sive
similitudines per Erasmum excerpta,
deinde per C. Lycosthenem dispositæ:
ac nunc tandem sedulò purgatæ & auc-
tæ, Patrum Soc. Jesu studio & opera.
Lugduni 1614. *in-8°.*

5. *Gnomologia ex Æneæ Sylvii ope-*
ribus Collecta. Imprimée avec ces Ouvrages. *Basileæ* 1551. *in-4°.*

6. *Julii Obsequentis Prodigiorum li-*
ber integritati suæ restitutus. Basileæ
1552. *in-8°.* It. *Lugd.* 1589. *in-8°.*

7. *Joannis Ravisii Textoris Officina,*
emendata, aucta & in longe comme-
diorem ordinem redacta per Conradum
Lycosthenem. Basileæ 1555. *in-4°.* A-
vec quelques autres Ouvrages de *Ra-*
visius Textor.

8. *Prodigiorum & Ostentorum Chro-*
nicon. Basileæ 1557. *in-fol.* It. Dans
le *Chronicon Chronicorum Ecclesiasti-*
co-Politicum. Collectore Johanne Gual-
tero. (c'est-à-dire, Janus Gruter) Francofurti 1614. *in-8°.*

9. *L. Domitii Brusonii, Conturfini,*
facetiarum libri VII. *Basileæ* 1559.

in-4°. It. Lugd. 1562. *in-8°.* C'est C. LYCO-
Conrad Lycosthenes, qui a fait réim- STHENES.
primer à *Basle* cet Ouvrage, après y
avoir corrigé les fautes, dont l'édition de *Rome*, faite en 1518. étoit
remplie.

10. *Epitome Stobæi Sententiarum,*
sive locorum Communium ex Græcis
Autoribus. Basileæ 1557. *in-8°.*

11. Il avoit fait un livre *de Rubea-*
quensium Reipublicæ primordiis, incre-
mentis, devastationibus &c. à prima
origine usque ad nostra tempora, qui
n'a pas été imprimé, mais dont *Se-*
bastien Munster a inseré un Abregé
dans sa Cosmographie Universelle.

12. Il a paru à *Basle* en 1552. une
édition de la Géographie de *Ptole-*
mée, à laquelle il a ajouté une Préface sur l'utilité des Cartes Géographiques, & deux *Index* fort utiles
pour trouver tous les lieux marqués
dans les Cartes.

13. Il a commencé à ramasser les
Materiaux dont *Théodore Zwinger* a
composé son *Theatrum vitæ humanæ.*

V. *Henrici Pantaleonis Prosopogra-*
phia virorum illustrium Germaniæ.
Parte 3ª. *Melchioris Adami Vita Theo-*

EMANUEL MAIGNAN.

E. MAI-
GNAN.

EMANUEL *Maignan* naquit à *Toulouse* le 17. Juillet 1601. de *Pierre Maignan*, Referendaire, & Doyen de la Chancellerie de cette ville, & de *Gaudiose de Alvarez* fille d'*Emanuel de Alvarez*, Portugais, Professeur Royal en Medecine dans l'Université de *Toulouse*.

Après avoir fait ses études d'Humanités dans le College des Jesuites, il entra dans l'Ordre des Minimes, où il fit profession en 1619. âgé de 18. ans.

Il étudia ensuite en Philosophie sous un Maître très-attaché à la doctrine d'*Aristote* : mais il ne se laissa point entraîner à son autorité, qui regnoit alors souverainement dans les Ecoles, & il ne perdoit aucune occasion de disputer vivement contre tout ce qui lui paroissoit de faux ou de douteux dans la Physique de cet ancien Philofophe.

Cela fut pris pour un bon augure par fon Profeffeur, qui bientôt après decouvrit avec un grand étonnement, que fon difciple entendoit fort bien les Mathematiques, & qu'il étoit déja Géometre, fans que perfonne lui en eût fait des leçons, ayant été en cela fon propre Maître.

Il fut tout autre dans fon Cours de Théologie, qu'il n'avoit été dans celui de Philofophie : car au lieu qu'en celui ci il s'étoit montré fort incredule, & avoit foumis toutes chofes à un examen fevere, & aux difcuffions les plus fubtiles de la difpute, il fe foumit humblement aux dogmes Théologiques : pour ce qui eft des raifons Peripateticiennes qu'on employoit pour les éclaircir & pour les prouver, il ne fe crut pas obligé de les admettre fans les avoir examinées, & s'il ne les trouvoit pas folides, il les rejettoit, & ne faifoit aucun fcrupule de preferer les fecours de *Platon* à ceux d'*Ariftote*.

Les preuves qu'il donna de fon efprit & de fa capacité pendant tout

E. MAI-
GNAN.

le temps de ses études, engagerent
ses superieurs à se hâter de le faire
ordonner Prêtre, & à le charger
d'enseigner lui-même les autres.

Il le fit avec un succès, qui determina le General de l'Ordre à l'appeller à *Rome* en 1636. pour y professer dans le Couvent de la Trinité
du Mont.

Maignan s'y fit bientôt un nom
par son habileté dans les inventions
de Mathematiques, & dans les experiences Physiques, aussi bien que
par son livre *de Perspectiva Horaria*
qu'il publia en 1648.

Il demeura pendant 14. ans à *Rome*, après lesquels ses parens, qui
souhaitoient extrêmement le revoir,
obtinrent qu'il revînt dans sa patrie.

Il retourna à *Toulouse* en 1650, &
la même année il fut élû Provincial,
quoiqu'il souhaitât avec passion de
n'être detourné de ses études par les
fonctions d'aucune charge. Il vit
avec plaisir finir ses trois années, &
se rendit après cela tout entier à ses
études cheries, qui furent cependant interrompues par une longue
maladie, & par quelques voyages,

qu'il fut obligé d'entreprendre pour **E. Mai-**
les affaires de fon Ordre. Un de ces **gnan.**
voyages l'amena à *Paris* en 1657. &
il y fut admis aux conferences Phi-
lofophiques, qui s'y tenoient chez
M. de *Mommor*, Maître des Requêtes.

Le Roi *Loüis XIV.* ayant été en
1660. pendant fon féjour à *Touloufe*,
voir fes Machines & fes Curiofités,
voulut l'attirer à *Paris* ; & le Cardinal *Mazarin* lui fit fçavoir par M.
de *Fieubet*, Premier Préfident au
Parlement de *Touloufe*, les intentions
de ce Prince ; mais le P. *Maignan*
témoigna fi modeftement, & fi humblement l'inclination qu'il avoit de
paffer toute fa vie dans l'obfcurité
du Couvent, où il avoit reçu l'habit de l'Ordre, que la chofe en de-
meura-là.

Il eut ainfi la fatisfaction d'éviter
l'éclat qu'il n'aimoit point, & de
pouvoir travailler tranquillement à
faire des livres, des experiences, &
des leçons.

Sa reputation le faifoit confulter
de toutes parts, & les réponfes qu'il
avoit à faire l'occupoient beaucoup.

Mais il suffisoit à tout, parce qu'il
composoit avec une grande facilité.

Il mourut à *Toulouse* le 29. Octobre 1676. âgé de 75. ans.

Catalogue de ses Ouvrages.

1. *Perspectiva Horaria, sive de
Horographia Gnomonica, tùm Theori-
ca, tùm Practica, libris* IV. *Romæ*
1648. *in-fol.* Cet Ouvrage imprimé
aux depens du Cardinal *Spada*, Protecteur de l'Ordre des Minimes, fit
beaucoup d'honneur au P. *Maignan.*

2. *Cursus Philosophicus. Tolosæ* 1652.
in-8°. 4. vol. It. *Lugduni* 1673. *in-fol.*
Cette seconde édition est augmen-
tée, non seulement dans le corps de
l'Ouvrage, mais encore de quelques pieces particulieres ; entre autres, d'une Critique des Tourbil-
lon de *Descartes*, & d'une dissertation sur la Trompette parlante inventée par le Chevalier *Morland.*

3. *Sacra Philosophia, sive Entis su-
pernaturalis. Lugduni. in-fol.* deux
vol. Le premier en 1662. & le 2e.
en 1672. Les objections qu'on a faites contre le premier volume, &
ausquelles il a été obligé de repondre, ont retardé la publication du

ſecond. Toutes ces Réponſes qu'il a E. MAI-
publiées en particulier, & en diffe- GNAN.
rens temps, ont été enſuite imprimées enſemble par ſes ſoins en 1672.

Le premier Appendix eſt contre
le P. *Antoine la Louvere*, Jeſuite du
Collège de *Toulouſe*, qui dans ſon
Ouvrage *de Cycloide*, imprimé dans
cette ville en 1660. *in*-4°. avoit prétendu que le P. *Maignan* s'étoit
trompé par rapport à la ſtructure &
la peſanteur des corps, l'acceleration
du mouvement, l'égalité des angles
d'incidence & de reflexion, &c. Ce
dernier pretend qu'il y avoit du Pa-
ralogiſme dans les demonſtrations
du Jeſuite.

Le 2ᵉ. eſt deſtiné à refuter les Re-
pliques du P. *La Louvere*; & il y fit
entrer de bonnes obſervations ſur la
propagation ſucceſſive de la lumiere, la ſcintillation des Etoiles fixes,
& la Larme Batavique.

Le 3ᵉ. eſt une Réponſe à une Diſſertation que M. *Ducaſſe* avoit publiée contre la raiſon que le P. *Maignan* avoit donnée, pourquoi la Larme Batavique ſe briſe en mille pieces, lorſqu'on en a rompu le petit
bout.

Le 4e. est la refutation d'un écrit du P. *Jean Courboulez*, Jesuite du College de *Toulouse*, que le P. *la Louvere* avoit chargé dans sa derniere maladie des interêts de sa cause. Cet Appendix fut imprimé en 1667. à *Bourdeaux*, où l'Auteur étoit allé pour les affaires de son Ordre.

Le 5e. est contre le P. *Théophile Raynaud*, Jesuite, & les Peres *Vincent Baron*, & *Nicolas Arnu*, tous deux Jacobins, qui avoient attaqué son Hypothese sur les Accidens Eucharistiques. Car le P. *Maignan* pretendoit qu'il n'y avoit rien de si aisé, que d'expliquer la maniere dont les accidens du pain & du vin subsistent dans l'Eucharistie, sans le pain & le vin; en disant simplement, que le pain & le vin étant ôtés, Dieu continue à faire sur nos sens les mêmes impressions qu'ils faisoient avant leur changement.

4. *Dissertatio Theologica de usu licito Pecuniæ. Lugduni* 1673. & 1675. *in*-12. Cette Dissertation, qui semble autoriser l'usure a été censurée par quelques Evêques.

5. *Philosophia Maignani Scholastica.*

*ca, five in formam concinniorem &
auctiorem Scholasticam digesta & coor-
dinata. Complectens ex opinionibus veteris ac recentioris Philosophiæ notabi-
liores disquisitiones, quæ ad usum Scho-
læ pro Juventute instituenda desideran-
tur, distributa in tomos quatuor. Autore R. P. Joanne Saguens, ejusdem
Ordinis Minimorum, & Urbis Tolosa-
næ alumnâ. Tolosæ* 1703. *in-*4°. Quatre tomes fort minces, faisant en
tout 1300. pages. Le P. *Saguens*
ayant été disciple du P. *Maignan*, a
été plus propre qu'un autre, à mettre en ordre son systeme de Philosophie.

V. *De Vita, moribus, & scriptis
R. P. Emanuelis Maignani, Tolosa-
tis, Ordinis Minimorum, Elogium, à
R. P. Joanne Saguens ejusdem Ordinis. Tolosæ* 1697. & à la tête de la *Phi-
losophiâ Maignani* du même Pere. Il y
a bien du verbiage & des minuties
dans cet Eloge, où l'Auteur fait le
declamateur. *Bayle, Dictionnaire Historique.*

GUILLAUME GRATAROLE.

G. GRA-
TAROLE.

GUILLAUME *Gratarole* na-
quit en 1516. à *Bergame*, de
parens Catholiques.

Après avoir fait ses études d'Humanités il s'appliqua à la Médecine,
dans laquelle il se rendit fort habile.

Ayant pris du goût pour les Opinions des Protestans, il abandonna
son pays, & s'en alla en Allemagne,
pour y faire en toute liberté profession de leur Religion.

Il demeura quelque temps à *Basle*, & fut ensuite appellé à *Marpourg*, pour y être Professeur en
Médecine; mais il n'y demeura
qu'un an, soit que l'air du Pays ne
lui convint pas, soit qu'il eût laissé
à *Basle* des agrémens qu'il regrettoit;
il retourna donc dans cette derniere
ville, où il vécut toûjours depuis,
occupé de la pratique de la Médecine, & de la composition de plusieurs Ouvrages.

Les Auteurs varient beaucoup sur

le temps de ſa mort. *Jean Jacques* G. GRA-
Boiſſard la place au 6. May 1562. TAROLE.
date qui a été ſuivie par *Paul Freher*
dans ſon *Theatrum Virorum Doctorum,* & par *Reuſner* dans ſon *Diarium
Hiſtoricum.* Mais elle eſt fauſſe, auſſi-
bien que celle de quelques autres,
comme *Kœnig,* qui le font mourir
en 1566. Car on a deux Ouvrages
qu'il publia en 1567. comme je le
dirai plus bas. Ainſi il faut s'en tenir
au ſentiment de ceux qui mettent
ſa mort conformément à ſon Epitaphe, qui decide la queſtion au 16.
Avril 1568. Tels que ſont *Buchol-
cher* dans ſon Indice Chronologique,
qui fixe le jour, & M. *de Thou,* qui
ne marque que l'année. *Gratarole*
avoit alors 52. ans.

Voici ſon Epitaphe, telle qu'elle
eſt rapportée par *Sweertius* dans ſes
Selecta Orbis deliciæ. p. 377.

*Guilielmo Gratarolo, Bergomenſi,
Artium & Medicinæ Doctori, Medi-
cique filio, in Medicorum Baſileen-
ſium collegium cooptato, ob Religionem
exuli, Conjugi Cariſſimo Barbara Ni-
cotia F. C. Obiit ætatis ſuæ anno 52.
Chriſti 1568. die 16. Aprilis.*

G g ij

Catalogue de ses Ouvrages.

G. GRA-
TAROLE.

1. *Prognostica naturalia de tempo-*
rum mutatione perpetua, Ordine litte-
rarum. Basileæ 1552. in-8°. It. Ad-
jecta sunt undecim signa terræ motus ex
Antonio Mizaldo. Basileæ 1554. in-8°.

2. *De Thermis Rhæticis & Vallis*
Transcherii, agri Bergomatis. A la p.
192. du Recueil *De Balneis. Venetiis*
1553. *in-4°.*

3. *De Memoria reparanda, augen-*
da, conservandaque, ac de Reminis-
centia ; tutiora omnimoda remedia &
præceptiones optimas continens. Tiguri
1554. *in-8°.* It. *Basileæ* 1554. *in-8°.*
It. *Lugduni* 1558. *in-16.* Avec quelques autres Ouvrages de sa façon.
It. *Argentorati* 1565. *in-8°.* Avec
d'autres Ouvrages, dont je parlerai
plus bas. It. *Francofurti* 1591. &
1596. *in-12.* Avec *Henrici Rantzo-*
vii de conservanda valetudine liber.
It. *Argentorati* 1630. *in-8°.* Avec
quelques autres Traités.

4. *De prædictione morum, natura-*
rumque hominum facili, ex inspectione
partium corporis, liber. Basileæ 1554.
in-8°. It. *Tiguri* 1555. *in-8°.* Réimprimé dans la suite avec quelques

autres opufcules de *Gratarole.*

5. *De Litteratorum & eorum qui Magiftratibus funguntur confervanda, præfervandaque valetudine, illorum præcipue, qui in ætate confiftentia, vel non longe ab ea abfunt, compendium, cùm ex probatioribus Autoribus, tum ex ratione ac fideli experientia concinnatum. Bafileæ* 1555. *in-8º.* It. *Fran-cofurti* 1596. *&* 1617. *in-12.* avec *Henrici Rantzovii de confervanda valetudine liber.* It. Avec quelques autres Ouvrages de *Gratarole.*

6. *Opufcula, ab ipfo Autore denuo correcta. Lugduni* 1558. *in-16.* Les Ouvrages contenus dans ce Recueil font les 5. fuivans. *De Memoria & Reminifcentia. De prædictione morum naturarumque Hominum. De Temporum mutatione prognoftica. De Litteratorum confervanda Valetudine. Peftis defcriptio, caufæ, figna, & præfervatio.*

7. *De Vini Natura, artificio & ufu, deque omni re potabili opus. Argentor.* 1565. *in-8º.*

8. *De Pefte Thefes. Bafileæ* 1565. *in-8º.*

9. *De regimine iter agentium, vel*

G. GRA-TAROLE.

Equitum, vel Peditum, vel navi, vel Curru, seu rheda &c. libri duo. Basileæ 1561. *in*-8°. It. *Argentorati* 1563. *in*-8°. It. *Colonia* 1571. *in*-8°. It. *Norimbergæ* 1591. *in*-8°.

10. *Modus faciendi Quintam Essentiam simplicem, & de viribus & usu aquæ ardentis.* Avec *Joannes de Rupescissa de consideratione Quintæ Essentiæ rerum omnium.* Basileæ 1561. *in*-8°. Le traité *de viribus & usu Aquæ ardentis* se trouve aussi à la p. 493. du 2e. volume du Recueil intitulé: *Vera Alchemiæ scriptores.* Basileæ 1572. *in*-8°. deux vol.

11. *Prolegomena in Alchemiæ Autorum collectionem.* A la tête de cette collection imprimée à *Basle*, en 1561. *in-fol.* & ensuite en 1572. *in*-8°. deux vol. C'est *Gratarole*, qui a rassemblé les Ouvrages qu'on y trouve, & qui les a fait imprimer. Il étoit prevenu en faveur de l'Alchimie, dont il prend la defense dans ces Prolego-menes.

12. *Consilium de præservatione à Venenis.* Avec *Petri de Abano liber de Venenis eorumque remediis. in*-8°. sans date.

13. *Nomenclatura Lapidis Philoso-* G. GRA-
phici. à la p. 597. du 2e. tome des TAROLE.
Vera Alchemiæ Scriptores. Basileæ
1572. *in-8°.*

14. *Aloysii Mundella Theatrum Ga-*
leni, hoc est, Universa Medicinæ à
Galeno diffuse sparsimque tradita
promptuarium. Basileæ 1568. *in-fol.*
Nous apprenons de l'Epitome de
Gesner, que ce fut *Gratarole*, qui
finit, & mit en meilleur ordre cet
Ouvrage. C'est une nouvelle preuve
qu'il ne mourut pas avant cette année.

15. *P. Pomponatii de Naturalium*
effectuum admirandorum causis, sive de
Incantationibus opus, à Guilielmo Gra-
tarolo editum. Basileæ 1556. *in-8°.*

16. *Petri Pomponatii Opera. De*
Naturalium effectuum admirandorum
causis, seu de Incantationibus liber.
Item de fato, libero Arbitrio, Præde-
stinatione, Providentia Dei, libri quin-
que. Basileæ 1567. *in-8°.* C'est encore
Gratarole, qui avoit été disciple de
Pomponace, qui a publié ce Recueil,
où il a joint le traité de *Incantationi-*
bus, qu'il avoit déja donné onze ans
auparavant, avec un nouvel Ouvra-

G. GRA-
TAROLE.

ge, qui n'avoit pas encore paru. Son
Epitre dedicatoire à *Frederic*, Electeur Palatin, où il prend la qualité
de Doyen du Collège des Médecins
de *Basle*, est datée de cette ville le
1. Mars 1567.

17. *Vilhelmi Aneponymi. Dialogus*
de substantiis Physicis. Incerti Autho-
ris libri tres de Calore vitali, de Má-
ri & Aquis, de Fluminum origine.
Industria Guilielmi Grataroli ab inte-
ritu vindicati. Argentorati 1567. *in-8°.*

V. *Joannis Jacobi Boissardi Icones Vi-*
rorum illustrium, pars 4. *p.* 117. *Fre-*
heri Theatrum virorum Doctorum p.
1252. *Bayle, Dictionnaire.*

SAMUEL GUICHENON.

S. GUI-
CHENON.

SAMUEL Guichenon naquit à
Mâcon le 18. Août 1607. de *Gre-*
goire Guichenon, Docteur en Médecine, & de *Claudine Chaussat*. Tous
ces faits sont tirés d'un écrit qui se
conserve dans sa famille, & qui est
de la main même de son pere. Je le
rapporterai ici pour ce sujet.

Ce jourd'hui 18. *Août* 1607. *jour de*
Samedi,

Samedi, sur les trois heures du matin,
Dieu tout puissant, tout bon, & tout
misericordieux, m'a donné un fils de
Claudine Chaussat, ma femme bienai-
mée, lequel a été baptisé le jeudi sui-
vant en l'Eglise Reformée de Pont-de-
Veyle, attendu l'indisposition du petit
enfançon, qui ne permettoit de dilayer
le Sacrement du baptême, jusqu'au Di-
manche prochain, pour être porté à
Vrigny, ou est établie l'Eglise du Mâ-
connois, de peur aussi de donner du
scandale à nos adversaires, cas adve-
nant qu'il eût plû à Dieu le retirer
avant l'administration du baptême. Le
nom du Prophete Samuel lui a été im-
posé. Guichenon D. M. (Docteur Me-
decin) A *Mâcon*, en la *Maison* de
feu Jacques Rey.

On apprend encore par quelques
autres papiers de sa famille que *Gre-*
goire Guichenon, son pere, né à
Chatillon-les-Dombes, s'étoit allé établir à *Bourg en Bresse*, qu'il s'y étoit
marié en 1595. & que son premier
enfant y fut baptisé dans l'Eglise de
Nôtre-Dame; mais que sa Religion
lui ayant fait quelques affaires dans
cette ville, où les Calvinistes n'é-

Tome XXXI. Hh

S. GUI-
CHENON.

toient pas soufferts, il transfera son domicile à *Mâcon*, où ils avoient la liberté de conscience. Il alla dans la suite finir ses jours à *Châtillon-lès-Dombes*, laissant trois enfans, *Daniel* Avocat, *Pierre* Medecin, & *Samuel* dont il s'agit ici.

Collet, quoiqu'allié de *Guichenon*, ignoroit toutes ces particularités, quand dans la Critique de l'Histoire de Bresse de *Guichenon*, il a prétendu qu'il étoit natif de *Châtillon*, & fils de *Jonas Guichenon*, Chirurgien de cette ville.

Il naquit dans le Calvinisme, & il y demeura jusqu'après l'an 1630. qu'il l'abjura pour embrasser la Religion Catholique; ce qu'il fit, ou dans un voyage qu'il alla faire alors en Italie, comme quelques-uns de ses parens le pretendent, ou à *Lyon* à son retour, entre les mains de son Archevêque, *Alphonse de Richelieu*, comme *Collet* l'assure.

Il prit le parti du Barreau, & fut Avocat au Presidial de *Bourg en Bresse*: mais cette profession ne l'occupa pas entierement. Il s'appliqua avec succès à l'histoire, & composa

plusieurs bons Ouvrages en ce genre.

Ayant formé & mis par écrit le
projet de son Histoire de la Maison
de Savoye, il alla à *Turin* le pré-
senter à Madame *Christine* de France, mere du Duc de Savoye, qui
gouvernoit alors en cette Cour. Cette Princesse lui fit donner sous le
pretexte des frais de son voyage une
somme considerable, & ensuite par
maniere de gratification un brevet
d'Historiographe de Savoye, & l'ordre de *S. Maurice.* La Croix & la
bague, dont elle lui fit present en
cette occasion, estimés chacune six
mille livres, étoient encore conservées en 1704. dans sa famille. Il eut
outre cela une pension assez forte,
qui lui fut payée jusqu'à sa mort.

Il a été marié trois fois. Sa premiere femme étoit une riche veuve,
qui le mit fort à son aise, & en état
de travailler à ses Ouvrages sans inquietude. Il l'épousa vers l'an 1635.
& n'en eut point d'enfans, non plus
que de la troisiéme. La seconde,
nommée *Anne Poüillet*, étoit fille
du Châtelain de *Bourg*, charge con-

S. GUI-
CHENON.

sidérable dans cette ville, & il en eut un fils & trois filles, qui lui survêcurent. Le fils est mort marié, mais sans enfans. Deux filles furent Religieuses. Une 3e. morte le 24. Juillet 1724. étoit recommandable par son esprit, & avoit été mariée deux fois.

Il mourut le 8. Septembre 1664. âgé de 57. ans, & fut enterré dans l'Eglise des Jacobins de *Bourg*. Son portrait qui est à la tête de son *Histoire de Savoye* publiée en 1660. ne lui donne que 51. ans. Mais il est à présumer que ce Portrait avoit été gravé long-temps auparavant; puisqu'il en avoit dans ce temps-là cinquante-trois.

Catalogue de ses Ouvrages.

1. *Episcoporum Bellicensium Series Chronologica. Accessit Catalogus Priorum Charitatis ad Ligerim; item Prioratuum & aliarum Ecclesiarum ex eo dependentium. Paris.* 1642. *in-4°.*

2. *Projet de l'Histoire de Bresse & de Bugey.* 1645. *in-4°.*

3. *Histoire de Bresse & de Bugey, Gex & Valromey, contenant ce qui s'est passé de mémorable sous les Ro-*

mains , *Rois de Bourgogne & d'Arles,*
Empereurs , Sires de Baugé , Comtes
& Ducs de Savoye, & Rois très-Chré-
tiens , jufqu'à l'échange du Marquifat
de Saluces : avec la fondation des Ab-
bayes , Prieurés , Chartreufes , & E-
glifes Collegiales , Origine des villes ,
Châteaux , Seigneuries , Fiefs, & Gé-
nealogies de toutes les familles nobles ,
juftifiées par preuves authentiques ; par
Samuel Guichenon Hiftoriographe du
Roi. Lyon 1650, *in-fol.* deux tomes.
Cet Auteur eft exact & profond ;
fon livre eft recherché, & commence à devenir rare. Il y a dans la
Bibliotheque des Auguftins , qui
font dans le Faubourg de la Guillo-
tiere à *Lyon ,* l'original de cette Hiftoire, où fe trouvent plufieurs chofes anecdotes , qui regardent les familles , & qui ne font pas dans l'e-
xemplaire imprimé. Il en a paru un
Abregé fous le titre d'*Hiftoire de*
Breffe , par *Germain Guichenon ,* Religieux *Auguftin.* Lyon 1709. *in-8°.*
Philibert Collet en a compofé une
Critique , qui n'a pas été imprimée,
parce que cet Auteur y dégradoit
bien des familles de la Nobleffe ,

S. Gui-
CHENON.

S. Gui- dont *Guichenon* leur avoit fait part.

CHENON.   4. *Bibliotheca Sebusiana, sive variarum Chartarum, diplomatum, fundationum, privilegiorum, donationum & imunitatum, à summis Pontificibus, Imperatoribus, Regibus, Ducibus, Marchionibus, Comitibus, & Proceribus, Ecclesiis, Monasteriis, & aliis locis, aut personis concessarum nusquam antea editarum, miscella Centuria II. Ex Archivis Regiis, Monasteriorum tabulariis & Codicibus Manuscriptis ad historiæ lucem collegit, & ad locorum explicationem & familiarum illustrium cognitionem notis illustravit S. Guichenon, Dominus de Painessuyt, Regi à Consiliis, Franciæ, Sabaudiæ & Dombarum Historiographus, Eques auratus, & Comes Palatinus, Sacræ Religionis SS. Mauritii & Lazari miles. Lugduni* 1660. *in*-4°. *pp.* 448. Cet Ouvrage a été réimprimé dans le premier tome d'un Recueil publié par *Christophe Godefroy Hoffman*, sous le titre de *Nova Scriptorum ac Monumentorum, partim rarissimorum, partim ineditorum Collectio. Lipsiæ* 1731. *in*-4°. On trouve dans cette Bibliotheque une partie des preuves de

l'Histoire de Bresse de *Guichenon* ; S. Gui- chenon.
parmi lesquelles il y a des pieces
très-curieuses. L'Auteur y a joint à
son nom toutes les qualités qu'il
avoit ; il y a pris celle de *Dombarum*
Historiographus, parce qu'il avoit
composé une *Histoire de la Princi-*
pauté de Dombes, qui n'a point été
imprimée.

5. *Histoire Genealogique de la Roya-*
le Maison de Savoye, *justifiée par Ti-*
tres, Monumens, & preuves authen-
tiques, & enrichie de Portraits, Sceaux,
Monnoyes, Sepultures, & Armoiries.
Lyon 1660. *in-fol.* deux vol. Cet Ouvrage est fait avec beaucoup de soin
& d'exactitude, & n'est pas commun. *Varillas* a accusé *Guichenon*,
dans sa Préface du 3e. tome de l'*Hi-*
stoire de l'Heresie, d'y avoir copié
mot à mot ce qu'il dit des derniers
Ducs de Savoye, de l'histoire Italienne de *Nani*, sans le citer ; mais
le bon homme, qui souvent ne parloit que d'après son imagination,
n'a pas fait attention, que la premiere partie de l'Histoire de *Nani*
ne fut imprimée qu'en 1662. c'est-
à-dire, deux ans après que celle de
H h iiij

S. Gui-
CHENON.
Guichenon eut été renduë publique.
D'où il s'enfuit que s'il y a quelque plagiarisme, c'est *Nani* qui en
est coupable. Mais il est à presumer,
que s'ils se sont rencontrés quelquefois, c'est qu'ils ont puisé dans
les mêmes sources, & que l'un n'a
rien emprunté de l'autre.

V. *Bayle, Dictionnaire.* L'article
qu'il donne de *Guichenon* est fort
superficiel. *Additions de M. le Clerc
au Dictionnaire de Bayle.* Elles sont
très-curieuses, & contiennent bien
des choses qu'on ignoroit auparavant.

WOLFGANG LAZIUS.

W. LA-
ZIUS.
WOLFGANG *Lazius* ou *Lat-
zius,* naquit à *Vienne* en Autriche le 31. Octobre 1514. de *Simon Lazius,* Docteur en Medecine,
qui a professé cette science pendant
onze ans dans cette ville.

Quoique son pere ne fût pas riche, il n'oublia rien pour cultiver
les heureuses dispositions qu'il lui
trouva pour les sciences. Le jeune

Lazius fit ſes études avec tant de ra- W. LA-
pidité, qu'à l'âge de ſeize ans, il ZIUS.
fut reçu Maître-ès-Arts.

Deux ans après, il alla voyager
avec le Baron de *Starnberck*, dont il
avoit été fait precepteur, & vit la
Flandres, & une partie de la France.

Il paſſa enſuite à *Ingolſtad*, où il
étudia en Medecine ſous les fameux
Profeſſeurs, qui y enſeignoient alors,
& il s'y fit recevoir Docteur en cette faculté.

De retour à *Vienne*, il fut appellé dans une petite ville du voiſinage, que ſon Hiſtorien appellé en
Latin *Neapolis*, pour y pratiquer la
Medecine; il n'y demeura qu'une
année, au bout de laquelle il alla en
qualité de Medecin ſervir dans l'ar-
mée de Hongrie.

Vers l'an 1540. il fut fait Profeſſeur en Humanités, & depuis Profeſſeur en Medecine dans l'Univerſité de Vienne. Il étoit dans cette
derniere place, lorſqu'il fut nommé
Recteur de l'Univerſité en 1546.
poſte qu'il remplit pendant ſix mois,
ſuivant la coûtume.

On lit dans le *Scaligerana*, qu'il fut

W. L A-accordé avec une Demoiselle, qui ne
ZIUS. voulut point enfuite de lui ; & qu'il
épousa depuis une paysane, à qui il
laissa tout son bien. Cela peut-être ;
mais l'autorité du *Scaligerana* n'est
pas assez grande, pour faire regarder
ce fait comme incontestable.

Il s'appliqua beaucoup à l'histoire
de son pays, & feüilleta tous les Ma-
nuscrits, qui étoient dans les Monasteres de l'Autriche & des Pays
voisins, pour composer les Ouvrages qu'il a donnés depuis au Public.

Celui qu'il publia en 1546. sur la
ville de *Vienne*, & qu'il dedia à
l'Empereur *Ferdinand I.* fut si agréable à ce Prince, qu'il lui donna les
titres de son Medecin, son Conseiller & son Historiographe, & la qualité de Chevalier avec des armes particulieres.

Il fut fort valetudinaire pendant
toute sa vie, & des coliques violentes ou les douleurs de la gravelle le
tourmenterent souvent à differentes
reprises ; enfin une paralysie se jetta
sur ses pieds & ses mains, & après
l'avoir fait languir quelques semaines, le conduisit au tombeau en

épuiſant peu à peu ſes forces.

Il mourut le Mercredi 20. Juin 1565. âgé de 50. ans, ſept mois & 20. jours. L'Auteur de ſa vie s'eſt trompé en ne mettant que 19. jours. Il fut enterré à *Vienne* dans une ancienne Egliſe de *S. Pierre*, où on lit cette Epitaphe, rapportée par *Lambecius*, dans le premier livre de ſes Commentaires. p. 38.

Magnifico, Nobili, Clariſſimo, atque ſumma eruditione ornatiſſimo viro, Domino Wolfgango Latzio, Viennenſi, Philoſophiæ, atque Medicinæ Doctori & Profeſſori primario, Celeberrimi Archigymnaſii Viennenſis Rectori & Superintendenti Cæſareo, & ejuſdem Cæſareæ Majeſtatis Ferdinandi Sanctiſſimæ Memoriæ Conſiliario & Hiſtorico peritiſſimo, defuncto anno Domini 1565. Die 19. Junii. Poſitum 1586.

Ceux qui ont dreſſé cette Epitaphe, ſe ſont trompés ſur le jour de ſa mort, que l'Auteur de ſon Eloge, beaucoup mieux inſtruit, puiſqu'il le prononça à ſes funerailles deux jours après ſa mort, c'eſt-à-dire, le 22. Juin, met préciſement au Mer-

W. LA-
ZIUS.

credi 20. Juin à huit heures du matin. Cet Auteur est *Diomede Cornarius.*

Catalogue de ses Ouvrages.

1. *Vienna Austriæ, seu rerum Viennensium Commentarii in quatuor libros distincti, in quibus celeberrima illius Austriæ Civitatis exordia, vetustas, Nobilitas, Magistratus, familiæque ad plenum explicantur. Basileæ* 1546. in-fol. *Lambecius* a relevé beaucoup de fautes, qui sont dans cet Ouvrage, & a fait voir que *Lazius,* quoiqu'il eût été quelque temps à la tête de l'Université de *Vienne,* ne la connoissoit pas parfaitement. Aussi faut-il avoüer, que tout laborieux qu'il étoit, il n'avoit pas assez de jugement & de sagacité pour réussir dans des recherches semblables, & pour y distinguer le vrai d'avec le faux.

2. *Liber de Passione Domini nostri J. C. Carmine Hexametro, incerto Autore ad Donatum Episcopum scriptus. Abdiæ Babylonici Episcopi & Apostolorum discipuli, de historia certaminis Apostolici libri decem, Julio Africano Interprete. Matthiæ Apostoli vita, ex Hebraïca lingua incerto autore versa.*

Beatorum Marci, Clementis, Cypria- W. LA-
ni, & Apollinaris hiftoriæ ex fcriniis ZIUS.
& archivis primitivæ Ecclefiæ Nota-
riorum. Vita D. Martini Sabarienfis,
Epifcopi Turonenfis, à Sulpitio Severo
Rhetore Latine confcripta. Quos omnes
autores multis fæculis latentes, dum an-
tiquitatem facrofanctam rimatur, unà
cum aliis pluribus, à blattis & tineis
eruit Wolfg. Lazius. Bafileæ 1552. in-
fol. It. Parif. 1560. in-8°.

3. Reipublicæ Romanæ, in exteris
Provinciis bello acquifitis, conftitutæ,
Commentariorum libri duodecim, in
quibus limitum omnium reftitutiones,
Prætoria, Magiftratus, Munia tam
militaria, quàm civilia, à fummis ad
infima, Exercitus, Legiones, Claffes,
Coloniæ, Municipia, ornamenta, fig-
naque bello & pace expreffa, veftimen-
ta omnis generis & arma, ritus denique cuncti, Ludi & Sacra ex fide hiftorica non folum explicantur & partim iconibus repræfentantur, verum
etiam comparatione utriufque Imperii,
tam incipientis & florefcentis, quàm
declinantis, utriufque etiam Urbis, æ-
ternæ & novæ ad unguem, & ad no-
ftræ ætatis, quantulacunque ejus adhuc

W. LA-
ZIUS.

*imperii & nominis vestigia supersunt,
relata traduntur. Basileæ 1551. in-fol.
It. Opus correctum, illustratum, &
auctum multis accessionibus, partim ab
Autore ipso, partim ab alio historico.
Accesserunt præterea huic editioni, Ratio legendi abbreviata vocabula in monumentis & inscriptionibus olim usur-
pata. Item Analecta lapidum vetusto-
rum & nonnullarum in Dacia antiquitatum. Autore Stephano Zamosio. Francofurti ad Mœnum 1598. in-fol.* Ce
gros Ouvrage, qui tient plus d'onze
cent pages, est rempli d'une érudition, compilée sans ordre & sans
jugement, & souvent fautive.

4. *Commentationum rerum Græcarum libri duo, in quibus tam Helladis,
quàm Peloponnesi, quæ in lucem antea
non venerant, explicantur. Viennæ
1558. in-fol.* It. *Hanoviæ 1605. in-
fol.* It. Dans le 6. tome des Antiquités Grecques de *Gronovius* p. 3419.
sous le titre de *Græciæ antiquæ Variis numismatibus illustratæ libri duo.*
L'Auteur en effet y explique plusieurs medailles, qui concernent la
Grece.

5. *Commentariorum veterum Nu-*

*mismatum, maximi scilicet operis, &
quatuor sectionibus multarum Rerum-
publicarum per Asiam, Aphricam, &
Europam Antiquitatis historiam com-
prehendentis, specimen exile, ceu ex
tecto tegula quædam, C. Julii Cæsaris,
Augusti, & Tiberii Cæsarum Mone-
tam, si quæ ex argento in forulis S. R.
R. M. extat, explicans, tabulam vi-
delicet sectionis tertiæ partis secundæ
primam. Viennæ* 1558. *in-fol.* Ce n'est
que l'essai d'un Ouvrage, où il prétendoit expliquer sept cent mille
medailles, nombre qui surpasse de
beaucoup celui de toutes celles qui
sont connuës; mais il n'a pas été
plus loin, soit qu'il y eût un peu de
Charlatanerie dans son fait, comme
il y a assez d'apparence, soit que
personne n'ait voulu faire les frais
d'un si grand Ouvrage.

6. *De Gentium aliquot migrationi-
bus, sedibus fixis, reliquiis, linguarumque initiis & immutationibus ac
dialectis libri* XII. *Basileæ* 1557. *&*
1572. *in-fol.* It. *Ex Bibliotheca Her-
manni Conringii. Francofurti* 1600.
in-fol. Il y a bien des fautes dans cet
Ouvrage, dont le dessein étoit au-

W. LA-
ZIUS.

dessus de la portée de *Lazius.*

7. *Commentariorum in Genealogiam Austriacam libri duo. Basileæ 1564. in-fol. Lazius* prend ici la qualité de premier Professeur & de Surintendant du College de *Vienne.*

8. *Commentarius in antiquas urbis Viennensis Inscriptiones, opera Hermetis Schallauczeri, Cæsarei Architecturæ Præfecti, erutas. Viennæ 1560. in-fol.*

9. *Fragmenta quædam Caroli Magni Imperatoris, aliorumque incerti nominis, de veteris Ecclesiæ ritibus ac Ceremoniis, à Wolfg. Lazio edita. Adjectum Rabani opus de virtutibus, vitiis ac Ceremoniis antiquæ Ecclesiæ. Antuerpiæ 1560. in-8º.*

10. *Rei contra Turcas gestæ anno 1556. brevis descriptio; cum adjecta Chorographia, ubi præliorum, pugnarum, oppugnationum, & expugnationum, locorum item in quibus præclarum quidquam gestum, Regionisque situs & confinia elegantissime exprimuntur.* A la p. 581. du 2ᵉ. volume des Ecrivains d'Allemagne, recueillis par *Simon Schardius. Basle* 1574. *in-fol.* & à la p. 438. du Recueil intitulé

tile : *Jacobi Bongarfii collectio Hun-* W. LA-
garicarum rerum fcriptorum variorum zius.
aliquot , tum Hiftoricorum , tum Geo-
graphicorum. Francofurti ad Mœnum
1600. *in-fol.*

11. Dans le Théâtre d'*Abraham*
Ortelius on trouve les Cartes fuivan-
tes tirées de fes mémoires. *Auftriæ*
Ducatus Chorographia. Rhetiæ Alpe-
ftris , in qua hodie Tirolis Comitatus ;
item *Goritiæ , Karftii , Chaczeolæ ,*
Carniolæ , Hiftriæ & Windorum
Marchæ defcriptio. Carinthiæ Ducatus
& Goritiæ Palatinatus. Hungariæ de-
fcriptio.

V. *Oratio in funere Wolfgangi La-*
zii Viennenfis , habita in templo D.
Petri, Viennæ, die 22. *Junii per Dio-*
medem Zuiccavienfem. Addita funt
Epitaphia aliquot , cùm Epicediis Cla-
riffimorum virorum ac Poëtarum. Vien-
næ Auftriæ 1565. *in-*4°. A la fuite des
Obfervationes Medicinales Diomedis
Cornarii. C'eft ce que nous avons
de plus exact fur cet Auteur ; cependant tous ceux qui ont parlé de lui,
n'ont point confulté cette Oraifon
funebre, & font tombés pour cela
dans des fautes groffieres. *Henricus*

Pantaleonis Prosopographia. Ce que cet Auteur en dit, est fort abregé, & il se trompe sur la date de sa mort, qu'il avance de dix ans, & place en 1555. *Melchioris Adami Vitæ Germanorum Medicorum.* Il a copié *Pantaleon*, mais a corrigé sa faute sur la date de sa mort, *Les Eloges de M. de Thou*, & *les additions de Teissier*. M. de Thou a aussi mal rapporté sa mort à l'an 1555. *Teissier* à copié la liste que *Melchior Adam* a donnée des Ouvrages de *Lazius*, mais elle est fort mal faite; & la plûpart de ceux dont ces deux Auteurs parlent, n'ont point été imprimés.

W. LA-
ZIUS.

FRANÇOIS GARASSE.

F. GA-
RASSE.

FRANÇOIS *Garasse* qui a pris souvent en François le nom Latin de *Garassus*, naquit à *Angoulême* l'an 1585.

Après avoir fait ses études d'Humanités, il entra en 1600. dans la Compagnie de *Jesus*, où il fit en 1618. la profession des quatre vœux.

Comme il avoit beaucoup de feu

& d'imagination, & d'ailleurs une
bonne poitrine, il prêcha avec succès pendant plusieurs années dans
les principales villes de la France &
de la Lorraine. Ses Sermons rou-
loient toûjours sur quelque sujet
singulier, qu'il assaisonnoit de boufonneries conformes au goût de son
temps.

F. GA-
RASSE.

Il conserva le même stile dans les
Ouvrages qu'il donna au Public, &
s'attira par-là bien des Critiques. On
reconnoît dans ces Ouvrages qu'il
avoit beaucoup lû ; mais son érudition étoit un cahos indigeste, où
son imagination suppléoit souvent
au défaut de sa Mémoire. On ne
peut lui passer tous les contes ridicules qu'il a debités des personnes
qu'il vouloit censurer, & l'on ne
peut gueres s'empêcher de croire
qu'il les a inventés, du moins en
partie. Il ne sçavoit ménager ni les
expressions, ni les injures ; & il semble qu'il ne se possedât plus, lorsqu'il écrivoit contre quelqu'un.

Il a toûjours eu le loüable dessein
de combattre les Athées & les Im-
pies. Mais il auroit fallu pour y réus-

sir employer de bonnes raisons, &
les produire methodiquement, sans
verbiage & sans emportement; &
c'étoit une chose dont il n'étoit pas
capable, le jugement & le talent de
raisonner lui manquant absolument.

Au reste il avoit un fond de religion & de pieté, qu'on ne peut trop
loüer; & la derniere action de sa
vie en est une preuve sensible.

Il demanda instamment à ses Superieurs en 1631. la permission d'aller servir les pestiferés à *Poitiers*,
pendant une peste violente, qui y
faisoit bien du ravage: il l'obtint,
& ayant gagné le mal dans cet office de charité, il en mourut dans
l'Hôpital au milieu des Pestiferés,
le 14. Juin de cette année 1631. à
l'âge de 46. ans.

Catalogue de ses Ouvrages.

1. *Elegiarum de funesta morte Henrici Magni liber singularis. Pictavis*
1611. *in*-4°.

2. *Sacra Rhemensia, Carmine He-
roico, nomine Collegii Pictaviensis ob-
lata Ludovico XIII. Regi Christianis-
simo in sua inauguratione. Pictavis*
1611. *in*-4°.

3. *Andreæ Schioppii, Casparis fratris, Elixir Calvinisticum, seu Lapis
Philosophiæ reformatæ à Calvino Ge-
nevæ primum effossus, dein ab Isaaco
Casaubono Londini politus, cum testa-
mentario Anti-Cotonis Codice nuper
invento. In ponte Charentonio.* (*Antuerpiæ*) 1615. *in* 8°. Caspar Scioppius n'a point eu de frere qui ait
écrit, & ce livre, de même que le
suivant, qui porte aussi son nom, est
de *François Garasse*, quoique les Bibliothecaires des Jesuites ne les marquent point au nombre de ses Ouvrages. Le stile satyrique & mordant
de *Garasse*, assez semblable à celui
du fameux *Scioppius*, lui a fait apparemment choisir ce masque, qui
lui convenoit fort bien.

4. *Andreæ Schioppii, Casparis fratris, Horoscopus Anti-Cotonis, ejusque
Germanorum, Martillerii, & Har-
divillerii, vita, mors, cænotaphium,
apotheosis.* (*Antuerpiæ*) 1614. *in*-4°. It.
Ingolstadii 1616. *in*-4°. Garasse a prétendu attaquer ici en même temps
trois Ouvrages publiés contre les
Jesuites. 1°. *L'Anti-Coton, ou Réfutation de la lettre déclaratoire du P.*

F. GA- *Coton* 1610. *in-*8°. 2°. *Plaidoyé de*
RASSE. *Pierre de la Marteliere, Avocat en*
Parlement, pour le Recteur de l'Uni-
versité de Paris, contre les Jésuites, en
1611. *Paris* 1612. *in-*8°. 3°. *Petri*
Hardevilerii Actio pro Academia Pa-
risiensi, adversus Presbyteros & Scho-
lasticos Collegii Claromontani, habita
in Senatu Parisiensi, anno 1611. *Pa-*
ris. 1612. *in-*8°.

5. *Oraison funebre d'André de Nes-*
mond, Premier Président du Parle-
ment de Bourdeaux. Cette Oraison
funebre faite en 1616. année de la
mort de ce Président, est imprimée
avec ses *Remontrances. Lyon* 1656.
*in-*4°. Les Bibliothecaires des Jésuites l'ont oubliée.

6. *Colossus Henrico Magno in Pon-*
te novo positus. Carmen. Paris. 1617.
*in-*4°. Cette statuë Equestre fut eri-
gée le 23e. Août 1614.

7. *Le Banquet des Sages contre les*
Plaidoyers de M. Servin, par Charles
de l'Espinœil 1617. *in-*8°. C'est une
satyre violente contre ce Magistrat,
qu'on ne peut douter être de lui,
puisque *Sotwel* l'a mise au rang de
ses Ouvrages.

8. *Le Rabelais reformé par les Mi-*
nistres & nommément par Pierre du
Moulin, Ministre de Charenton, pour
réponse aux boufonneries inferées en
son livre de la vocation des Pasteurs.
Lyon 1620. *in-*12. **Placcius** dans son
livre de *Anonymis* a crû mal à propos, que *Garasse* avoit fait dans cet
Ouvrage à l'égard de *Rabelais*, ce
que d'autres ont fait par rapport à
Juvenal, *Horace* &c. qu'ils ont donnés au Public, après en avoir ôté
toutes les paroles sales; au lieu que
c'est un livre de Controverse, où il
parle satyriquement de plusieurs
Ministres, & principalement de *du*
Moulin, qu'il accuse d'être l'imitateur de *Rabelais*, & un *Rabelais* ré-
suscité.

9. *La Recherche des Recherches &*
autres œuvres de M. Etienne Pasquier;
pour la defense de nos Rois, contre les
outrages, calomnies, & autres imper-
tinences dudit Auteur. Paris 1622. *in-*
8°. *pp.* 985. Ce gros Ouvrage est
écrit d'un stile très-violent & très-
emporté, & d'une maniere singulie-
re & pedantesque, comme tous les
autres Ouvrages de cet Auteur. Les

F. GA- enfans de *Pasquier* lui répondirent

RASSE. dans la suite sur le même ton, & le satyriserent extrêmement dans un Ouvrage qu'ils publierent d'abord sous le titre de *Defense pour Etienne Pasquier contre les impostures & calomnies de François Garasse.* Paris 1624. *in-*8°. & à qui on donna ensuite le titre de *L'Antigarasse divisé en 5. livres.* Paris 1630. *in-*8°. pp. 240.

10. *La doctrine curieuse des beaux esprits de ce temps, ou prétendus tels; contenant plusieurs maximes pernicieuses à l'Etat, à la Religion, & aux bonnes mœurs; combattue & renversée par le P. François Garassus de la Compagnie de Jesus.* Paris 1623. *in-*4°. pp. 1025. Ce livre est écrit d'un stile tout à fair boufon, & rempli de contes & d'historiettes, qui n'ont d'autre fondement que l'imagination de l'Auteur: ce n'est qu'une pure declamation, qui bien loin de renverser l'Athéisme & le libertinage, n'est propre qu'à servir de joüet aux pretendus Esprits forts. L'Ouvrage fut aussi critiqué, & l'on vit bientôt paroître contre lui. *Jugement & Censure*

ſure du livre de la *Doctrine Curieuſe* F. GA-
de *François Garaſſe*. (Par le *Prieur* RASSE.
Ogier) Paris 1623. *in*-8°. *Garaſſe* répondit à cette Cenſure par le livre
ſuivant.

11. *Apologie du P. François Ga-*
raſſe pour ſon livre contre les Athéiſtes
& Libertins de notre ſiecle , & Réponſe
aux Cenſures & calomnies de l'Auteur
Anonyme. Paris 1624. *in*-12. M. *Ogier*
ſe preparoit à repondre à cette Apologie , lorſque des Mediateurs ter-
minerent ce differend. Le P. *Garaſſe*
prevint ſon antagoniſte par une Lettre pleine d'honnêteté , & M. *Ogier*
lui répondit de même. Leurs Lettres
ont été imprimées enſemble.

12. *Lettre du P. Garaſſe à M. Ogier*
touchant leur reconciliation, & Répon-
ſe de M. Ogier. Paris 1624. *in*-12.

13. *Nouveau Jugement de ce qui a*
été dit & écrit pour & contre le livre
de la Doctrine Curieuſe des beaux
eſprits de ce temps , *Dialogue*. Paris
1625. *in*-12. pp. 143. Le P. *Garaſſe*
a donné ſous le nom de *Guay* , cet
Ouvrage , où il pretend défendre
encore ſa Doctrine curieuſe , & faire
voir que M. *Ogier* par la lettre d'hon-

Tome XXXI. K k

386 *Mém. pour servir à l'Hist.*

F. GA-
RASSE.

nêteté, qu'il lui a écrite, à retracté
sa Cenfure, & a reconnu la bonté
de son livre.

14. *La somme Théologique des veri-*
tés capitales de la Religion Chrétienne.
Paris 1625. in-fol. pp. 983. Ce livre
renferme des choses si singulieres,
qu'il ne fut pas long-temps sans être
censuré. Le 2. Mars de l'année suivante 1626. le Recteur étant venu
à l'assemblée de Sorbonne, exposa
que plusieurs personnes lui avoient
fait des plaintes de cet Ouvrage, &
requit que la Faculté l'examinât. La
Compagnie chargea alors quelques
Docteurs de faire cet examen. Ces
Docteurs firent leur rapport le 2. Mai;
mais ceux qui avoient approuvé le
livre demanderent du temps, &
communication des articles répré-
hensibles. L'un & l'autre leur fut ac-
cordé. Le premier Juillet s'étant
efforcés de défendre le livre en partie, & en partie de l'expliquer, ils
ne laisserent pas d'avoüer qu'il y
avoit certains points, qui ne se pouvoient excufer ; & que le P. *Garasse*
leur avoit promis de corriger, sans
avoir exécuté sa promesse ; sur cela

tous les Docteurs convinrent que
l'Ouvrage meritoit d'être censuré.
La Censure fut faite le premier Septembre de la même année 1626. &
publiée auſſitôt : *Cenſura S. Facul-*
tatis Théologicæ Pariſienſis , lata in li-
brum qui inſcribitur : la Somme Théologique du P. François Garaſſe. *Pa-*
ris 1626. in-8°. L'Ouvrage y eſt condamné comme contenant pluſieurs
propoſitions heretiques , ſcandaleu-
ſes, temeraires , pluſieurs falſifica-
tions de paſſages de l'Ecriture & des
SS. Peres , cités à faux & detournés
de leur vrai ſens , & une infinité de
paroles indignes d'être écrites & d'ê-
tre lûes par des Chrétiens & des
Théologiens. Long-temps avant que
cette Cenſure fût faite , & auſſitôt
après que la Faculté eût nommé des
Docteurs pour examiner la *Somme*
Théologique , le P. *Garaſſe* publia le
livre ſuivant.

15. *L'abus & decouverte en la cen-*
ſure prétenduë des textes de l'Ecriture
Sainte & des propoſitions de Théologie
tirées par un Cenſeur Anonyme de la
Somme du P. Garaſſe. Paris 1626. in-
8°. Deux parties ; l'une de 56. pages

F. GA-
RASSE.

contenant 56. propositions ; l'autre
de 48. pages, qui en a 55. On y
voit une liste de 111. propositions,
qu'il avoit choisies lui-même dans
son livre, entre les plus faciles à défendre, avec une Censure faite aussi
par lui-même, mais qu'il a voulu
faire croire être de l'Abbé de *S. Cyran*, & ses réponses à cette Censure.
M. de *S. Cyran* ayant reçu ce livre
le 16. Mars, y fit le même jour
quelques Apostilles, qui furent imprimés sous le titre de *Refutation de
l'abus prétendu, & la descouverte de
la veritable ignorance & vanité du P.
François Garasse. Paris 1626. in-8°.*
Cette dernière piece a été inserée depuis par l'Abbé de *S. Cyran* dans le
grand Ouvrage qu'il composa contre la *Somme Théologique*, & qui après
avoir été arrêté quelque temps, parût enfin sous ce titre : *La Somme des
fautes & faussetés capitales, contenues
en la Somme Théologique du P. François Garasse, de la Compagnie de Jesus, divisée en quatre tomes, qui con-
tiendront. Le 1.ͬ une infinité de fautes qu'il a commises, alleguant l'Ecriture Sainte, S. Augustin, & S. Basile*

de Seleucie. Le II. un nombre inombrable de fautes alleguant les autres
Saints Peres, & Auteurs feculiers. Le
III. les fautes commifes fur les matieres en Théologie, Philofophie, Chronologie, Cofmographie, &c. Le IV. plufieurs herefies, erreurs, impietés, irre-
verences, boufonneries, vanités & van-
teries infupportables. De ces quatre
tomes, il n'a paru que les deux premiers, & un abregé du quatriéme,
à *Paris* 1626. *in-*4°. trois vol. M. de
S. Cyran ne s'y eft pas nommé; mais
a pris dans le Privilege le nom d'*A-
lexandre de l'Excluffe.* » Je ne crois
» pas, dit *Bayle*, qu'il foit facile de
» trouver une critique auffi forte,
» que celle-là. On y rencontre une
» exacte & profonde érudition, un
» jugement folide, & une fagacité
» merveilleufe à decouvrir les dé-
» fauts d'un Ecrivain. C'eft une des
» plus utiles lectures que l'on puiffe
» faire, & fur tout lorfqu'on a def-
» fein de s'ériger en Auteur à rai-
» fonnement par autorités, par al-
» lufions, par comparaifons.

16. *Avis touchant la refutation de
la Somme Théologique du P. Garaffe.*

K k iij

Paris 1626. *in*-12. Quoique cet Ouvrage ne porte point le nom de *Garasse*, il n'y a point lieu de douter qu'il ne soit de lui.

17. *Garasse* s'étoit broüillé avec *Balzac*, qui avoit été son ami; mais ils se reconcilièrent en 1625. & l'on a une Lettre Latine & des vers en la même langue, que ce Pere écrivit à *Balzac* en cette occasion, avec la réponse Françoise de celui-ci. Toutes ces pieces se trouvent dans les Avertissemens de la *Somme Théologique* du P. *Garasse*.

18. *De la ressemblance de la Lumiere du Soleil & de la Justice.* *Bourdeaux* 1612. Les Bibliothecaires des Jesuites mettent ceci parmi ses Ouvrages François; mais je ne sçai ce que c'est, non plus que le suivant, dont ils parlent aussi.

19. *Les Champs Elysiens pour la reception du Roi Loüis XIII. lorsqu'il entroit à Bourdeaux à l'occasion de son mariage.*

V. *Alegambe & Soüwel, Bibliotheca Scriptorum Societatis Jesu.* Bayle, *Dictionnaire.*

CHARLES SOREL.

CHARLES *Sorel* naquit en 1599. à *Paris*, où ſon pere étoit Procureur. Il pretendoit être de la même famille qu'*Agnes Sorel*, Maîtreſſe du Roi *Charles VII.* mais il eſt à preſumer que la ſeule reſſemblance des noms, ſans autre preuve, a été l'occaſion de cette pretention.

C. SoRel.

Ce qu'on ſçait de lui ſe reduit à peu de choſe; & il n'eſt plus gueres connu que par ſes Ouvrages, dont la plûpart même ſont tombés dans l'oubli.

Il étoit Neveu de *Charles Bernard*, Hiſtoriographe de France, qui ayant été attaqué vers ſa 65e. année, c'eſt-à-dire, vers l'an 1636. d'une paralyſie univerſelle, ſe démit de cette Charge en ſa faveur.

Gui Patin, qui l'avoit connu particulierement, en parle ainſi dans une de ſes Lettres du 25. Novembre 1653. à *Charles Spon.* » Il eſt » homme de fort bon ſens & taci-

K k iiij

» turne, il n'y a gueres que moi qui
» le fasse parler, & avec qui il aime
» à s'entretenir, Je ne suis point sça-
» vant comme lui, mais nous som-
» mes fort de même humeur, & de
» même opinion presque en toutes
» choses. Il est bien stoïque.

Il mourut vers l'an 1670. suivant
le P. *le Long*, âgé d'environ 71. ans.

Il a porté les surnoms de *Souvig-*
ny, & du sieur *de l'Isle* ; & l'on croit
que c'est lui que *Moliere*, dont il
parloit mal quelquefois, a eu en
vûë, lorsque dans son *Ecole de fem-*
mes Act. 1. Scene 1. pour se moquer
d'*Arnolphe*, qui se faisoit appeller M.
de *la Souche*, il lui fait dire par
Chrysade.

> Je sçais un *Paysan*, qu'on appelloit
>   gros-Pierre,
> Qui n'ayant pour tout bien qu'un seul
>   quartier de terre,
> Y fit tout à l'entour faire un fossé
>   bourbeux,
> Et de *Monsieur de l'Isle* en prit le
>   nom pompeux.

Il a été joué sous le nom de *Char-*
roselles, Anagramme de *Charles So-*
rel, dans le *Roman Bourgeois* de *Fu-*

retiere ; ce qu'il a ſagement diſſimulé , lorſque p. 99. de ſa *Bibliotheque Françoiſe* il a parlé de ce Roman.

C. So=REL.

Catalogue de ſes Ouvrages.

1. *Les Nouvelles Françoiſes.* Paris 1623. *in-8°.* Ces Nouvelles , dit-il dans l'Examen de ſes livres , étant paſſées une ſeconde fois à l'impreſſion avec quelques augmentations , ont été appellées *Les Nouvelles choiſies.* Ce ſont des avantures de quelques perſonnes de mediocre condition , où il ſe flatte qu'on trouvera de la reſſemblance , & dont il aſſure que le ſtile eſt accommodé au ſujet.

2. *L'Orphyſe de Chryſante , où l'Ingratitude punie ; Hiſtoire Cyprienne.* Paris 1626. & 1633. *in-8°.* Voici ce qu'il en dit dans ſon Examen. » On » y voit pluſieurs remarques de l'An- » tiquité , & on y trouve un mélan- » ge de Poëſies , que certaines per- » ſonnes n'ont pas trouvées mauvai- » ſes pour le temps , & qui ont quel- » quelque force d'imagination. On » a feint que le principal heros de la » piece étoit Poëte , afin d'avoir oc- » caſion de reciter tant de vers , par-

» ce qu'on en mettoit alors beau-
» coup dans les Romans.

3. *Le Berger Extravagant*, où par-
mi des fantaisies amoureuses, on voit
les impertinences des Romans & de la
Poësie, avec des Remarques. Paris
1627. *in-*8°. trois tomes. It. sous cet
autre titre : *L'Anti-Roman, où l'Hi-*
stoire du Berger Lysis avec des Remar-
ques, par Jean de la Lande. (c'est-à-
dire, *Sorel* lui-même) *Paris* 1633. &
1657. *in-*8°. trois vol. It. *Rouen* 1639.
*in-*8°. trois vol. C'est une espece de
critique du Roman de l'Astrée, où
il y a un petit nombre d'endroits
passables, parmi beaucoup d'autres
très-mauvais, les remarques sont ce
qu'il y a de meilleur. *Sorel* en parle
ainsi dans son Examen. » *Le Berger*
» *Extravagant*, dit-il, a été fait pour
» representer l'extravagance de quel-
» ques livres du temps, & des per-
» sonnes qui les aiment. Il a été im-
» primé pour la troisiéme ou qua-
» triéme fois sous le nom de l'*An-*
» *ti-Roman*; parce qu'en effet c'est
» un *Anti-Roman*, & si vous voulés,
» une histoire Comique & Satyri-
» que, où toutes les sottises des Ro-

C. So-

» mans & des Fables Poëtiques ſont
» agréablement cenſurées. On y voit
» un homme, qui eſt devenu fou,
» pour avoir lû des Romans & des
» Poëſies, & qui ſe fait Berger à la
» maniere de ceux de l'ancienne
» Arcadie. Il y a des Remarques,
» qui donnent de l'inſtruction ſur
» pluſieurs choſes; on les avoit mi-
» ſes d'abord toutes enſemble à la
» fin de l'Ouvrage, mais dans l'im-
» preſſion qui s'eſt faite ſous le nom
» de l'Anti-Roman, elles ont été
» diviſées en pluſieurs parties, qu'on
» à placées chacune à la fin du livre,
» pour lequel elles ſont faites.

4. *Avertiſſement ſur l'Hiſtoire de France.* Paris 1628. *in-8°.* It. Avec ſon *Hiſtoire de la Monarchie Fran-çoiſe.* Paris 1630. *in-12.* On voit dans cet Avertiſſement quelques Juge-mens ſur nos Hiſtoriens, & pluſieurs remarques ſur les fautes & les er-reurs des Hiſtoires qui avoient pa-ruës juſques-là. Quelques conſidera-tions, dit-il dans ſa *Bibliotheque Françoiſe*, on fait retrancher beau-coup de choſes dans la 2e. édition; ainſi pour l'avoir complet, il faut

C. So-l'avoir de la premiere.

REL.

5. *Histoire de la Monarchie Fran-çoise, où sont décrits les faits memora-bles & les vertus heroïques de nos an-ciens Rois, depuis Pharamond, jus-qu'en 840. Paris 1630. & 1636. in-8°.* deux vol. *Sorel* avoit quelque connoissance de l'Histoire de Fran-ce, mais il n'étoit ni assez exact, ni assez precis, pour en donner un bon abregé.

6. *Pensées Chrétiennes sur les Com-mandemens de Dieu. Paris 1634. in-8°.* Cet Ouvrage n'est pas achevé, il ne regarde que les Commande-mens de la premiere Table.

7. *Genealogie de la Maison Royale de Bourbon avec les Portraits & Elo-ges des Princes, qui en sont sortis, & les Remarques historiques de leurs illu-stres actions depuis S. Loüis, jusqu'à Loüis XIII. Paris 1634. & 1636. in-fol.* deux vol. Cette Genealogie est originairement de *Charles Bernard*, son oncle; mais il y a ajouté & chan-gé ce qu'il a crû necessaire.

8. *Des Talismans, où figures faites sous certaines constellations pour faire aimer, pour guerir les Maladies &c.*

Avec des obſervations contre les Cu-
rioſités inoüies de Gaffarel, & un Trai-
té de l'Onguent des Armes, ou Onguent
Sympathetique. Par le ſieur de l'Iſle.
Paris 1636. *in-*8°. It. ſous cet autre
titre: *Secrets Aſtrologiques. Paris* 1640.
*in-*8°.

9. *La ſolitude & l'Amour Philoſo-*
phique de Cleomede, premier ſujet des
Exercices Moraux de M. Charles So-
rel. Paris 1640. *in-*4°. Ouvrage fort
confus & fort embroüillé, comme
la plûpart de ceux de *Sorel.* On trouve dans les Remarques, qui l'accompagnent, p. 325. quelques recherches ſur la belle *Agnès Sorel,*
Maîtreſſe de *Charles VII.* & c'eſt la
ſeule choſe qui merite de l'attention.

10. *La ſcience univerſelle. Paris*
1541. & 1555. *in-*4°. It. *Ibid.* 1668.
*in-*12. 4. vol. Mauvais livre, s'il en
fut jamais.

11. *De la confuſion & des erreurs*
des Sciences, diſcours tiré de la *Scien-*
ce univerſelle de Sorel. Paris 1641.
*in-*12.

12. *Nicolai Sorelli, Urbis Seza-*
nienſis Præfecti, Poëmata. Pariſ. 1642.

in-8°. Charles Sorel est l'Editeur de
ces Poësies de son Oncle.

13. *La Maison des Jeux*, où se
trouvent les divertissemens d'une compagnie, par des narrations agréables,
& par des jeux d'esprit, & autres en-
tretiens d'une honnête conversation. Paris 1643. *in-8°.* C'est une premiere
journée, qui n'en a pas eu d'autre
qui l'ait suivie.

14. *La Défense des Catalans*, où
l'on voit le juste sujet qu'ils ont de se
retirer de la domination du Roi d'Espagne; avec les Droits du Roi sur la
Catalogne & le Roussillon. Remontrance au peuple de Flandre sur les Droits
du Roy. Paris 1642. *in-8°.*

15. *Histoire de Loüis XIII. jusqu'à
la Guerre declarée contre les Espagnols
en 1635. par Charles Bernard*; avec
un Discours sur la vie de cet Histo-
rien. Paris 1646. *in-fol.* Bernard n'a-
voit pû conduire cette histoire que
jusqu'à l'an 1635. *Charles Sorel*, son
Neveu, prit soin de l'achever, &
de la pousser jusqu'à la mort de
Loüis XIII. en 1643. Il a mis à la
tête un Eloge de *Bernard*, & un discours de la Charge d'Historiographe

de France, tiré des Mémoires de cet
Hiſtorien.

16. *La Fortune de la Cour, Ouvrage tiré des Mémoires de Buſſy d'Amboiſe. Paris* 1642. *in-*8°. It. ſous cet
autre titre : *La Fortune de la Cour,
ou Diſcours ſur le bonheur ou le malheur
des Favoris, Dialogue entre les ſieurs
Buſſy d'Amboiſe & de la Neuville.
Paris* 1644. *in-*12. Il nous apprend
dans l'Examen de ſes livres, que cet
Ouvrage eſt tiré d'un livre appellé
le Bonheur de la Cour, compoſé par
le ſieur de *Dampmartin*, Procureur
Général du Duc d'*Alençon*, frere du
Roi *Henri III.* dont il a changé quelques mots trop vieux, & auquel il
a fait quelques additions.

17. *Role des preſentations faites aux
grands jours de l'Eloquence Françoiſe.
A la ſuite de la Comedie des Acade-
miſtes pour la reformation de la langue
Françoiſe.* 1646. *in-*12. Ce Role des
preſentations eſt une eſpece de Re-
giſtre de quelques Requêtes ridicules pour la conſervation, où la ſup-
preſſion de certains mots, ſuivies
d'autant de réponſes imaginaires de
l'Academie. Il a été imprimé deux

C. So-fois avec la Comedie, qui est de
M. de *Saint-Evremont*; mais il est
fort tronqué & changé dans la seconde édition, comme nous l'apprenons de l'histoire de l'Academie
Françoise de M. *Pellisson*.

18. *Discours sur l'Academie Fran-*
çoise, établie pour la correction & l'em-
bellissement du langage, pour sçavoir si
elle est de quelque utilité aux particu-
liers & au Public. Paris 1654. *in-*12.

19. *Polyandre, Histoire Comique.*
Paris 1648. *in-*8°. deux vol.

20. *Relation de ce qui s'est passé au*
Royaume de Sophie, depuis les troubles
excités par la Rhetórique & l'Eloquen-
ce. Paris 1659. *in-*12.

21. *La Flandre Françoise, ou Trai-*
té Curieux des Droits du Roi sur la
Flandres. Paris 1658. *in-*4°. It. Dans
le Recueil suivant. *Paris* 1666. *in-*
12.

22. *Divers Traités sur les Droits &*
Prerogatives des Rois de France, & de
la Preséance sur les autres Rois, tirés
des Mémoires Historiques & Politiques
de M. C. S. S. D. S. (c'est-à-dire, M.
Charles Sorel, sieur de Souvigny) Pa-
ris 1666. *in-*12. Il y a dans ce volume

me quatre Traités de *Sorel* : Le pre- C. So-
mier, où il eft parlé de la dignité & REL.
des prerogatives du Roi de France
fur les autres Rois, a été fait pour
répondre au livre de *Jacques Howel*,
Anglois, où cet Auteur pretend
montrer que les Princes n'ont point
droit de Préfeance les uns fur les autres, chacun étant bien fondé à la
pretendre. Il fait voir dans le fecond,
que quoique l'Empereur foit en poffeffion de préceder tous les Rois, cependant cette poffeffion n'a aucun
fondement raifonnable par rapport
aux Rois de France. Le troifiéme
contient diverfes Remarques fur la
Lorraine, qui vont toutes à éclaircir les pretentions du Roi fur ce
Pays. Le quatriéme enfin traite des
Droits du Roi fur la Flandres. Ce
Recueil n'eft pas mauvais, quoique
Sorel fût d'ailleurs un Auteur fort
mediocre.

23. *Difcours de la Jonction des Mers.*
Paris in-4º. Ce difcours a été fait
vers l'an 1664.

24. *Hiftoire de la Monarchie Fran-*
çoife fous Louis XIV. contenant tout
ce qui s'eft paffé de plus remarquable

C. So- entre les Couronnes de France & d'Es-
REL.   pagne, & autres Pays étrangers, de-
        puis l'an 1641. jusqu'en 1661. par C.
        de S. S. (*Charles de Souvigny Sorel*)
        Paris 1662. *in-12.* deux vol.

25. *De la connoissance des bons livres, ou Examen de plusieurs Auteurs.*
Paris 1671. *in-12.* It. *Amsterdam*
1672. *in-12.* On ne voit ici que des
discours vagues, qui n'apprennent
rien.

26. *La Bibliotheque Françoise, où
le choix & l'examen des livres François, qui traitent de l'Eloquence, de la
Philosophie, de la devotion, & de la
conduite des mœurs, & de ceux qui
contiennent des Harangues des Lettres,
des Oeuvres mêlées, des Histoires, des
Romans, des Poësies, des Traductions,
& qui ont servi au progrés de notre langue. Avec un Traité particulier, où se
trouve l'ordre, le choix, & l'examen
des Histoires de France. Paris* 1664.
in-12. It. 2e. *Edition revûë & augmentée. Paris* 1667. *in-12.* Le dessein de
Sorel dans cette Bibliotheque a été
d'en dresser une, qui ne fût composée que de livres François, & qui
cependant pût être suffisante pour

parvenir à l'Encyclopedie ; mais au C. So-
lieu d'y faire le choix qu'il avoit REL.
promis des meilleurs livres François
dans toutes les Sciences, il a rapporté ſans diſcernement tous ceux que
ſa mémoire lui a fournis. Il a ajouté
à la fin une liſte fort confuſe de ſes
Ouvrages, ſous ce titre : *L'Ordre &*
l'examen des livres attribués à l'Au-
teur de la Bibliotheque Françoiſe.

26. *La ſcience de l'Hiſtoire avec le*
Jugement des Principaux Hiſtoriens.
Paris 1665. in-12. Cet Ouvrage eſt
fort peu exact. M. de *la Monnoye*
dans ſes notes ſur *Baillet* croit qu'il
eſt de *Sorel*, & cela eſt fort vraiſem-
blable.

27. *Hiſtoire Comique de Francion,*
par Nic. du Moulinet. Leyde 1668.
in-12. deux vol. Tout le monde croit
que cette hiſtoire eſt de *Sorel*, qui
s'y eſt caché ſous le nom de *Mouli-*
net.

29. *Recueil de Pieces en Proſe. Par*
divers Auteurs. Paris 1658. in-12. Le
premier volume de ce Recueil eſt
preſque tout de *Sorel*, qui n'a eu aucune part aux quatre ſuivans.

30. *Le Chemin de la Fortune, où les*

C. So-
REL.

bonnes regles de la vie pour acquerir
des richeffes, & pour obtenir les fa-
veurs de la Cour, les honneurs & le
credit. *Par D. S. Paris* 1663. *in-12.*
Il dit dans fon Examen, que c'eft un
petit fragmenr de fon livre de *la
Science du Monde*, qu'il n'a pas publié.

31. *Suite des Jeux de l'Inconnu.*
J'ignore la date de cet Ouvrage &
des fuivans, qui ne font plus con-
nus de perfonne. C'eft un Recueil
de pieces, dont la plûpart ont été
inferées avec des augmentations
dans le livre précedent.

32. *Les diverfes fortunes de Cleage-
nor.* Ouvrage en profe, dont il dit
qu'un Poëte du temps à pris quelque fujet de Théâtre.

33. *Le Palais d'Angelie.*

34. *Suite de la Polixene.* C'eft la
premiere des deux fuites qu'on a faites de ce Roman.

35. *Defcription de l'Ifle de Portrai-
ture, ou de la ville des Portraits.* C'eft
une critique du goût qui regnoit
alors pour les Portraits.

36. *Oeuvres diverfes.* Ou l'on voit
le *Nouveau Parnaffe* où les *Mufes* ga-

lantes ; la *Lotterie Celefte* ; la *Mafca-rade d'Amour*, ou la *Nouvelle des Precieufes Prudes* ; *l'Amoureux Univerfel* ; *Difcours pour & contre l'Amitié tendre* ; *Lettres à des Dames*.

37. *Les Vertus du Roi.* C'eft un Panegyrique de *Loüis XIII.* qu'il fit à 17. où 18. ans.

38. *Recueil de Lettres Morales & Politiques*, dont la plûpart font de fa façon ; & parmi lefquelles eft un difcours *du Courtifan Chrétien*, ou *des moyens de vivre Chrétiennement dans la Cour.*

39. *De la perfection de l'Homme pour les connoiffances & pour les mœurs.* Cet Ouvrage peut paffer pour un 5e. volume de la *Science Univerfelle.*

Cet article eft tiré des Auteurs cités ci-deffus.

ANDRE' DU VAL.

ANDRE' *du Val* naquit à *Pontoise* le 18. Janvier 1564.

Après avoir fait ses études à *Paris*, il s'y fit recevoir Docteur de la Maison & Societé de Sorbonne le 13. Mars 1594.

Quoiqu'il eût été grand Ligueur, le Roi *Henri IV.* le choisit deux ans après, à la recommandation de M. *Du Perron*, Evêque d'*Evreux*, qui fut depuis Cardinal, pour être le premier Professeur Royal en Théologie dans les Ecoles de Sorbonne, & il fut pourvû en 1596. de cette Chaire qu'il a remplie pendant plus de 40. ans.

Il a beaucoup figuré dans plusieurs affaires qui ont été agitées en Sorbonne de son temps, & sur tout dans celle d'*Edmond Richer*, dont il a été un des plus grands adversaires.

Il fut pendant plusieurs années Superieur general de l'Ordre des Carmelites.

Il mourut le 9. Septembre 1638. A. DU âgé de 74. ans, sept mois, 22. jours; VAL. étant alors Doyen de la Faculté, & Senieur de la Maison de Sorbonne.

Il fût enterré en Sorbonne, où M. *Habert* prononça son Oraison funebre; & son cœur fut porté aux Carmelites de *Pontoise.*

Quelque reputation qu'il ait eu de son temps, on ne fait pas grand cas de tout ce qui nous reste de lui.

Catalogue de ses Ouvrages.

1. *Le feu d'Helie; pour tarir les eaux de Siloe.* Paris 1613. *in*-12. Livre de controverse contre le Ministre *du Moulin*, qui avoit donné à l'Ouvrage, que *du Val* combat, le titre des *Eaux de Siloe.*

2. *Libelli de Ecclesiastica & Politica Potestate Elenchus, pro suprema Romani Pontificis in Ecclesiam autoritate.* Paris. 1612. *in*-8°. C'est l'Ouvrage le plus emporté, qui ait été fait contre *Richer.*

3. *De suprema Romani Pontificis in Ecclesiam potestate disputatio quadri partita.* Paris. 1614. *in* 4°. It. dans le 2e. tome de ses Commentaires sur la 2e. partie de la Somme de S. *Thomas.* 1636.

4. *Notæ in Ecclesiæ Lugdunensis librum adversus Opinionem Joannis Erigenæ, sive Scoti, & in librum de tribus Epistolis Venerabilium Episcoporum.* A la page 1098. de la premiere partie du 9e. tome de la *Bibliotheque des Peres* de l'Edition de Cologne 1618.

5. *La vie admirable de Sœur Marie de l'Incarnation, Religieuse converse de l'Ordre de N. D. du Mont-Carmel, & fondatrice d'icelui en France.* Paris 1622. in-8°. pp. 818. It. sous le titre de *Vie de la Bienheureuse Marie de l'Incarnation. Toul* 1624. in-8°. On voit ici la prevention de *du Val* pour la Ligue. *Barbe Aurillot*, femme de M. *Acarie*, qui après la mort de son mari se fit Sœur Converse Carmelite & dont il décrit ici la vie, avoit été avec son Mari, & le petit Feuillant, son Confesseur, du nombre des plus ardens défenseurs de la Ligue. On y voit aussi la simplicité de cet Auteur par les bagatelles & les pauvretés même, dont il a rempli cette vie. J'en citerai deux exemples. p. 111. » Les assauts » de Dieu, dit-il, la surprenoient si

» impe-

» impétueuſement, & avec un ſi fort
» tremblement, que cela lui faiſoit
» craquer les os, & jetter d'auſſi
» grands cris, que ſi on lui eût fen-
» du le cœur ; tellement qu'on la
» mettoit au lit, où ſes tremblemens
» ſe rengregeant, elle ſe mettoit deſ-
» ſous le lit, pour arrêter aucune-
» ment la violence d'iceux : & d'ail-
» leurs ſon cœur s'échauffoit ſi ar-
» demment, qu'elle étoit contrain-
» te pour lui donner air, d'ôter tout
» ce qu'elle avoit ſur ſa poitrine. Et
» p. 343. Elle entendoit ſouvent la
» Muſique des Anges ; & comme
» les Diables, pour la faire tomber
» en quelque vaine preſomption,
» voulurent contrefaire cette muſi-
» que infernale, à laquelle elle bou-
» choit ſes oreilles ſans vouloir écou-
» ter, les Diables ſe voyant de-
» couverts & confus venoient par
» dépit à faire un tintamarre & un
» bruit comme de pots & chaudrons
» caſſez.

6. *Commentarii in primam ſecundæ partis & ſecundam ſecundæ partis ſummæ D. Thomæ. Pariſ.* 1636. *in-fol.* deux vol.

Tome XXXI.   M m

A. DU
VAL.

7. *René Gautier* ayant traduit en François les vies des Saints de *Pierre Ribadeneira*, Jesuite, *André au Val* y joignit les vies de plusieurs Saints de France & des Pays voisins, dont cet Auteur n'avoit point parlé. Ces vies ont été imprimées plusieurs fois.

V. *Le Collège Royal de France de Guillaume du Val.* p. 112. *Du Pin, Table des Auteurs Ecclesiastiques.*

Fin du Trente-unième Volume.

TABLE NECROLOGIQUE
des Auteurs contenus dans ce Volume.

M ij

TABLE NECROLOGIQUE.

HOLSTENIUS. (Luc) m. le 2. Février 1661.

BEAUREGARD. (Claude de) m. l'an 1663.

BUXTORF le fils. (Jean) m. le 16. Août 1664.

GUICHENON. (Samuel) m. le 8. Septembre 1664.

MARCASSUS. (Pierre de) m. en Decembre 1664.

SOREL. (Charles) m. vers l'an 1670.

MAIGNAN. (Emmanuel) m. le 29. Octobre 1676.

MACEDO. (François) m. en 1681.

KORTHOLT. (Christian) m. le 1. Avril 1694.

LUBIN. (Augustin) m. le 7. Mars 1695.

BEKKER. (Balth.) m. le 11. Juin 1698.

CREECH. (Thomas) m. en Juin 1700.

RUDBECK. (Olaüs) m. en Septembre 1702.

ADDISON. (Lancelot) m. en 1703.

MENCKE. (Othon) m. le 29. Janvier 1707.

ADDISON. (Jos.) m. le 17. Juin 1719.

CRESCIMBENI. (Jean Mario) m. le 8. Mars 1728.

MENCKE. (Jean Burchard) m. le 1. Avril 1732.

Fin de la Table Necrologique.

TABLE

Des Auteurs contenus dans ce Volume,
selon l'ordre des matieres qu'ils ont
traitées dans leurs Ouvrages.

TABLE

TABLE DES MATIERES.

Fin de la Table des Matieres.

APPROBATION.

J'AY lû par ordre de Monſeigneur le Garde des Sceaux le trente-uniéme Volume des Memoires pour ſervir à l'Hiſtoire des Hommes Illuſtres dans la République des Lettres , & j'ai crû qu'on en pouvoit permettre l'impreſſion. A Paris ce 11. Août. 1733.   HARDION.

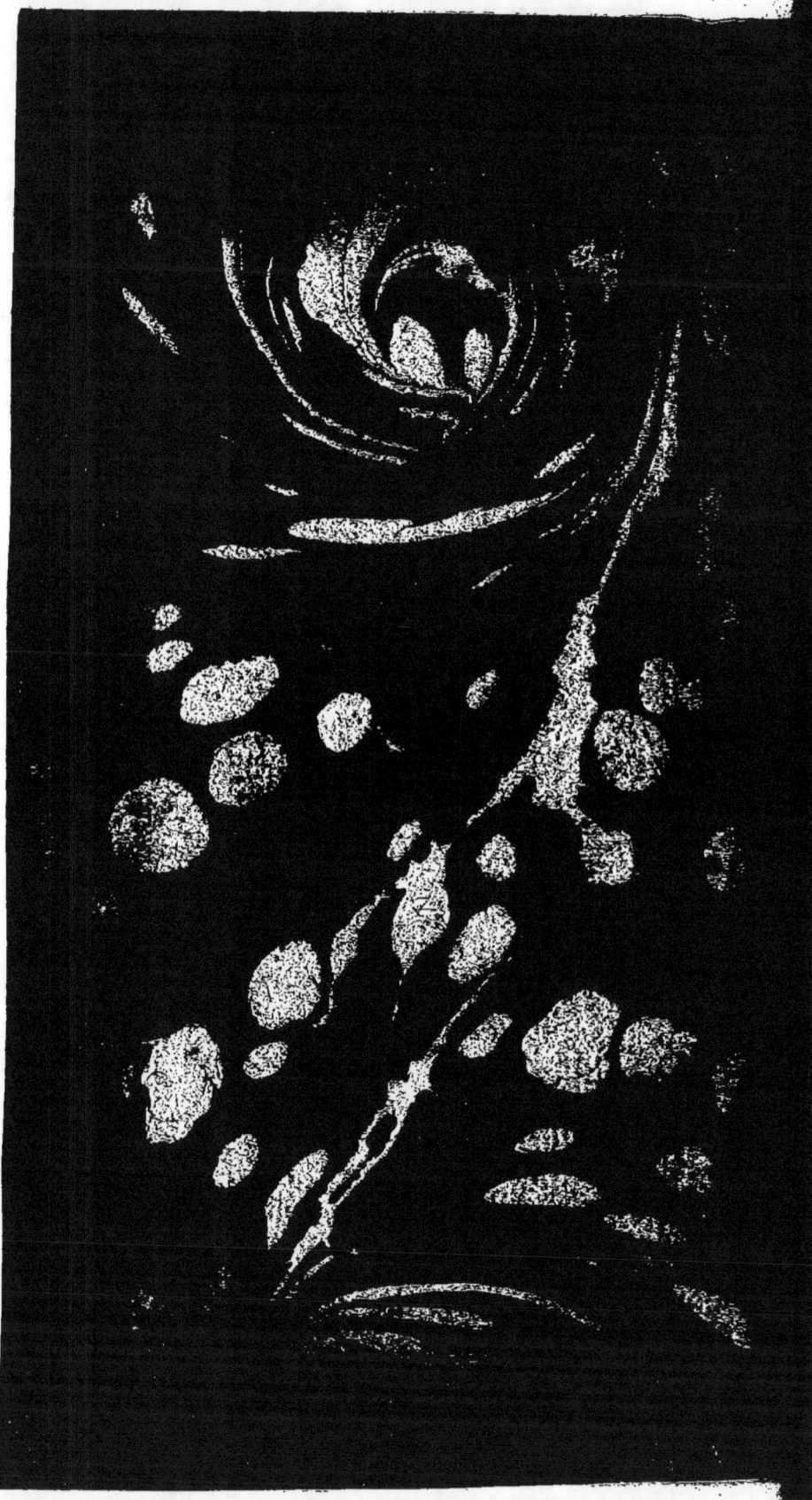

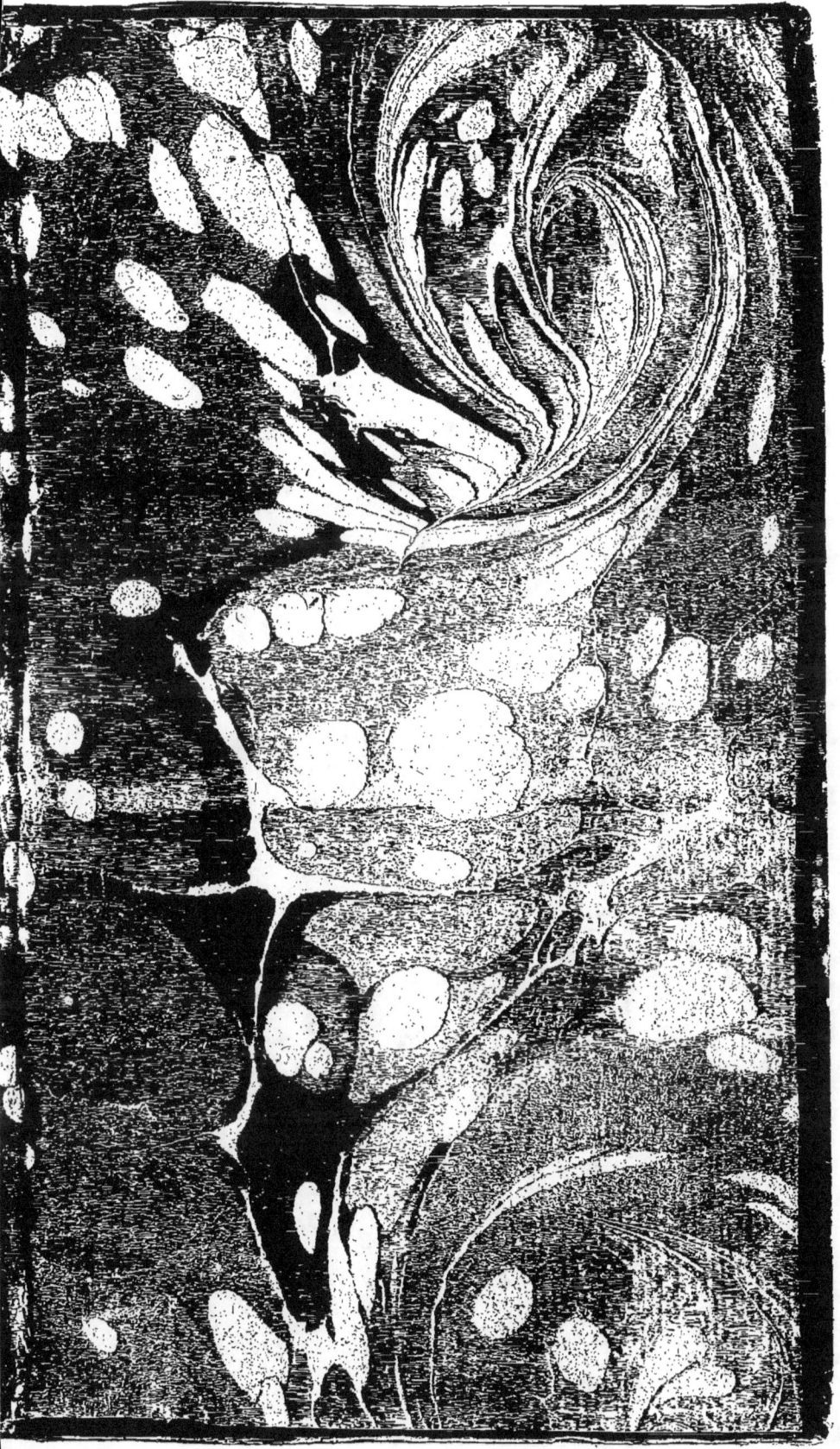

www.ingramcontent.com/pod-product-compliance
Lightning Source LLC
Chambersburg PA
CBHW070548030726
47505CB00001B/210